復興期の精神

hanada kiyoteru
花田清輝

講談社　文芸文庫

目次

著者目錄

著者

海題

二 日高孝次

三 西 文夫

四三

四五

五三

五七

六七

七二

挨拶——舟田泰治

結語——今脇佑

議事——舟津好明

【参考資料】1 — 協議題目

【参考資料】2 — 一日本海洋学会規則

【参考資料】3 — おもな集会など

復興期の精神

女の論理――ダンテ

三十歳になるまで女のほんとうの顔を描きだすことはできない、といったのは、たしかバルザックであり、この言葉はしばしば人びとによって引用され、長い間、うごかしがたい真実を語っているように思われてきたのだが、はたしてこれは今後なお生きつづける値うちのある言葉であろうか。人間の半分以上をしめている女のほんとうの顔がかけないで、男のほんとうの顔がかける筈はない。バルザックはこの言葉によって三十歳になるまで小説をかくなと忠告しているのであろうか。それとも男の正体は簡単につかまえることができるが、女の内奥の秘密をあばくためには多くの経験が必要であり、若さのうむさまざまな欲望が、作家の対象をみる眼をくもらすという点を強調しているのであろうか。おそらく多くの人びとは、そういう意味にこの言葉をとり、至極もっともだと同感するのであろう。まことにおめでたい。なぜというのに、男のほんとうの顔がかけるくらいなら、女のほんとうの顔だってかける筈だからだ。特に女を難解な存在に祭りあげることがバルザックの真意なら、それはかれが、そういうことによって、女の気にいりたかったためであろう。自己の魅力に関する根づよい偏見は、今もなお女たちに、好んで面紗をつけさせる。しかし、バルザックには、たぶん、そんな底意はなかったであろう。かれはただ率直に、三十歳まで、女のほんとうの顔を描きだすことのできなかった、かれ自身の凡庸さを告白しただけかもしれない。事実、かれはその年齢まで大した作家ではなかったのだ。そういうかれの私的な告白を公理にまで高めたのは、聞きつたえた人びとの誤解にもとづくものであろう。だが依然として疑問はのこる。なぜかれは、女のほんとうの顔、といい、男のほんとうの顔――或いはまた、人間のほんとうの顔といわなかったのであろうか。そこにバルザックの決定的な古さがあるように思われる。男が男であり、女が女であるというような形式論理的な考え方は、今日においては、もはや捨て去らるべきではあるまいか。いや、古いといえば女のほんとうの顔、男のほんとうの顔、総じて人間のほんとうの顔を描きだそうとつとめることそれ自体が、すでに古いのではなかろうか。たしかに『人間喜劇《コメデイ・ユメイヌ》』の時代はおわった。そうして、あたらしく、『神曲《デイヴイナ・コメデイア》』の時代がはじまろうとしている。人間のほんとうの顔が、白い背景の上にどぎつく浮び出ている、あの生硬で忠実な肖像写真の類《たぐい》は、もはや今日ではなんの魅力もないのではなかろうか。

とはいえ、それはいささか性急な結論であるかにみえる。人間のほんとうの顔にたいする探求が古くなったわけではなく、それはそれとして相変らず興味があるが、ただその描きだし方に問題があるのであり、現在ではバルザック風の具体的な定着の仕方が、それとは反対の抽象的な定着の仕方に、次第に席を譲りつつあるにとどまるとみるほうが、いっそう穏当なのではあるまいか。一言にしていえば、それは人間中心の思考方法が徐々に克服されつつある過程の必然的な表現であり、人間にたいする愛情や嫌悪が、些細な問題として後景に押しやられ、人間以上の観念にたいする熱烈な関心が、漸次人びとの間に昂まりつつある証拠であるらしく思われる。ベアトリーチェにたいするダンテの関心は、フィレンツェの女としてではなく、むしろ神学の化身としてであった。はたしてかれは、女のほんとうの顔を描きだすことができなかったであろうか。そのことに関するかぎり、私はバルザックよりも、はるか上位にダンテを置く。すでに三十歳以前に、ダンテはバルザックのいう意味での女のほんとうの顔など知りすぎるほど知っていたにちがいない。観念的にではなく、具体的に。それが中世紀というものだ。にも拘らず、かれはそういう女のほんとうの顔を、すこしもほんとうの顔とは思わず、描きだす価値すらないものと考えていたにちがいない。そうしてかれの描きだそうと試みたものは神のほんとうの顔であったが、しかし、かれの女にたいする深い経験は、そういう意図がすこしもなかったのにも拘らず、いつか女のほんとうの顔を描きだしてしまっていた。以来、ベアトリーチェは、人びとの誤解のうちに、依然として今日まで生きつづけている。おそらく『神曲』の最初の読者は、かれがダンテのように絶体絶命の境地から神にむかって眼をそそいでいる人間でないかぎり、そこに中世特有の「愛の奉仕」を見出し、大いに同感したでもあろう。ベーベルのいうように、この「愛の奉仕」は正妻を犠牲にして愛するものを聖化することであった。それは中世的キリスト教的に変形された一種の雑婚であって、かつてギリシアでペリクレス時代に流行したものと同じであった。互いに他人の妻を誘惑し合うことがまた、騎士仲間にさかんに流行した「愛の奉仕」であったのだ。次いでダンテのプラトニックな愛について饒舌をふるう近代のヒューマニストのむれの誤解がこれにつづく。かれらは、かれらのベアトリーチェを透して、ひたすら柔和な神を発見しようとつとめる。あらあらしいかれの神を透して、ベアトリーチェを眺めたダンテとは反対に。かれらにとって『神曲』の価値は、なによりも人間である女が、宗教的教義や宗教的な抽象観念の形象化としてではなく、優雅なうつくしさにかがやいていることにあった。ロレンスのダンテにたいする反発は、主としてかれらにたいする反発である。ダンテがベッドのなかに気持のいい女房を、そうして、たくさんの小ダンテ共をもっていたという現実を、なぜ我々は軽視するのか、ダンテは偽善者にすぎないではないか、とロレンスはいう。まことに現代の読者の誤解は、中世紀の読者と、そのプラトニックな愛情を信用しない点において、おどろくべき類似性をもつもののようだ。しかし、もはや『神曲』について語るのは止めにしよう。ここで私の問題にしたいことは、ベアトリーチェよりもいっそう抽象的な、女のほんとうの顔についてであった。私はそれを、神学的にではなく、まだ誰によっても一度も試みられたことのない、きわめてオリジナルな方法によって描きだしてみたい。すでに私は三十歳をすぎている。バルザックの言葉に若干の真理があるなら、こういう野望をいだいても、おかしい年齢ではないであろう。

さて、しかし、女のほんとうの顔とはいかなるものであろうか。あくまで抽象的にそれを描きだすことが私に課せられた任務である以上、私は女の心理や女の生理から出発することはできないであろう。おそらく私の取扱うことのできる唯一のものは、女の論理だけであるであろう。とはいえ、はたして女の論理というような奇妙なものが、この世に存在するであろうか。チェーホフの『熊』の主人公が、まさに典型的な女の論理だ！　長裾論理だ！　と叫ぶとき、いささかかれ自身、非論理的であるかにみえる。論理が論理であるかぎり、男女の性別など、頭から無視している筈ではないか。自己流のひねくれた女の論理。それは論理から見はなされてしまった男の眼にうつる束の間の幻影のごときものにすぎないのではなかろうか。つまり、かれが、かの女に、論理的でない、なんらかの強い関心——愛情もしくは憎悪をいだくとき、そういう錯覚をおこすのではないであろうか。きわめて論理的な男だったスタンダールは、ひとりさびしく、ザルツブルグの塩坑に枯枝を投げこまなければならなかった。しかし、さらに一歩をすすめ、よく考えてみると、かならずしもそうとばかりはいえないようだ。もしも女が論理的であろうと試みるばあい、かの女の駆使する論理が、つねに女の刻印をうたれているものとすればどうであろう。たしかにそうなのだ。したがって、生れながらに論理から見はなされてしまっているのは、むしろ女の側であるということもできよう。そこで女は、しばしば十分に論理的でないとか、抽象的なものがわからないとかいって非難される。だが、論理から支配されるのでなく、逆に論理を支配し、論理にむかって自己の刻印をうつものが女であることを思うならば、いちがいに、そういう非難を肯定することはできないのではなかろうか。ここにおいて、私はふたたびチェーホフの戯曲の主人公の白《せりふ》を思いだす。もしもその言葉のもつ非難の意味をとり去ってしまうならば、我々はそこから貴重な示唆をうけとることができるであろう。『伯父ワーニャ』は女の考えを批評していう。あのなかには、修辞《レトリック》ばかりたくさんあって、論理《ロジック》はまるでない、と。しかし、それがもっとも女らしい女の思考であるなら、そこにまるで論理がないということはない筈であって、たしかに女の論理が、かの女の全思考をつらぬいて強くはたらいている筈である。したがって女の考えのなかには、たくさんの修辞と、たくさんの女の論理とがある筈であろう。この修辞とこの女の論理とは、はたしていかなる関係に置かれているのであろうか。アリストテレスの『アルス・レトリカ』にしたがえば、修辞とは本来、単なる雄弁術、または言語文章の装飾術を意味するものではなく、性格《エートス》にしたがって、それぞれ異るところの性格的な思考の学を指すものであった。しからば、女の性格を担うところの女の論理は、本来の意味における修辞と実は同一のものであって、前者は後者の一種であると見做すことができるであろう。もしも女の論理が修辞にほかならないとすれば、修辞のなにものであるかをヨリあきらかにすることによって、女のほんとうの顔を抽象的に輪郭づけることが許されるのではなかろうか。

まず修辞の目的とするところは、説得ということであった。我々は修辞を用いることによって、我々の相手に信頼《ピスティス》の念をおこさせようとする。修辞的な証明、すなわち、エンテュメーマは、論理的な証明、すなわち、シュロギスモスとは異り、話される事物によって規定されることなく、もっぱら話す相手の気分や感情によって規定されるところの証明だ。それ故に修辞は、話す相手がないと存在しないであろう。それは絶えず人と人との関係を予想するものであった。しかもその人と人との関係は、ピスティスが問題である以上、相互の感情の交流の上に成立していなければならず、したがってその対話は、本質的な意味において、一人称と二人称とをもって発展してゆくであろう。そうして、そこでは、たくさんの暗喩《メタフオア》や直喩《シミリイ》がつかわれるであろう。以上の簡単な修辞に関する叙述から、我々はいかなる女の顔を引き出すことができるであろうか。まず女の饒舌。かの女は大いにしゃべるであろう。しかし、それはまったく舌のそよぎにすぎないのであって、かの女のおしゃべりは殆んど無意味であり、真理そのものを説きあかすことなどどうでもよく、ただ相手から、かの女のいうところを、もっともだとうなずいて貰うことができればそれで十分なのだ。そこでかの女は、相手の気分次第でどんなことでもいうであろう。白を黒というくらい平気である。そういうかの女にとっては、つねに相手がいないとさびしくてならず、とうてい孤独に堪えることができない。社交的であるといえば体裁がいいが、ひとりでいると頭脳の回転がとまってしまうのだから情けない。かの女の思考は対話の形式をとり、独白の形式をとることは殆んどない。（私は『ユリシーズ』の最後の一章、ミセズ・ブルームの「内的独白」についてはきわめて懐疑的だ。あんな長い独白を女は試みるものではあるまい。）そうして、その対話は、絶えず親密な空気のなかで、あたしとあんたの思想の交換として話しつづけられるであろう。まことに女は打明け話が好きであり、最後に、大てい、誰にもいっちゃ駄目よ、という。さらにまた、かの女は、むき出しの真実を語るに適したごつごつした表現を好まず、巧みな仄めかしや思わせぶりや顧みて他をいうていの話術をさかんに使用するであろう。しかもなお、右に述べたさまざまな手続きによっても、どうしても自分のいうことを信じてもらえないばあいには、かの女は修辞のもつ音楽的効果に訴えるであろう。すなわち、かの女は泣くであろう。叫ぶであろう。まさに声涙ともに下るの壮観を呈するであろう。そういう意味において、女はデマゴーグに似ている。それかあらぬか、デマゴーグは女に——或いはまた女と選ぶところのない頭をもった男の間に、大そう人気があるようである。かれの駆使する論理もまた、女の論理にほかならなかった。

なんだか女のもつマイナス面ばかりを、それも周知の一面ばかりを挙げたようであるが、もちろん私は、それによって、いささかでも女のほんとうの顔を描きだしたとは思わない。のみならず、元来、女を非難するのではなく、女を浅薄《せんぱく》な非難からまもることが、この論文における私の最初からの意図でもあった。そうして私は、その意図を、今なおすこしも放棄してはいないのだ。女への嘲罵は、中世紀に流行したテーマのひとつにすぎなかった。もしも女の読者があるとすれば、どうか立腹しないで頂きたい。いかにも私は、私の今述べたようなかずかずの性質が、あなたにもあるであろうことを確信している。しかし、マイナス面は、見方をかえれば、そのまま、またプラス面ともなるのである。さらにいっそうあなたを立腹させることになるかもしれないが、そのかずかずの性質の故に、私はダンテにならい、そうしてダンテよりもはるかに急込《せきこ》んで、あなたを神聖なものと呼ぶであろう。なぜというのに、イエス・キリストもまた、あなたと共通の性質をもっていたのだから。イエスはレトリックの達人であった。そうして、ロジックのみをあやつるパリサイの徒を、いかにあざやかに論破したことであろう。かれは学者のごとくならず召されたものの如く語った、と聖書はいう。かれの言葉は聴くものの肺腑をつき、たちまちのうちに相手の心にピスティスの念をおこさせる。かれは抑圧されたもののひとりとして、誰よりも大衆の気分や感情を知り、かれらを代表して、かれらのために語った。かれはかならず、われなんじらに告ぐという言葉で話しはじめ、その話のなかにさかんに譬喩《ひゆ》を使用する。――等々。御覧の通り、さきに掲げた修辞に関する規定から、女の顔と同様に、我々はいとも容易に、イエスの顔もまた引き出すことができるのであった。これは、いったい、いかなる理由に基くのであろうか。いうまでもなく、それはイエスも女も、ともに抑圧されたものに属するからであった。もしも修辞的であることが、女の欠点であるとするなら、それはかの女が、自己の桎梏《しっこく》を明瞭に認識することができず、むしろ修辞をもちいて、これを欺瞞しようとするからであった。もしも修辞的であることが、イエスの美点であるとするなら、それはイエスが、あくまで修辞をもって武器と見做し、これをふるって、現実の変革のために果敢な闘争を試みたからであった。今日のような転形期にのぞみ、生れながらに修辞的である女のほんとうの顔は、抽象的な意味において、かならずイエスのそれと多くの類似性をもつであろうと信ずる。私もまた、しばしば、私のベアトリーチェを夢みる。しかし、かの女の姿を具体的に描きだすことは、このばあい、私に課せられた任務ではなかった。ただ私は、こういうことができるだけだ。私のベアトリーチェは、決して白い面紗の上に、橄欖《かんらん》の環飾をいただいてはいないであろう、緑の上衣のうえに、燃えたつばかりの緋いろの外套をまとってはいないであろう、と。ここで私は擱筆しようと思うのだが、いささか顧みて内心忸怩《じくじ》たるものがある。すなわち、冒頭に掲げたバルザックの言葉を若干訂正し、以って結語としよう。三十歳をすぎても女のほんとうの顔を描きだすことはできない。

鏡のなかの言葉——レオナルド

「生《なま》のままの真実は虚偽以上に虚偽である。文献には通則と例外とが手あたり次第に載っている。年代記作者でさえ、その時代の並はずれたことを書きのこしたがる」とヴァレリーが、その『レオナルド・ダ・ヴィンチ方法序説』において主張していることは周知のとおりであるが、今、レオナルドの肖像を描こうとして私のねがうところは、ヴァレリーとは反対に、年代記や文献や虚偽以上の虚偽から出発し、生《なま》のままの真実に達したいということだ。ヴァレリーは「長い労苦にたいする嫌悪」から右のような「詭弁」を案出したといっているが、むろん、これは逆説にすぎず、そういう信用のおけない足場という足場を全部取払い、一躍、レオナルドの核心に迫ろうとするところに、心をそそるかれの知的な冒険の動機があった。そうして、あらゆる冒険の例に洩れず、その仕事は、いわばかれの意に反して、かれにむかって「長い労苦」を課したのである。率直にいって、これは面白くない。したがって、年代記や文献や虚偽以上の虚偽を問題にしたほうがまだましだと考えた次第であるが——しかし、思うに年代記や文献を渉猟する仕事も、あんまり楽ではないらしい。中止したほうが安全だ。そうすると、のこるところは、唯、虚偽以上の虚偽だけだということになる。これは大へんさっぱりしていてよろしい。これにかぎる。そこでまず最もあやしげな挿話のひとつをとりあげ、これをめぐって、悠々と道草をくいながら、漸次、レオナルドの「核心」に近寄ろう。その挿話というのはこうである。

レオナルド・ダ・ヴィンチは、フランチェスコ一世の宮廷で自動人形の獅子をつくった。祭の日、獅子は大広間をずっと通りぬけ、王の前に立ちどまり、後足で立ちあがって敬意を表した。すると急にその胸がさっと割れ、王の足もとへ、フランスの国花である白百合がこぼれおちた。……

虚偽以上の虚偽であろうと、真実以上の真実であろうと、どちらでも差しつかえのなさそうな、つまらない話にみえる。しかし、はたしてそうか。現にこの話を物語った後、メレジコーフスキーは苦々しげに附け加えていう。「獅子の玩具は、レオナルドのいかなる作品や、発見や、発明にもまして、かれの名誉を喧伝させたものである」と。そのくちぶりから察すると、レオナルドの本格的な業績、或いはその超凡の才能を正しく評価することを知らず、余技であり、むしろその才能の浪費ともみえる、片々たる玩具の類に喝采した同時代人の無理解にたいして、ひそかに憤りを洩らしているかのようだ。なるほど、この話から、あらゆる先駆者の担わなければならない孤独な役割だとか、名誉というもののもつ皮肉な意味だとか、いつの時代にあっても変りのない、世俗の浅薄さだとかを読みとることは容易である。

しかしまた、いささか観点をかえてみるならば、そういう崇高なレオナルドの姿は、王様のために玩具をつくり、ひたすらその御機嫌をうかがっている廷臣の卑屈な姿にも変貌するであろう。ルネッサンス期におけるユマニストは一種の家僕にすぎなかった。デュアメルが『二人の師匠』のなかでいっているように「ユマニストを傭った権力者たちは、かれにたいして、別当《パルフルニエ》よりも大していい待遇を与えず、たぶん猟犬掛《ヴヌール》よりもはるかに冷遇していたのである。」程度の差こそあれ、その社会的な地位の点では、レオナルドもまた、そういう家来共のひとりにすぎなかった。もちろん、レオナルドが卑屈にみえかねないというのは、かれが廷臣、或いは準廷臣の地位にあり、唯々諾々と玩具をつくったからばかりではない。その玩具の性質が問題なのだ。

レオナルドの育ったフィレンツェ市の紋章は獅子であり、宮殿の上からは後足で立ちあがった青銅の獅子《マルゾッコ》が全市を睥睨《へいげい》していた。全市を？　いや、このばあい、いささか誇張していうならば、それは全イタリアを、或いはまた全欧洲を睥睨していたともいえよう。なぜというのに、フィレンツェこそ、当時における自由都市国家の代表であり、新興勢力の牙城であったからだ。レオナルドがその神聖な獅子を玩具につくり、いわば敵の陣営の指導者である、フランチェスコ一世のなぐさみものにしたということは、まことに唾棄すべき行為であり、かれの反動勢力にたいする屈服を物語るものではなかろうか。

とはいえ、さらに翻って考えてみるならば、たしかにレオナルドはフィレンツェの紋章である獅子を玩具につくりはしたが、フランスの国花である白百合もまた、かれにとっては玩具以外のなにものでもなかった。したがって我々は、この話から、火花を散らして戦っている新旧両勢力の闘争場裡をはなれ、不偏不党の態度を守りながら、ひたすら自己の仕事に精進した知識人の相貌をうかがうこともできよう。レオナルドは、かれ自身を、フィレンツェ人であれ、フランス人であれ、子供じみた人間共の玩具にしたくなかったので、かれらのために機械仕掛けの玩具をつくってやったのだ。そうして、つくってもらった玩具を眺めて悦にいっている人間共を逆にかれ自身の玩具にしたのだ、と考えることもできよう。かくてレオナルドの姿は一筋縄ではゆかぬものとなり、逞しいものとなる。だが、はたしてそうか。

いうまでもなく、私は以上述べた諸見解のいずれにたいしても左《さ》袒《たん》するものではない。そういう挿話の解釈の仕方は、いわば文学的な常套手段にすぎず、しかも何より不満に思うことは、右のような種々の見解の相違がうまれてくるのは、底を割ってみれば、解釈の際、玩具にあたえるさまざまな意味の相違にもとづくにもかかわらず、玩具そのものにたいする省察が不十分であり、すべてそれを最初から、つまらないものときめてかかっているということだ。もっと素朴な態度で、この挿話をうけとれないものであろうか。いかにも大人にとっては玩具はつまらないものであるかもしれない。しかし、世のつねの大人と同様に、レオナルドもまた、玩具をとるに足らぬものと考えていたかどうか。もしもかれが、獅子の玩具をよろこびをもってつくり、それにたいして、玩具以外のいかなる意味をもみいださず「無邪気な」子供のようにふるまったにすぎないとすれば如何なるものであろうか。ヴァザーリの『著名画家、彫刻家および建築家伝』によれば、レオナルドは、他からの依頼をうけないばあいでも、好んで玩具をつくっていたようである。

その地（ローマ）で、或る日、かれは蠟をこね廻し、それが液状になると、大へん可愛い空洞の動物をこしらえた。それへ息を吹きこむと飛びあがり、なかの空気を出してしまうと落下する。ベルヴェデル（庭園の名）の番人の見つけた珍しい蜥蜴《とかげ》へ、別の蜥蜴から取った皮でつくった翼をくっつけ、それへ水銀をつめたものだから、蜥蜴が匍行するたびに、翼は動き、慄えた。それからなお、眼玉や髭や、角をつくって取りつけ、小箱のなかへ飼い、友達をおどかしつけたものだ。……

とにかく、かれは玩具をつくることに非常に興味をもっていたらしい。したがって、獅子の玩具のばあいも、かれはそれを子供らしい「無邪気さ」をもってつくり、人々もまたそれにたいし、同様の子供らしい無邪気さをもって喝采をおくったと考えられ、一応、そこには面倒くさい解釈など試みる余地はないかのようだ。しかし、かれもかれらも子供らしくはあろうが、いささかも子供ではないのであり——それどころか、ひとしくロマン・ローランのいわゆる「蒼白で皮肉な顔をしたロレンツォ・デ・メディチや大きな狡猾な口をもったマキャヴェリ」の生きている時代の最も複雑多岐な性格をもつ民衆にほかならず、その玩具を愛好する気持にしても「無邪気」の一言によって、簡単に片づけ去られるような代物《しろもの》ではないであろう。いったい、玩具とは何か。何故にそれはつくり出され、いかなる理由によってよろこばれるのであろうか。若干、ばかばかしい感じがするではあろうが、こういう物々しい問題提起を、ひらきなおって試みないとすれば、我々はいつまでたっても出発点に立ちどまっていなければなるまい。

この問題は、すでに十九世紀の芸術家によってとり上げられ、なお今日にいたるまで未解決のままのこされている、さまざまな美学上の問題のひとつに属する。ボードレールの『玩具談義』はいうまでもなく、ホフマンやポー——さては谷崎潤一郎にいたるまで、なんと夥《おびただ》しい芸術家のむれが、玩具について書いたことか。ここにあらためて私がこの問題を考察の対象にするのは、むろん、レオナルドの挿話を徹底的に分析したいと思うからではあるが、また一面、玩具という、その一見ささやかな外貌の故にそれのもつ重大な意味が、もはや現在においては忘れ去られているようにみえるからにほかならない。このままでは、玩具の創造や享受、或いはまた、ボードレールの匙を投げた、かれのいわゆる「難問」である玩具の破壊に関する問題提起にしたところで、なんら満足のゆく解決をみないまま、未来永劫、闇から闇に葬られてゆくおそれがある。かならずしも私は、それらの問題にたいして、最後の断案をくだすに足る明快な結論に達しているわけではないが——正直にいえば、一向なにがなんだかわからないのであるが、こういう状態を黙視するに忍びず、とにかく落されているバトンをひろいあげ、蹌踉《そうろう》と走りつづけてみようと思うのである。

さて、それでは玩具とは何か。私はこの考察を、おそらく石器時代の玩具であったであろうところの獣《けだもの》の頭蓋骨や、牙や、貝殻や、小石などからはじめなければならないのであろうか。文献や年代記を拒否し、虚偽以上の虚偽だけに私の視野をかぎるということが、冒頭において私の宣言した方法であった。この方法は、あくまでつらぬかれなければならない。

ここにおいて、私はドストエフスキーの『悪霊』を思い出す。読者はあのなかに出てくるレムブケーという男を御承知であろうか。スタヴローギンやキリーロフやシャートフやピョートルというような、隈どりあざやかな毒々しい登場人物のなかにまじって、フォン・レムブケーは平凡であり、まことに影がうすい。まさしく石器時代以来、あきもせず愚鈍の相貌を呈しつづけてきた、人類そのもののような男だ。しかるに、ドストエフスキーのかれについて語る挿話は、玩具とは何かという当面の問題に幾多の示唆を投げるとともに、レムブケーまた侮りがたしの感をいだかせる。その挿話というのはこうである。

そのころ、かれは将軍の五番目の娘に焦がれていた。そして相手の方でも、やはりかれを憎からず思っていたらしい。しかしそれでも、アマリヤは年頃になると、とうとう老将軍の昔馴染の、年とった工場持ちのドイツ人にやられてしまった。レムブケーは大して悲観するでもなく、紙細工の劇場を拵えた。幕があがると、役者が出てきて、手で身振りをする。桟敷には見物が坐っているし、奏楽隊《オーケストラ》は機械仕掛けで、ヴァイオリンを弓で擦るし、楽長は指揮棒を振り回した。土間では伊達男や将校連が喝采する。——これがすべて紙でできていたのだ。すべて、レムブケー自身の考案であり、かつ仕事だった。かれはこの劇場の製作に六箇月かかった。将軍はわざわざ内輪同士の夜会を開いて、この劇場を観覧に供した。新婚のアマリヤをまぜて五人の将軍令嬢、新郎の工場主、それに大勢の夫人令嬢が、めいめい相手のドイツ男を引きつれて出席したが、みな一生懸命に劇場を点検して、そのできばえを褒めた。その後で舞踊がはじまった。レムブケーはすっかり満足して、間もなく悲しみを忘れてしまった。

幾年かすぎて、官界におけるかれの地位も定まった。かれは相変らず自分の同族を長官に頂いて、つねに有利な位置で勤務をつづけた。そして、遂に年の割にしては、華々しい官等にまで漕ぎつけた。かれはもうだいぶ前から結婚を望んで、注意ぶかく目を配っていた。一ど上官に内緒で、自作の小説をある雑誌の編集局へ送ったことがある。とうとうそれは掲載されなかったけれど、その代り立派な汽車を拵えて、またもや素的な代物《しろもの》ができあがった。群集が鞄を持ったり、袋《サック》を持ったり、子供や犬をつれたりして、停車場から出たり、汽車へ入ったりしている。車掌や駅夫があちこち歩き回っているうちに、やがて鈴《ベル》が鳴り、信号があたえられて、列車がそろそろと動き出す。この込みいった細工のために、かれはまる一年つぶした。……

なんという複雑精巧な玩具であろう。まったく隅におけない男だ。レムブケーの玩具にくらべると、レオナルドのそれは、あまりにも簡単で、お話にならない。もしもレムブケーがルネッサンス時代に生きていて、そういう玩具をつくったとするならば、かれはレオナルド以上に天才の名をほしいままにし、世の讃仰《さんぎょう》を一身に集めたでもあろう。不幸にも、かれはいささか遅れて生れすぎた。そこであんまりぱっとしない片隅の名声で満足しなければならなかった。しかし、そんなことはどうでもいい。問題は、なぜかれが玩具の製作を志したか、ということだ。挿話の語るところによれば、第一のばあいは、かれのアマリヤにたいする失恋がその動機であり、第二のばあいは、かれの小説の雑誌に掲載されなかったことにたいする失望がその動機である。ドストエフスキーは「レムブケーは大して悲観するでもなく」とさりげない調子で書いてはいるが、レムブケーが物に憑かれたように素晴らしい玩具の創造に熱中したところからみても、かれのうけた打撃は、かならずしも軽いものではなかったらしい。表面、それほどでもないような顔つきをしていればしているほど、悲しみはかれの心のうちで、極度に内訌していたにちがいない。とにかく、かれの玩具が、悲愁のいろを帯びていることは否定すべくもない事実だ。

ここから、我々は、玩具が遊戯のための道具であり、単により楽しく遊ぶためにつくり出されるものだという、ひろく世に行われている常識的な見解にそむき、それが我々の心の危機からうまれるものだという、ひとつの新しい見解をひき出すことができよう。さて、レムブケーのばあい、かれの心の危機は、一度は結婚の相手をうばわれたことによって、次は結婚の相手がなかなか見つからず、小説を書いたが、それが見事失敗に終ったことによってもたらされた。いずれもその究極の原因を性的なものに求めることができる。そこで、かれはその心の危機を脱するために——つまり、抑圧されたかれの情熱を解放するために、玩具の製作にむかったのだ、ということになる。これは大へん精神分析学的なテーマである。

ではレオナルドの獅子の玩具も、似たような過程を経て誕生したものであろうか。しかし、残念ながら、レオナルドの失恋物語など何処にも見あたらず、事実、かれほど性的ないざこざから遠ざかっている人物も史上にめずらしいのである。なるほど、ヴェロッキョの弟子であった頃、一度同性愛の嫌疑で調べられたことがあったが、これとて直ぐ無罪だったことが判明しているのだし、以来、一生涯悠々と独身でとおし、結婚の相手が見つからないといって、くよくよするような意気地なしではなかったらしい。だが、絶望するにはまだ早い。不幸中の幸ともいうべきことに、フロイトに『レオナルド・ダ・ヴィンチ』という論文がある。もちろん、レオナルドがどうして獅子の玩具をつくり出したかという問題については、なんらの断定もくだされてはいないが、かれの性的生活については、縷々《るる》数千言がついやされている。この論文によって、我々は、いかにフロイトが私と同様に愚にもつかない挿話を愛するかを――そうしてまた、いかに火のないところからでも、天日《てんじつ》ために暗くなるほど、濛々と煙をたてる術を心得ているかを学ぶであろう。

精神分析学の手にかかると、レオナルドもカタなしであり、かれの清浄潔白な仮面は無慙にも剝ぎとられ、大してうつくしいとは義理にも申されない、赤裸々なかれの素顔が暴露される。まずフロイトは、レオナルドが私生児であり、赤ん坊のとき、父とはなれ母の手ひとつで育てられたらしいから、母の父にたいする愛情まで自分ひとりで独占し、すこぶる満足したであろうと想像する。これなど、かくべつ異論のおこる余地もあるまい。しかし、すこぶる満足した赤ん坊のレオナルドが、生意気にもかの女にエロチックな執着を感じ、やがて生長してこの愛を抑制されるにおよび、一方において、自分のうちに同性愛学的傾向を芽生えさせ、他方においていろいろと性的好奇心をおこし、これが一転して科学的探求癖となり、再転して芸術上の製作となり、以後、かれにおいて、科学と芸術とは互いにその支配的地位を争いながら、弁証法的に発展してゆく——と、いとも明快に説きすすめるにいたっては、ひとはフロイトの軽業に感嘆し、無言のまま、左右に頭をふるばかりであろう。

フロイトの説を信ずるならば、レオナルドの玩具好きは、同性愛の一変種であり、その玩具の製作は、性的好奇心に端を発するものと考えなければなるまい。そうして、これは一概に妄誕邪説としてしりぞけ去るべきではなく、或いは我々の研究に、一条の光を投げあたえるものであるかもしれない。同性愛についてフロイトはいう。「子供は、母親への愛を抑制するが、同時に、自分自身を母の立場に据え、自分と母親とを同化させ、自分という人間を典型として、新しい愛の対象を、この典型に似かよったもののなかから選択するのだ。こうしてかれは同性愛に陥るのだが、本来、これは自己《アウト》エロティスムスに逆戻りしたにすぎない。青年期に入りかけた少年が年下の少年を愛するのは、結局、かれ自身の幼年期の再生か乃至はその代用を、母親が幼年時のかれを愛したように愛しているに過ぎないからである。いわば、かれはナルチスムスの過程上に愛人を見いだしたのだ。」と。

たしかに玩具を愛する気持のなかには、同性愛におけるよりも、いっそう容易に「ナルチスムス」をみとめることができるようだ。殊に玩具の代表的な形態である人形をもてあそぶ子供を観察するならば、直ちにこのことが判明するであろう。夢のなかの飛翔が性的な意味をもつというところから、レオナルドの生涯の関心の的であった飛行機製作を動機づけるまでもなく、玩具を愛し、玩具をつくることを好んだかれは、かならずや同性愛的な傾向をもち、少年時代の性的好奇心にはじまる探求癖をそなえていたでもあろう。ルネッサンス期には、レオナルドのほかにも、たくさん玩具つくりの名人がいた。たとえば、レオン・バティスタ・アルベルティのごときも、その錚々たるひとりであった。ブルックハルトの『伊太利文芸復興期の文化』は、かれの玩具について物語る。

殊に人びとの讃嘆を博したのは不可思議な覗き箱で、かれはその内に、或いは峨々たる岩山の上に、星宿や月の出を現じ出し、或いは山や入江が遠く霞みのなかにつらなるひろい景色に、陽光を浴び、雲の陰影を負うて、出船入船が往来するところを見せたりした。……

おそらく、かれもまた母親に可愛がられすぎたのにちがいない。フロイトならばいうであろう。この覗き箱というやつが問題だ、子供のエロチックな衝動としてあらわれるものに、猛烈な覗きたいという欲望がある、と。

さきに私は、ルネッサンスの人びとが、子供らしい「無邪気さ」をもって玩具をつくり、また同様に、子供らしい「無邪気さ」をもってそれにたいして拍手をおくったとする素直な考え方もないではないが、しかし「無邪気」という一言によって片づけ去るには、かれらはあまりにも複雑な性格をもっていたといったが、いまやその子供らしい「無邪気さ」の正体はほぼいかなるものであるかがわかったように思う。かれらの玩具好きは、いささかもかれらの無償のたわむれを意味するものではなく、情熱のおもむくままに振舞うことができた、うしなわれた過去のよき日にたいする、いたましいかれらの追憶にもとづくものであった。一世を風靡した玩具熱は、人びとの感情生活のゆたかさを示すものではなく、むしろ、そのまずしさのあらわれであり、抑制された情熱の結果にほかならなかった。すなわちかれらが玩具を愛するのは「かれら自身の幼年期の再生か乃至はその代用を、母親が幼年時のかれらを愛したように愛しているにすぎないからである。」そうしてそれこそ復興再生を意味する、ルネッサンスの基本的な性格であった。

とはいえ、はたして我々は、フロイトとともに、性欲的なものだけを世界の回転軸とみとめることができるであろうか。そうして、いつまでも心理的な世界のなかに踏みとどまり、物質的な世界にたいして眼をとじていることが可能であろうか。フロイトの言い分を聞いていると、まるで我々は生殖器だけをもって生まれてきているようであるが、我々には胃袋だってあるのである。心理ばかりに興味をもつのは食うに困らない人間だけのすることだ。事実、精神分析学は性的享楽を第一義と心得るウィーンの俗物心理の観察によってつくりあげられたものであり、所詮、それは金利生活者の心理学にすぎなかった。もちろん、かくいえばとて、私は、折角いま我々の獲得した、玩具が抑制された情熱の所産であるという結論を、早速放棄しようとするものではない。ただ性的情熱だけが、我々の情熱の一切ではないという至極平凡な一事実を顧みているだけだ。ルネッサンスの玩具つくりの達人らが――そうしてまた、これに讃嘆の声を惜しまなかった当時の無数の民衆のむれが、皆、赤ん坊のとき、あまりにもおふくろによって可愛がられすぎた連中ばかりだとは、どうしても信ずることができないからである。

かくて我々が、ふたたび観点をかえ、心理学的にではなく、社会学的にレオナルドの玩具の獅子を眺めはじめるならば、たちまち獅子もまた変貌し、挿話はこれまでとはちがった陰影を帯びて、我々の眼前に浮びあがってくるであろう。

これは自明の理であるが、当時、人びとがこの獅子の玩具に瞠目したのは、それが巧妙に製作された自動人形であるからであった。このことから、我々は、容易に当時の社会が、いかなる技術的段階に立っていたかをうかがうことができるのだ。

元来、人形は手工業的な生産物であった。もちろん、昔から運動する人形はあった。たとえばエジプトの粉捏《こなこね》人形である。それはパン粉を捏る奴隷の恰好をした木製の玩具で、人形の台の下の握柄《にぎりえ》をつかみ、片手で腰についている紐をひくと、奴隷は捏台の上でパン粉をこねはじめる。そういう人形はギリシアにもあった。アリストテレスは人形の運動について次のように書いている。「糸がひかれる。たくさんの糸が結ばれている諸部分が、それぞれ動きはじめる。人形はまず点頭する。眼をつむる。眼をひらく。それに応じて手足を動かす。その恰好は、まるで生きているもののごとくである」と。ルネッサンス時代にも、エジプト式の簡単なものの構造や、アリストテレスの述べたマリオネット風のものは、ざらに存在していたにちがいない。しかしひとりで堂々と宮殿を闊歩し、王様に敬意を表したりする獅子の玩具にいたっては、正にルネッサンス人の想像を絶していた。そこでかれらは驚嘆したのにちがいない。すなわち、このことは、当時における生産の基礎が、なお依然として手工業的なものに置かれていたことを意味する。ヨリ正確にいえば、おそらくそのころは、中世的・ツンフト的意味での手工業が問屋制手工業に移ってゆく過渡期にあたっていたのであろう。そうして、稀にマニュファクチュアもまた存在していたかもしれない。なぜというのに、とにかく一方において、古い生産階級にとどまっていたのではとうてい期待することのできなかった、レオナルドの自動人形の出現をみたのだから。

ここにおいて、レオナルドの玩具の獅子は、フィレンツェの青銅の獅子《マルゾッコ》とともに、近代社会の黎明を告知するという、きわめて重大な役割をになうことになる。そのことはまた我々をして、この玩具の製作者が、近代的生産のイデオロギー的反映である数学的・機械論的哲学の、最初の使徒のひとりであったであろうことを類推せしめる。一個の人形の存在から、こういう類推を敢えてするならば、臆断のそしりをまぬがれないであろうか。しかし、レオナルドが右から左に、かれの左手で丹念に書きのこした、鏡にうつすとき、ようやく判読することのできる有名なかれのノートは、我々の類推を肯定するもののようである。人びとは、このノートから好むがままに、哲学者レオナルド、芸術家レオナルド、科学者レオナルド等々の多彩な姿を引き出すことができよう。

とはいえ、我々は万能の人レオナルドの姿によって眩惑されず、むしろ、ぎごちない動作をする――おそらく、レムブケーのそれよりもヨリ幼稚な、かれの機械仕掛けの人形の姿を冷静に眺めることによって、あらゆるかれの業績を正当に評価すべきであろう。なぜというのに、その獅子の玩具こそ、レオナルドの方法の具体的な成果を、最も単純明瞭な形態において、我々に示すものだと思うからだ。かつて私もまた、レオナルドの行くとして可ならざるなき才能にたいして、ただひたすら讃嘆の念を禁じ得なかったのであるが、やや成長するにおよび、おそらくかれの多芸多能は、新しい時代の担い手として、到る処にかれが、克服すべき古い時代の桎梏《しっこく》をみとめたためであろうと思い、才能の有無に拘らず、同じく転形期に生きるもののひとりとして、かれの悲壮な努力を他人事《ひとごと》ではないと感じはじめた。今でも私は、レオナルドにたいする私のこういう見方が、かくべつ間違っているとは考えないが、しかしながら、むしろ、いっそう正確には、私はかれの多面的な活動の原因を、当時における技術的段階の低さに求むべきであったであろう。

ヴェロッキョの仕事場で、ひとりの「徒弟」として出発したレオナルドは、チェンニーノ・チェンニーニの『絵画論』が説くように「絵具を練ったり、糊を煮たり、漆喰を捏たり、画板をつくったり……」ありとあらゆる仕事をしなければならなかったにちがいない。すでに絵画の領域だけでもそうなのだ。必然にかれは、多芸多能にならざるを得なかった。しかしまた、かれの仕事の多くが未完成であり、構想されたままで、遂に実現をみなかった場合も少くなかったのは、かれの怠惰や移り気や、完璧をもとめてやまない、かれの内心の要求やによるのではなく、かれが、そういう低い手工業的技術の制約を、決定的にうけていたためであった。

にも拘らず、かれは玩具の獅子をつくったのだ。それは当時の技術水準をはるかに超えたものであり、その製作の根本的なモチーフは、デカルトのあの有名な言葉「諸々の獣は、魂のない、どのような自発性をも欠如せる機構《メカニズム》以外のなにものでもない」に、あったであろうことを思わせる。ここからラ・メトリイの『人間機械論』へは一歩であり、事実、レオナルドは、かれのノートのなかで、解剖学の研究が、いかに力学の研究と、密接不可分の関係に立つものであるかを述べている。

レオナルドは、ガリレイの、ハーヴェーの——その他、さまざまな貴重な業績をのこした人びとの、先駆者であったであろう。かれはつねに先駆者であり、絶対的に先駆者であった。なぜというのに、かれのいだいていた機械論的世界像の細部にいたるまでの仕上げは、マニュファクチュアの成熟を俟《ま》って、はじめて遂行されるていのものであったからである。そうして、手工業的技術の段階から機械工業的技術の段階に移るにおよび、すでにこのマニュファクチュア時代の科学すらが古色蒼然たるものに変ってしまったが、なお数学的機械論的世界観は、基本的な意味において、いささかも死滅してはいないかのようだ。それはルネッサンス以来の生産方法が依然として持続していたためであろう。リラダンにしろ、チャペックにしろ、すべてこの世界観との対決を迫られ、自動人形を問題にしたのであった。

玩具の獅子は、かつてそれがつくられたときには、精巧をきわめたものであり、万人に驚異の眼をもってみられたでもあろう。しかし、すでに今日、人びとはその姿を見飽きてしまった。にも拘らず、なおそれが、発条《ばね》のゆるみ、色の褪せてしまった姿を衆目にさらしながら、相も変らず威張りかえって、ギクシャクと歩きつづけているとすれば、はたして我々の次の世代は、それにたいしていかなる態度をとるであろうか。私は、さきに一寸触れた、十九世紀の芸術家の言葉をいまあらためて思い出す。

手に入るや否や、碌に見もしないで、すぐに玩具を毀してしまう子供がある。このような子供らについては、白状するが、かれらをこのように行動させる神秘的な感情が私にはわからない。かれらは人間社会を模倣するこれらの小さな品物にたいし、迷信的な憤怒におそれるのであろうか。或いはまた、玩具を自分らの生活にとり入れるに先立って、一種の秘密結社入団試験でもうけさせるのであろうか。——難問である。……

否、それは自明の理に属する。

政談——マキャヴェリ

近ごろ、我々の身辺にもマキャヴェリズムの使徒が大へん多くなったらしいが、どうもそういう連中は、政治というものを根本的に誤解しているようであり、万事心得顔にかれらの説くあの手この手も、それが「現実的」であればあるほど、かえってかれらの現実をみる眼のたよりなさを思わせるものばかりだ。もしも今日、マキャヴェリが生きていて、かれらのこざかしげに立ちまわる姿をながめたなら、どんなにかあの大きな口をあけてカラカラと笑うことであろう。

こういうマキャヴェリズムの横行は、はたしてジュリアン・バンダのいうように「現代における政治的熱情の発展」の結果であろうか。それともそういう熱情の衰弱からうまれる用心深さと解すべきであろうか。或いはまた、一定の約束にしたがって、我々が将棋をさすように、我々の小マキャヴェリたちが、権謀術数をもって、政治をするものの是非ともしたがわねばならぬ、一定の約束と思いこんでいるためであろうか。

マキャヴェリは、かれの亜流たちに比べると、はるかに闊達であり、力にみちていた。そうして、かれは、かれのマキャヴェリズムを、時として徹底的に侮蔑することさえ敢えて恐れなかった。かれが単なる奸佞邪知《かんねいじゃち》の人物でなかったことを、人はしばしばかれのフィレンツェ乃至イタリアにたいしてそそいだ憂国の熱情をあげることによって証明する。なかには前にふれたバンダのように、かれを一個のモラリストにまで祭りあげるおめでたい人すらある。すなわち、マキャヴェリの亜流にとっては、悪は政治に役たてば悪でなくなって善となるが、かれにとっては、悪はたとえそれが政治に役たつばあいにも依然として悪であることに変りがない。したがって、かれは、現代の政治家ほど、道徳的に頽廃していないというのである。

いずれも嘘ではなかろう。しかし、私はそういう感心みたいなマキャヴェリの姿には一向に興味がない。むしろ私は、もっと子供らしい、世のつねの利害打算や価値判断を粉砕していささかも悔いない、素朴な男としてのかれを想像したい。むろん素朴であるということは、かれがいろいろと政治的な手くだについて語ったり、またそういう手くだをつかって、巧みに世のなかを泳いだりすることを妨げはしない。(泳ぐほうは、事実上、成功しなかったが)しかし、心の底では、いつもかれはそういう小刀細工を馬鹿にしており、ほんとうにしたいことをするときには、体あたりでまったく向うみずな振舞をするのだ。一言にしていえば、私は芸術家マキャヴェリの姿を前景に押し出し、いささか俗うけのするポーズをしめす国家主義者マキャヴェリ、或いは貧血症の道徳家マキャヴェリの姿を後景に引っこめてしまいたいと思うのだ。逆説ではない。たとえば、『君主論』の最後のほうに、かれの次のような言葉がある。

「運命が変化し、人間が自分の行動に固執するとき、両者が一致するときは成功し、しかして一致しないときは失敗に帰する。私個人としての考えでは、用心深くするよりも、むしろ断行したほうがいいと思う。由来、運命の神は女性なるが故に。すなわちかの女を支配下に置こうと思うならば、かの女を撲《なぐ》ったり、虐待したりすることが必要だ。そうして、運命は冷静に事を処する人よりも、むしろこうした人の意に、さらによく従うものであるらしい。したがって運命は、女と同じく、つねに若者の友である。これ青年が思慮深からず、かえって乱暴で、しかもよく大胆に運命を支配する所以《ゆえん》である。」

　これは国家主義者や道徳家の意見ではない。まさしく婦人にたいする辛辣な諷刺小説『魔王ベルファゴル』を書いた快活な芸術家の意見だ。にもかかわらず——いや、それ故にこそ、またこれは、マキャヴェリズムの神髄をつたえる言葉でもある、と私は考える。つまり、権謀術数は、無鉄砲な、若々しい大胆な魂によって支えられていないかぎり、断じて無意味だというのだ。

　そういう点において、マキャヴェリはおそろしくスタンダールに似ている。『赤と黒』をあげるまでもなかろう。権謀術数の化身みたいなジュリアン・ソレルは、まことに素朴な、潑剌とした青年であった。作中の人物のみではない。メリメの回想記によれば、かれ自身もまた、生涯、自分の空想に支配されていて、何事をするのにも、咄嗟に熱狂的にしかしなかった。そのくせ、理性にしたがってのみ行動することを自負していて「何事も論《ロジーク》……理によって身を処さねばならぬ」と、この字の最初の音綴《シラブル》と終りのとの間に、或る間隔を置いていうのがつねであった。

では何故《なぜ》——と、人は或いは私に問うかも知れない、君の意見ではそれほど権謀術数の奥義に達していたというのに、マキャヴェリにしろ、スタンダールにしろ、なぜ大政治家にならなかったのか、と。愚問である。たぶん二人とも、あんまり女に惚れられそうな顔つきもしていないくせに、やたらに女を撲ったり、虐待したりすることばかり考えていたせいであろう。これでは女性である運命の神が、二人に微笑するわけがない。

とはいえ、マキャヴェリが『君主論』のなかで推服しているチェザレ・ボルジャ、或いはまた、『パルムの僧院』のなかでスタンダールの描き出したモスカ伯が、その権謀術数と素朴な魂との結合の仕方において、運命の女神に愛されなかった二人の著者と、かくべつちがっているとも思われない。大へんメロドラマチックなチェザレは——かならずしも伝記作者トンマソ・トンマシの話をことごとく信ずるわけではないが、気にいらぬ人間はすべて騙討《だましうち》にして、だだっ子のように、イタリア中をあばれまわる。毒薬をつかうのがすきであり、それを指環のなかに仕込んで置き、握手をするとき相手の手のひらに注射したりするのだ。まことに小学生的な男である。モスカ伯にいたっては、年もとっているので、それほどではないが、なおかれは、ほんとうの恋愛をすることができる。少年のような恋愛をするのだ。そうしてこの大政治家は呟く。老年とは、要するにこんな楽しい子供らしい事ができなくなることではないか、と。

政治家はつねに永久に年をとらない芸術家の魂をもっている必要がある。こういうと、ばかに私は芸術家の肩ばかりもつようであるが、まったくのところ、あたりを見渡してみても、我々の周囲には、芸術家の魂をもった芸術家というやつが殆んど見あたらない。皆、政治家ばかりだ。たとえば、ジュール・ロマンの『ヨーロッパの七つの不思議』だ。いろいろと政治的にうごきまわり、さんざん騙された挙句の果、いかにもお人よしらしい顔をつくり、どうも「不思議」だと嘆息するロマンにたいし、誰だったか、この本の批評のなかで、かれは芸術家だ、政治家の権謀術数にかかってはかなわない、芸術家と政治家とは本質的にタチのちがう人種だから、というような意味のことをいっていたが、まことに甘い批評家がいればいるものである。まったくロマンの思う壺ではないか。かれは、そういって貰いたいために、この本を書いたようなものだ。『クノック』や『トルアデック』の諧謔の精神を忘れ、素朴な芸術家魂をどこかに置いてきぼりにして、政治的小刀細工に耽けるジュール・ロマンは、もはや芸術家ではなく、群小政治家のひとりにすぎない。

それにしてもジュール・ロマンのばあいは、まだスケールが大きく、ヨーロッパ全土におよぶかれの活動ぶりには、いささか痛快なものがないではないが、わが国の芸術家にいたっては、まったくお話にならない。ギルドの維持に汲々としてみたり、そこらの物のわからない役人にわたりをつけてみたり、まことに大人っぽく、分別くさい政治家揃いだ。これでは、かえって政治家のなかに芸術家がいるのかも知れないと、一時考えたことが私にもないではなかったが——政治家はやはり政治家だ。餓鬼ではない。要するにわが国においては、権謀術数とは、明哲保身の術の異名にすぎないのだ。

世には、一日として、陰謀がないと過ごせない人間がいる。貧にして乱を好む、とはよくいわれる文句だが、かくべつ生活に困っているわけでもない。ただなんとなく、平地に波乱をまきおこしてみたい。のうのうとしている連中に一泡ふかせてみたい。平穏無事な、なんの変てつもない毎日をおくりむかえてゆくよりも、乾坤一擲《けんこんいってき》、なにか無軌道な真似がしてみたい。まったくばかなやつで、普通の人間なら酒でものんで気をまぎらすところを、大衆のためとかなんとか名目をつけ、さまざまな策略をめぐらしはじめる。ところが面白いことに、これと少々ちがった型で、陰謀など微塵も見あたらないのに、自分にむかって陰謀が企てられているように思いこみ、絶えずスリルを味いながら、すこぶる大物になったような気持で、警戒おさおさ怠りないという人間がいる。いささか被害妄想狂じみるが、かならずしも気がくるっているわけではなく、前者とは逆の意味で、やはり陰謀が好きなのであり、これなくしては一日も暮らせないことに変りはない。

さらにまた、まったく物の道理がわからないために——たとえば、一合瓶から一升をとり出すことができないというので、何かそこには陰謀が企てられているように想像し、これに対抗する手段をあみ出すべく肝胆をくだく人間がいる。

こうなると、権謀術数もすこぶる愛嬌があり、若干グロテスクだが、利害打算を超越しているところに芸術的な味がある。笑いごとではない。この種の人間は政治家のなかには意外に多い。シュプランガーは、かれの『生活様式』のなかで次のように語る。

「純政治的な精神構造においては、客観性および真理一般を会得する機能は、ついに退化するという固有の現象があらわれるにいたる。つねに争うものには、自己の欲し、自己の信ずるものが、明白な『真理』になってしまうものだから、かれは、他の客観的な、正しく評価する態度一般にたいして、一切理解を失う」と。

空の空なるものから仮想敵をつくり出し、これにむかって悪戦苦闘するところ、まさしく政治家における権謀術数は、単に明哲保身の術を意味するものでなく、ヴァレリー風にいうならば、詩人における韻律のごときものとなる。政治家も詩人も、いずれも自らに障害を設け、困難を課すべく、それぞれ謀略や韻律を必要とするというわけだ。こうして、日夜、権謀術数にすがりながら、虚構に虚構をつみかさね、政治家の熱情は、ますます火の手をあげはじめる。折々現実にふれたことをいったり、したり、しないでもないが、それこそまぐれあたりであり、嘘から出た真《まこと》だ。もともと現実のうごきとは懸けはなれたところで、オリンポスの神々のように、かれらは政治遊びに夢中になっているにすぎないのだ。こんな政治家にかぎって、ともすれば政治には詩が不可欠の要素だとか、ファンタジイがなくてはかなわぬとかいうのだから笑わせる。一見、かれらは芸術家らしくみえるが——誤解しないで欲しい、私のいう芸術家魂とは、そういう粉飾された魂を指すのではないのだ。

マキャヴェリズムは、かれらにおいて、最も頽廃の相を帯びる。マキャヴェリにとって、権謀術数は、政治をするための健康な手段にすぎなかったのに、かれらの手にかかると、目的と手段とは顛倒し、権謀術数を行うために、政治が必要とされるにいたる。かれらが権謀術数のために胸をときめかし、損得を勘定にいれず行動している間は、まだ恕《じょ》すべき点もないではないが、かならずしも架空の陰謀を創作することと明哲保身の術とは相容れないものでもなく、そういう純粋の状態も長くはつづかない。

それは陰謀を取締る人間のばあいをみれば直ぐに了解されよう。かれらもまた、一日として、陰謀がなくては過ごせない人間の類《たぐい》に属する。陰謀を企てるものがいないと、文字通りメシの喰いあげだ。そこで生活のために、かれらは恐らく最初は嫌々ながら、架空の陰謀をでっち上げるであろう。束にして偽《にせ》の謀反人共をつかまえるであろう。なかなか辣腕だというので評判になる。悪い気持はしない。もう一度やってみる。ますますお覚えがめでたい。こうして、かれらはやがて生活のためにではなく、陰謀の創作それ自体に興味をもち、仮想敵にむかって権謀術数をめぐらすことに、よろこびを感じはじめるにいたるであろう。つまり、さきに述べた純粋政治家たちは、この過程の逆をゆくわけだ。しかし、あまりにこういう架空の魅力を追ってばかりいると、ついに風は雲を呼び、雲は雨を呼び、にせものはほんものとなり、天地晦冥、虚実いりみだれて、世は乱世となる。皮肉なことに、自他ともに政治家をもって許す人間が——朝から晩まで東奔西走し、いかにも忙しそうな実際家面をしている人間が、実は最もリアル・ポリティックスから遠ざかっており、乱世となれば、まず一番に泡を喰うのである。

ここにおいて私は、ほんとうの政治家に、私の絶対になくてはならぬものだとする、芸術家魂のなにものであるかをあきらかにしなければならない。それはかくべつ面倒な考察を必要としない。芸術家魂だなどといえば物々しいが、そいつは至極単純な代物だからだ。人はこの魂を、決して芸術家のなかに——純粋芸術家のなかに見いだすことはないであろう。純粋芸術家は純粋政治家に大へん似ている。そうして純粋政治家が本質的な意味において、なんら政治家ではなかったように、純粋芸術家もまた芸術家ではない。わかりきったことであるが、韻律のために、詩を問題にするような人間は詩人ではない。のみならず——

のみならず、ほんとうの詩人は、単に詩人であることに決して自足してはいないであろう。いつも若々しい芸術家魂をもちつづけていたハインリッヒ・ハイネは、周知のように、詩人であるとともに革命家であった。ヨリ正確にいうならば、このことは、かれが詩人としての誇りをもつとともに、その詩人の誇りをふりかざして政治家に対立しようとは、断じて試みなかったということだ。かれには詩人としての誇りのほかに、政治家としての誇りがあり、政治家にたいしては、かれの政治家としての誇りをもって対立したのだ。

もっとも、私は、ハイネが、その詩人としての誇りだとか、政治家としての誇りだとかを、大したもののように感じていたとは少しも思わない。おそらくかれは、そういう自負を鼻さきにぶら下げている連中を、極端に軽蔑していたことであろう。かれは、詩人として、乃至は革命家として、かれ自身を割りきられ、限定されることが嫌いだった。それはかれがあくまで自由をもとめてやまない、不羈奔放《ふきほんぽう》な一個の人間――詩人でもなく、革命家でもない素朴な一個の人間であろうとしたからだ。どんなにか、かれは誤解されたことであろう。『ルートヴィッヒ・ビョルネ覚書』に次のような一節がある。「君は――と、かれはかつて訊いた――パリへ着いた最初の日に何をしたか。何処へ最初に行ったか、と。かれは、私が最初の散歩として、ルイ十六世広場か、パンテオンか、ルソーとヴォルテールの墓をあげるだろうと、たしかに予期していた。そうして私が正直に、到着するとすぐ王室図書館へ行って、本の番人にマネッセの宮廷恋愛詩人の写本を出させたとほんとうのことをいったら、かれは奇妙な顔をした。これは事実である。何よりも最大のドイツ抒情詩人ヴァルテル・フォン・デル・フォーゲルヴァイデの詩をおさめている貴重な書物を、私は永年みたいと思っていた。ビョルネにとっては、これも同様に、私の局外主義の証拠で、私の政治的な原則と矛盾することを責めた。このことで、かれと議論するのは、その労に値いしないと、私が思っていたのはいうまでもない。」

ほんとうの政治家に、私の絶対になくてはならぬものだとする、芸術家魂とはこういうものだ。ここから、詩人ハイネを――或いは詩人ハイネの政治家ビョルネにたいする皮肉を、読みとるものは不幸である。では何故かれは大政治家にならなかったのか。いかにもかれは、ドイツのアポロと呼ばれるほどうつくしい顔をしていたが、マキャヴェリとちがって、非常に女にたいしてやさしかった。そうして失恋ばかりしていた。運命の女神もまた、ついにかれには惚れなかったのである。

アンギアリの戦——レオナルドとマキャヴェリ

　凄惨な白兵戦を描いた作品のなかで、レオナルドの『アンギアリの戦』は、素描であるとはいえ、抜群であり、いかにも普通の人間なら、とうてい正視するに堪えないような肉弾相搏つ闘争の光景を、この沈着な画家が、あくまで冷酷無比な手つきで、悠々と表現しているのにはおどろくほかはないが——しかし、マキャヴェリの『フィレンツェ史』によれば、この戦争の結果、死んだのはわずか一人にすぎず、その一人も手傷をうけたとか、はなばなしく戦死したとかいうのではなく、ただ落馬して踏みにじられたためであったという。それが事実なら、レオナルドの激戦の描写は、たとえ迫真的であるとはいえ、いや、迫真的であればあるほど、かえって眉唾物だ、ということになる。戦死者一名の戦争の絵としては、それはたしかに、ちと大袈裟すぎるようだ。人びとは、レオナルドの絵空事を嗤《わら》うでもあろう。そうして、かかる歪曲の原因を、フィレンツェの勝利を記念するため、パラツォ・ヴェッキオの大評議会場の壁画に、この戦争をテーマに腕をふるってくれるようにかれに依頼した、市民の影響に帰するでもあろう。しかし、はたしてレオナルドは、市民の愛国心に迎合する意図をもって、この作品にとりかかったであろうか。すくなくとも私は、『アンギアリの戦』をめぐる、これら二人の代表的ルネッサンス人の相反した態度のなかに、いずれも利害打算を超越した、当時支配的であった徹底した合理主義のあらわれをみるものだ。

ホッホ・ルネッサンスの芸術家は、ミケランジェロの表現を借りるならば、眼のなかに両脚器をもっていた。幾何学的関係の認識によって、全自然の秘密を一挙に把握しようと絶えず努力していたかれらは、空を飛ぶ渡鳥の群や、奇怪な雲のたたずまい、泡だつ流水の形や、木の年輪の複雑な模様にいたるまで、みるものすべてを、ことごとく合理化しようと試みた。しかし、自然のなかには、あくまで芸術家の合理的把握を拒む題材がないではない。たとえば、戦場において、縺《もつ》れあいながら、人びとの阿鼻叫喚する光景のごときがそれだ。生命の印象を損うことなしにこれを幾何学的に結晶させることは、殆んど不可能に近い。すくなくともレオナルドの同時代人には、とうてい手に負えない題材であった。つねに前人未踏の境地をゆく我々の画家が、かかる異常に困難な題材に面して、どうして拱手傍観していることができようか。すなわち、レオナルドの『アンギアリの戦』は、かれの合理化のための悪戦苦闘図であり、たとえ刀折れ、矢つきた後、未完成に終ったとはいえ、いまもなおそのすさまじい合理主義の故に、作品の断片ですらが、はげしく我々の心を打つのである。

しかしながら、死者一人であったというマキャヴェリの淡々たる『アンギアリの戦』の記録も、その合理主義の猛烈さの点において、決してレオナルドに劣るものではない。こちらは真向からフィレンツェ人の愛国心に挑戦しており、その戦争におけるかれらの戦略戦術のまずさ加減から、戦後にかれらのはたらいた掠奪暴行の末にいたるまで、さりげない調子で事こまかに叙述の筆をすすめながら、いかにかれらの勝利が愚劣極るものであったかを描きだしている。マキャヴェリの狙いが、単に事実を事実として示すことにあったのではなく、人間の情熱のなかで最も非合理的な、政治的情熱の合理化にあったことはいうまでもない。レオナルドが物理的自然にたいして試みたように、「政治的自然」を対象とする科学を樹立し、そこから合理的な政治技術を引きだすこと――これがマキャヴェリの生涯の念願であった。『フィレンツェ史』一巻は、かつて我々の祖先が、その法則のいかなるものであるかを知らず、原始的自然の暴圧下に脆くも屈服していたように、現に政治的自然の魔圏のなかにあって、思う存分、自然のために鼻づらをとって引き擦り廻されている、みじめな我々の姿を如実に伝えている。要するに、合理化とは、レオナルドのばあいであれ、マキャヴェリのばあいであれ、自然からの解放以外のなにものでもないのだ。解放は合理的実践によってのみもたらされる。しかるに、合理的実践の代りに、実践の合理化――実践の論理的な基礎づけにのみ忙殺されているのが、巷に氾濫している所謂《いわゆる》合理主義というものの性格であった。

レオナルドは、四百年代の画家たちが、徒《いたず》らに自然の細部に眼を奪われ、画面の統一を捕捉しかねている際、逸速く幾何学に思いを凝すことによって、調和と均衡との支配する、堂々たる古典主義的作品を完成したが、このばあい、幾何学は、単に自然のなかに、うつくしい比例を発見するための測定術としてではなく、むしろ、純粋な数学的思考として、かれの自然からの独立に当り、いっそう大きな役割を果したのではなかろうか。もしもそうだとすれば、かかる純粋な数学的思考は、同じ自然からの脱出を企図するマキャヴェリにとっても、まったく縁のないものである筈はない。私はプラトンのアカデミアを思い出す。周知のごとく、アカデミアの目的は、主として政治家の養成にあったが、そこで何よりも不可欠のものとされていたのは、数学の知識であった。事実、プラトンは、危機に臨む若い国王に、まず幾何学の学習を要求した。何故か。その理由は簡単である。数が自然的存在から区別されることによって誕生し、数学が自然学との紐帯《ちゆうたい》を絶ちきることによって、はじめて生成したからだ。したがって、数学的存在は、自然的存在を超え、これを一つの特殊の場合として含むような普遍的存在となり、その結果、数学は自然学《フィジック》と形而上学《メタフィジック》とを媒介することとなる。すなわち、数学の成立によって、科学と形而上学とは、夫々《それぞれ》独自の領域を所有することとなるのだ。むろん、プラトンが、政治家に数学的教養を要求したのは、数学を把握させることによって、形而上学のいかなるものであるか

に、政治家は、つねに
を、かれらに明瞭に把握させたいためであった。かれの意見によれば、政治家は、つねに形而上学者であるべきであった。しかし、我々のルネッサンス人たちは、プラトンとは反対に、数学を通過することによって、逆に科学のほうへ行ったのである。自然からの解放を望み、実践の合理化ではなく、合理的実践に終始しようとすれば、科学を科学として厳密に把握する以外に方法はない。とはいえ、我々にプラトンの愚を嗤う資格はなかろう。すくなくとも政治家にたいして、数学を推薦したかれの眼には、科学と数学と形而上学との区別が、はっきり映っていたにちがいないからだ。しかるに我国では――殊に我国の政治家は、いまだに科学と形而上学とを混同しており、徹底的に科学的でもなく、十分に形而上学的でもなく、政治的自然に翻弄されながら、ただ騒然と右往左往しているにすぎないではないか。もっとも、数学的思考の達人であった『アンギアリの戦』の二人の作者たちと雖《いえど》も、完全に自然から解放されていたわけではない。マキャヴェリの政治科学は、とうとう完成しなかったし、レオナルドの鳥の形をした飛行機は、ついに大地を離れなかった。

天体図——コペルニクス

転向ということが問題になるたびごとに、いつも私はコペルニクスの名を思い出す。これはおそらく、昔、学校でおそわったカント哲学の記憶のためにちがいない。コペルニクス的転向——コペルニカニッシェ・ウェンドゥングとは、周知のように、カントが『純粋理性批判』のなかで、かれの業績をコペルニクスのそれに匹敵するものとして、その画期的である所以《ゆえん》を強調するためにつかった言葉だが——この言葉のもつ颯爽としたひびきは、およそ今日、我々の周囲で絶えず発音されている、耳馴れた同じ言葉からはきくべくもない。そうして、何故か私には転向といえば、つねに堂々たるコペルニクス的転向のことを指すべきであり、誰でもがする現在の転向は、断じて転向という言葉によって呼ばるべきではないような気がするのだ。

もちろん、かくいえばとて、私には、二十世紀の転向者のむれを侮蔑するつもりなど毛頭なく、ただ転向の語原学《エチモロギー》を問題にしているにすぎないのだ。我々の転向が凄惨な闘争のはてにうまれた、いわば紆余曲折をへた結果の改宗であり、したがって、多かれすくなかれ、悲劇的な色彩を帯びているのに反し、十六世紀の孤独な転向者——最初の転向者コペルニクスの転向は、あくまで朗然たる転向であり、しかもそれは不思議なことに、闘争の拒否の上に立って、人目につかず行われたのだ。ここにコペルニクス的転向の特徴が——いや、すべての転向らしい転向の特徴が、最も明瞭なかたちであらわれているように思われる。これは、すなわち、コペルニクス的転向は颯爽としているかもしれないが、コペルニクス自身はいささかも颯爽としていなかったことを意味し、さらにまた、こういう転向にくらべると、なるほど今日の転向は、はなはだ颯爽としないこと夥しいが、転向の前後を通じ、闘争をもって唯一無二の信条とすることに変りなく、ただ闘争の立場をかえるにとどまる我々の転向者のほうが、コペルニクスよりも、はるかに颯爽としていることを意味する。

といったところで、もう一度断る必要があるであろうか。颯爽としていないからといって、コペルニクスを非難する意志など、私はすこしももっていない。どうして颯爽とすることが立派なことなのであろう。むしろ私は、闘争が、しばしば逃避の一手段として臆面もなく採用されるばあいのあることを指摘したいくらいだ。吠える犬は嚙みつかない。

ドラマを好む伝記作者にとって不幸なことに、コペルニクスは冷静であり、慎重であり、時として曖昧ですらあった。そうして、異端開祖流の不敵さをしめすでもなく、したがって一度も火刑台の焔におびやかされることもなく、悠々自適、平穏無事な七十年の生涯をおくったのだ。にもかかわらず、かれは文字どおり回天の事業をなしとげ、同時代人の夢想だにしなかった転向を実現した。闘争をしているともみえなかった人間が、実は最も大きな闘争をしていたのだ。

こういう波乱のない平凡な生涯と、画期的な転向との結びつきが、ともすると我々の眼にあり得べからざることのようにうつるというのも、元はといえば我々が、先駆者というものは花々しく戦い、不幸な死に方をするという、あのプルタルコス風の感傷に憑かれているためかもしれない。先駆者が大して迫害もうけず、幸福な一生をおくったからといって、おかしいことはないではないか。いったい、知識人の闘争は、主として書斎の片隅で行われる。ずいぶんみばえのしない闘争であるが、その代り、案外、迫害をうけずにすむ。殊にコペルニクスのばあいは天文学であり比較的人間と対立する機会に乏しく、塔のなかで星ばかりながめていればいいのだから、天命を全うしたといっても、かくべつあやしむべきことではないかもしれない。しかし、かれの直接の後継者である焼き殺されたブルーノや、拷問にあわされたガリレイの運命を思うとき、当時にあっては、天文学はなんら安全な学問でなかったばかりでなく、いくら片隅にひき込んでいようと望んでも、たちまち人間を悲劇の真唯中にひきずり込む、最も危険な学問のひとつであったことはあきらかだ、のみならず——

のみならず、コペルニクスは、かならずしも星ばかりながめていたわけではなかった。かれは数学者であり、医者であり、政治家であり、経済学者であり、詩人であった。かれはハイルスベルグで貧しい人々のために無料診療を試みた。古代ギリシアの作家テオクリトスの詩を翻訳したこともある。フラウエンブルグの僧会では代表者を勤め、数多くの外交的使命をはたした。ジギスムントの懇請によって、うちつづく戦禍のため、長い間放棄されていたプロシアの通貨改良に関する論文を書いたこともある。また約五、六年の間、かれはアレンシュタイン市の行政官に選ばれ、掠奪をほしいままにする盗賊団の跳梁を全力をあげて防ぎさえした。

要するに、かれは、ルネッサンス期に輩出した、あの「普遍人」のひとりであったのだ。人間を避けるどころか、人間臭にまみれながら、かれは生活した。にもかかわらず、かれの生活は、最後まで、いささかの破綻をも示さなかった。星の観測にしたがうときと同様、なにをするばあいにも、冷静であり、慎重であった。そうして、つねに実りゆたかな収穫をもたらした。

ルネッサンス期特有の「普遍人」たちが、次の時代の担い手として、ほろびゆく時代にむかって終止符をうつものである以上、必然にかれらは、到る処に打倒すべき敵をみいださないわけにはゆかず、この敵にたいする執拗な闘争から、次第にかれらは「普遍人」にまで鍛えあげられていったのにちがいないのであるが——しかしたとえばレオナルドにしろ、エラスムスにしろ、或いはまた、このコペルニクスにしろ、闘争を回避するもののような奇怪な印象を我々にあたえるのは、いったい、いかなる理由によるのであろうか。

一五一四年、コペルニクスは、ラテラーヌス評議員会から、他の天文学者たちに伍し、多年宿望されていた暦の改正を論議するための招待をうけた。すでにその頃、かれはかれの『天体の回転について』を完成していたのだ。したがって、それはかれの学説を発表し、闘争の火蓋をきる絶好の機会であった。しかし、かれは行かなかった。太陽と月の軌道に関する知識が、なおあまりにも不完全だから、暦の改正にいかに努力してみても無駄だといい、評議員会の招待を拒絶したのだ。

こういう用心深い態度は、浮世の辛酸がかれに教え込んだ「賢明な」処世術にもとづくものであろうか。それとも知識人の「本来的」な性格が、平和を愛し、摩擦を避け、ひたすら研究に精進するようにかれを慫慂《しょうよう》する結果であろうか。または、かれが、かれの敵たちとは、くらべものにならないほど高い水準に立っているのでとうてい喧嘩にならないと諦めているせいであろうか。しかし、それだけでは割りきれない、何かいっそう根本的なものがそこにはある。

人間である以上、かれにもまた、全然打算的な気持がなかったとはいえない。好学の志や諦念が、かれをひき止めたということも、大いにあり得ることかもしれない。とはいえ、コペルニクス的転向を敢えてしたかれは、人間的であると同時に、非人間的でもあった筈だ。そうして、絶えず我々の念頭にうかべていなければならないのは、闘争を拒否するかにみえるかれが、すこしも闘争を放棄してはいないという事実だ。

率直にいえば、私はコペルニクスの抑制を、かれの満々たる闘志のあらわれだと思うのだ。かれのおとなしさは、いわば筋金いりのおとなしさであり、そのおだやかな外貌は、氷のようにつめたい激情を、うちに潜めていたと思うのだ。そうして、闘争の仕方にはいろいろあり、四面楚歌のなかに立つばあい、敵の陣営内における対立と矛盾の激化をしずかに待ち、さまざまな敵をお互いに闘争させ、その間を利用し、悠々とみずからの力をたくわえることのほうが――つまり、闘争しないことのほうが、時あって、最も効果的な闘争にまさるものであることを、はっきりとかれは知っていたと思うのだ。のみならず――のみならず、数多《あまた》の敵を相互に闘争させる際、各々の敵の力関係を正確に計算し、できるだけそれらを釣合の状態に置き、その闘争を永びかせ、やがてすべての敵の力が衰えるとき、これを一挙に自己の傘下に集めようと企てていたと思うのだ。正しくかれは調和や均衡を求め、闘争をさし控えているようにみえるが、それはこういう意味においてであった。そうして、このことは、単にコペルニクスだけではなく、程度の差こそあれ、レオナルドや、エラスムスや、その他ルネッサンス期の「普遍人」の大部分についてもいえよう。何故というのに、対立の激化を促しながら対立物相互の均衡を維持し、次第にこれを克服するという闘争の仕方は、行動の領域においてと同様に、精神の領域においても試みられていたのであり、「普遍人」が「普遍人」になり得たのは、かかる闘争方法を心得ていたためだと考えるからだ。克服の対象としてながめるとき、諸々の学問や芸術もまた敵だ。

たとえば、かれが詩人であり、数学者であったとする。かれは、詩と数学の対立と矛盾とを、かれの精神の世界のなかで、直ちに「止揚」することによって、調和させようとはせず、一ぽうが他ほうに負けないように、両者の対立を深めてゆき、この対立を対立のまま調和させるのだ。かれをみちびくのは、一種の平衡感覚のごときものであり、これによって、かれは巧みに両者の均衡を維持し、その各々が、次第にかれにたいする抵抗力をうしなうのを待ったのだ。詩が数学に征服されそうになれば、詩を強化し、数学が詩に敗北しそうになれば、数学に力をかす。そうすることによって、かれの精神の世界が収拾のつかないものになりそうにみえるかもしれないが、決してそんなことはなく、むしろ反対だ。何故というのに当り前の言葉でいえば、これは、詩に厭きたら数学をやり、数学が嫌になったら詩を書く、ということにすぎないからだ。しかし、やはり、そんな風にいうと誤解されそうだから、次に這般《しゃはん》の消息を語るソーニャ・コヴァレスカヤの手紙を掲げて置く。

「わたしはまた仕事をはじめる気になって、暇のある度に、数学の問題を考えたり、ポアンカレ氏の論文に思いを潜めたりしています。文学的な仕事をするような気持にはなれないのです。——何もかも陰気で没趣味です。こんなばあいには、むしろわたしは数学的なものを好みます。自分とまったくかけはなれた世界にはいって、非人間的な問題を語るのが面白いから。」

これはかの女が姉の病気に心を痛めていたときに書いた手紙だ。すなわち、人間的な問題のために精神的な世界が支離滅裂になりそうなとき、かの女は数学に——非人間的な問題にとりつき、逆のばあいには、また文学に帰ってくる。数学と文学の対立を強化し、両者の釣合を保たせることによって、かえって精神は調和あるものとなり、いよいよ鍛えあげられてゆき、かの女は数学者としてまた文学者として、立派な業績をのこすのだ。ヴァイエルシュトラースの詩を解し得ないものは真の数学者ではない、という言葉も、こういう意味にとってこそ、はじめて生きてくるのであり、詩にも数学にも直観が大切だからそういったのだ、と、とるのでは、まことにつまらない。いかにも両ほうながら、直観が根本的なものではあろうが、パスカル風にいうならば、数学における直観は「自然的なる光」であり、詩における直観は「繊細の心」であり、前者が知的であるのに反し、後者は情意的なものだ。この両者の相違こそ問題なのであり、二つの異質の直観が火花を散らしながら、均衡状態において共存しているところに、真の数学者の偉大さがある。詩人であり、数学者でもある人間の、精神の世界における詩と数学とのむすびつきを、俗流的な弁証法論者なら、かならず直観による弁証法的統一に求め、一色《ひといろ》の直観によって塗りつぶしてしまう筈だ。

さて、コペルニクス的転向が、かれの闘争方法の知的な領域への適用からうまれたものであり、すなわち、数学と天文学とを対立させることに端を発し、さらにかかる非人間的活動に対立させるのに、ヒューマニストとしての多彩な人間的活動をもってし、すべて対立を対立のまま巧みに按排し、調和することによって、はじめて実現されたものであることは、もはや断るまでもあるまい。プトレマイオスの星学書に、無数の円——同心円や離心円や周転円の大群として描かれ、カスティリャの王アルフォンソに、天地開闢《かいびゃく》のときにいあわせたなら、星の位置を、もっとわかりやすく変えるように忠告したであろうに、とさけばせた、複雑きわまりない天体の運動は、かれの研究によって漸次単純化され、かれは、かれが「普遍人」として、かれの小宇宙《ミクロコスモス》を組織するばあいにしめした見事な手腕を、ここでも存分に発揮した。そうして、それまで静止していた地球がぐるぐる廻りはじめることになり、ぐるぐる廻っていた太陽が不動の位置におさまり、この太陽をめぐって、星々の一族は、それぞれ均衡の状態に置かれ、整然と自己の軌道をたどることになったのは周知のとおりだ。以来、かれの立場はきまり、終生、かれはかれの立場を一度も変更しようとはしなかった。それにしても、まもりとおすのにあまりにも困難な、なんという奇想天外な立場に、かれはたつことになったものであろう。

ラテラーヌス評議員会のごときは、事実、問題ではなかった。もはや進歩派も保守派も、ことごとくかれの敵であった。進歩的だなどといっても知れたものだ。当時、進歩派の代表をもって自他ともに許していたルターはコペルニクスを次のように批評した。「馬鹿者が天文学全体をひっくり返そうとしている。しかし、聖書が我々に教えるとおり、ヨシュアが止れと命じたのは、太陽にであって地球にではない。」

まことにおめでたいことに、コペルニクス的転向が、単に天文学全体をひっくり返すのみでなく、ルターの確固不動のものと信じていたキリスト教全体を、根底からひっくり返すものであることに、ルター自身すこしも気づいてはいなかったのだ。さらにおめでたいのは、保守派の代表レオ十世の態度であった。かれは斬新なものなら、なんにでも興味をもっている人物で、コペルニクスに好意を寄せ、法王庁の内閣委員に命じてプロシアに書面をおくり、太陽中心説の数学的証明を要求した。かれはこの理論を全くの仮説だと考えていたのだ。

進歩派の漫罵も、保守派の讃辞も、コペルニクスにとっては、無意味であった。ほんとうのことがわかれば、かれらのすべてが、たちまち共同戦線をはり、顔いろをかえ、猛然と歯をむきだしてかれに飛びかかってくることはあきらかだ。しかし、そんなことは大して気にする必要はない。何故というのに、かれにはかれ一流の闘争の仕方があるからだ。すなわち、両派の対立を対立のまま釣合せ、闘争の激化をはかり、自滅をまつこと。その間にかれの理論が正しいものであるかぎり、それは、どんどん各方面にひろがってゆくにちがいない。

かれは、ルター派のひとり、ヨアキム・レテックスに、約三個年にわたり、かれの蘊蓄《うんちく》をかたむけて天文学を教えた。画期的なかれの著書の最初の版に、ローマ法王への讃辞を掲げた。そうして、かれの理論は、両派の陣営内部に、白蟻のように喰い込んでいったのだ。

おそらくヒュームのいうように、コペルニクスとともに、人間中心の時代がはじまったのであり、いっぱんに考えられているように、かれとともに、そういう時代がおわったのではないかもしれない。たしかにこのプロシアの天文学者は、人間を宇宙の特等席から追放し、その傲慢の鼻さきをくじきはしたが、しかしまた、それと同時に、大胆にも、かれは一緒に神を追放してしまったからだ。いかにもかれはヒューマニストであった。しかし、なんというヒューマニストであったろう。かれはすべての人間に対立し、一歩も後へ退こうとはしなかった。かれは人間的であったが、また極端に非人間的でもあった。

ヒューマニズムのもつエモーショナリズムの一面が誇張され、人間的であることと人情的であることとが混同されているこの頃、ヒューマニズムの排撃は、たしかに必要なことにはちがいないが――しかし、最初のヒューマニストたちにあった、こういう頑固な、非人間的な一面を、決して我々は見落すべきではないのだ。

今日、ヒューマニストは弱々しいものとされる。そこで、一見、闘争を拒絶しているかにみえるレオナルドやコペルニクスよりも、花々しく活躍するミケランジェロやブルーノのほうが、はるかに我々の周囲では人気があるようだ。そうして、レオナルドやコペルニクスこそ、いかにも典型的なヒューマニストらしいヒューマニストと考えられ、かれらの業績はみとめないわけにはいかないが、かれらの生活態度は、むしろ逃避的であり、因循《いんじゅん》姑息《こそく》であるとされる。飛んでもない間違いだ。逞しい外観をそなえていれば勇敢だと考える、こういう単純な連中が、その実、かれらの反対しているエモーショナリズムの信者以外のなにものでもないことは断るまでもあるまい。自分自身、本気になって闘争するつもりのない人間にかぎって、派手な闘争に喝采するものであり、そうして、喝采することによって、わずかに自分を慰め観念的に昂奮するものなのだ。

しかし、人はコペルニクスを、権謀術数にとんだ、陰険な男だと想像すべきではない。ここで私は、トルストイの『イワンの馬鹿』を思いだす。ルターに馬鹿といわれたコペルニクスと、トルストイの描いた馬鹿のイワンとは、一ぽうが知識人であり、他ほうが無知な百姓であるところがちがうが、両者とも、そのいささかも馬鹿でないところが、その平和を愛するところが、さらにまた、その不動の信念をもちつづけているところが、大へん似ているかのようだ。ただ私は、イワンはあくまで絵空事であり、もしも我々がイワンに似ようと欲するならば、コペルニクスにならって、かれ一流の闘争を敢行すべきだと思うのだ。百姓が無知であっていい筈はない。無知から素朴さはうまれはしない。ほんとうの素朴さは――そうしてまた、ほんとうの謙虚さは、知識の限界をきわめることによってうまれてくる。それは、ほんとうの闘争が、一見平和にみえるようなものだ。

フォントネルの侯爵夫人は呟く。

「地球が太陽の周囲を回転することを説明してくださって、あたしを侮蔑したおつもりでいらっしゃるの。それでもあたしは、やっぱり地球を尊敬しておりますよ。」

歌——ジョット・ゴッホ・ゴーガン

生のゆたかさがあるように、死のゆたかさもまた、あるのだ。生か、死か、それが問題だ、というハムレットの白《せりふ》は、これから歩きだそうとする人間の、なにか純粋で、精悍な、はげしい意欲を物語る。混沌はどこにでもあり、問題は、これを生によって韻律づけるか、死によって韻律づけるか、ということだ。ここに、この二者択一の意味があるのであって、いずれにせよ、死と生とのいりまじった蕪雑《ぶざつ》な我々の生涯は、我々の選択が生にたいしてなされようと、死にたいしてなされようと、韻律がながれはじめるとともに、たちまち終止符をうたれてしまうのだ。どうなるものか。からみあっている生と死とをひき裂き、決然とそのどちらかを捨て去ることによって、もはや生きてもいなければ死んでもいないものになってしまった我々は、はじめて歌うことをゆるされる。生涯を賭けて、ただひとつの歌を——それは、はたして愚劣なことであろうか。

そこに感傷をいれる余地はない。愚劣なことであろうと、賢明なことであろうと、なんとも仕方のないことだ。生に憑かれ、死に魅いられた人間にのこされていることといえば、駆りたてられるもののように、ただ前へ、前へとすすむことだけであり、海だの、平原だの、動物だの、花々だの——行くさきざきに次々に展開する一切のものを、水を酸素と水素とに分解するように、生と死とに分解し、これにただひとつの韻律をあたえるということだけだ。生の韻律を。或いはまた、死の韻律を。

断っておくが、私はかならずしも詩人のことをいっているのではない。これは、肉屋であれ、靴磨きであれ、僧侶であれ、旋盤工であれ、つねに正義はわれにありと信ずるもの、対立するものの眉間《みけん》を割ることばかり狙っているもの、党派のために万事を放擲して顧みないもの、絶えず一切か、無か、と考えているもの——要するに、誰でもいい、殉教の傾向のある、すべての人間のことをいっているのだ。

しかし、この主題とともに、なんとも奇怪なことだが、まず私の念頭に浮んできたものはジョットであった。「絵にてはチマブーエ、覇を保たんと思えるに、今やジョットの呼び声高く、かれの名はかすかになりぬ」と、同時代人ダンテによって歌われた、あのジョットである。キリストや、聖フランチェスコの絵ばかり描いていた、このフィレンツェの画家と、闘争のなにものであるかを明らかにしたいと望んでいる、この文章と、いったい、なんの関係があるのであろうか。

まことに不思議な作品だ。かれの描いた馬は赤く、鉛でつくられたような木の葉のくっついている樹木は、つねに対称的《シンメトリカル》にのみ生長し、とげとげしく切り立った裸の岩山が聳え、崖は階段のようであり、人間は、時として、その住む家より大きいことさえある。しかし、また、それと同時に、その人間の意味ありげな眸《ひとみ》、手や足のわずかな運動、着物のひだのよじれなどには、きわめて適確な描写がみられる。

そうだ。これは私の主題とたしかに関係がある。もちろんその自然的なところや、超自然的なところが、かならずしも闘争的だからではない。それらすべてを支配するものが、微妙な韻律であるからである。まさしくこのゴブラン織のような美しい画面は、荘重、厳粛に韻律づけられている。しかも、透明で、情緒的で、海の底のように静かだ。はたして、この韻律の正体はなんであろうか。生の韻律であろうか。死の韻律であろうか。生か、死か、それが問題だ。

ここでまた、私は立ちどまる。そうして、当惑する。いかにもジョットは、韻律という点では、たしかに私の主題と関係がある。しかし、かれによって主題を展開することは、不可能ではあるまいが、はなはだしく困難だ。何故というのに、そこには、ふたつの韻律が、同時に見いだされるからである。これこそ奇怪なことであり、不思議なことである。何より私の主題と真向から対立する。ルネッサンスの初期にあらわれ、ジョットの闘争したことは、まぎれもない事実だが、右につかず、左につかず、あくまで中庸の立場をまもりながら、はたして闘争することができるであろうか。

思うに、これは稀有の例だ。おそらく、かれの時代が、中世の夕暮れ、または近世の夜あけにあたっており、高まろうとする生の韻律と、消え去ろうとする死の韻律とが、仄かな光の漂う、この間隙のひとときに、たゆたいながら、和合していたためであろう。いわば、かれは、生と死との分解をはやめはするが、自分自身は、その分解の影響を、すこしも蒙らない、触媒のような存在でもあったのであろうか。

とはいえ、現在、私にとって必要なものは、ひとつの韻律によってつらぬかれた力強い歌であり、妥協をゆるさない、あれか、これか、の立場なのだ。ジョットではいかにも不便だ。そこで、いささか独断のきらいはあるであろうが、爛熟資本主義時代にうまれてきた、ふたりのジョット、お互いに無二の親友であり、しかもまた、不倶戴天の仇敵であった、ふたりのジョット——ゴッホとゴーガンを登場させ、奔放に書きすすめてゆくことにする。

ゴッホが生の味方であり、ゴーガンが死の味方であることは、私にとっては、まったく自明の事実だ。たとえ、このふたりが、私の前にあらわれ、どんなにそうではない、といいはったにしても、私は決して自説をひるがえしはしないであろう。言葉は信じない。私はただ、かれらの作品に脈うっている韻律を信ずるのみだ。一方が生であり、他方が死であればこそ、かれらは、お互いに、あれほど火花を散らして争いもしたのだし、その結果、ついに生は自らその片耳を切りとることにもなったのである。かれらの時代は、ルネッサンス以来支配的であった生の韻律が、ふたたび衰えはじめ、死の韻律が、二度目の制覇にむかって、その第一歩を踏みだそうとするときにあたっていた。

そういう意味において、まさしくゴーガンは時代の子であり、ゴッホは時代のまま子であった。時代の子は、いかにも時代の子らしく、逞しく生長し、膂力《りょりょく》衆にすぐれ、ひとを身ぶるいさせるほど、大きな声で話をした。これに反して、まま子は、いかにもまま子らしく、貧弱な小男で、むっつり屋で、いつも血ばしった毒々しい眼つきをしていた。前者が死の味方であり、後者が生の味方であるとすれば、私のいう生と死のイメージが、ややはっきりしてくるであろう。死は堂々としていて、物に動じないところがあり、生はいらいらしていて、絶えず緊張しているのだ。

しかし、おそらく、さまざまな疑問がおこるにちがいない。時代のまま子が、弾丸を腹に射ちこんで死なねばならなかったことは当然であるにしても、時代の子までが、どうして欧洲から閉めだされ、南海の名もない島で、その孤独な半生をおくらなければならなかったのであろうか。のみならず、生に憑かれていた男が自殺し死に憑かれていた男が、平然と生きつづけていたということは、まことに不可解なことではなかろうか。

だが、それはすべて詰らぬ疑問だ。すでに最初に述べたように、かれらは生きてもいなければ、死んでもいない人間だ。パリで自殺しようと、タヒチでのたれ死しようと、無意味なことだ。かれらの自殺や亡命を、世のつねの幸福や不幸を以って律することは間違いであり、かれらにとっては、我々の幸福が不幸で、不幸が幸福であったかも知れないことはいうまでもない。ただ、生の立場にたつものにとっては、ゴーガンの亡命は、あくまで逃避とみえるであろうし、死の立場にたつものにとっては、ゴッホの自殺は、要するに一愚劣事にしかすぎまい。

ゴーガンがかれの魔法の杖をとって、あらゆるものに触れるとき、すべての生きとし生けるもの、動揺しているもの、氾濫しているもの、痙攣しているもの、何かに耐えているもの——つまるところ、未来を翹望《ぎょうぼう》するところの一切のものは、ここに、たちまち、いっせいに鳴をひそめ、犇《ひしめ》き騒ぐ血をとった後のように、平静なものに、虚脱したものに、甘美なものに、時として、逸楽の影をすら帯びたものに転化してしまうのだ。

かれの『ヤコブと天使との戦』という作品をみられるがいい。イスラエルの族長ヤコブが、或夜、天使と角逐して勝利を得、ついに敗北したものによって祝福されたという旧約の物語は、人間の力ではどうにもならぬと思われている権威ある存在にたいして、大胆不敵にも単身立ちむかい、全力をあげてこれと闘争しようとねがうものにとっては、たしかになまなましい感動をさそう、興味ある主題であるにちがいない。しかるに、ここでは、そのなまなましさが綺麗に拭い去られてしまい、物語はいかにも物語らしく、なんと夢幻的なうつくしさでかがやいていることであろう。

闘争は、はるか彼方の緋色の丘の上で行われている。まさしく天使もヤコブも闘ってはいるが、作者の関心は、むしろ前景に大きく描きだされた、白い帽子をかぶり、眠たげな顔つきをした、ブルターニュの女達のほうにあるかのようだ。おそらく、「聖ジュリアン」についていったように、フローベルならいうであろう、「これは、わが国の教会の焼絵ガラスの上に見いだされるものと殆んど似かよった、天使と闘うヤコブの物語である」と。

ではゴーガンにとっては、闘争とはどうでもいいことなのであろうか。はげしく、あらあらしい、捨身になった人間のエラン・ヴィタールの状態には、なんらの興味もないのであろうか。勝利も、敗北も、結局、取るに足らぬものであろうか。

否、かれの闘争は、闘争にたいする闘争であった。極度に緊張した生のはなつ、さまざまな噪音を、死によって韻律づけるということであった。汗や血の匂い、骨のくだける音や肉をうつ音、虚空をつかんで伸ばされた腕、剝きだされた歯、大きく波だつ胸や腹、叫喚、怒号——およそこれほど典雅なうつくしさから遠いものはない。にも拘らず、この乾燥した主題ほど、また、かれの心をそそるものはない。「然り、温和もて狂暴に打ち勝たざるべからず。」かれは荒れ狂う一切のものを、しっとりと落着いた死の雰囲気でつつみ、これに秩序と諧調とをあたえ、そうして、これこそ冒険にちがいないのだが、闘争そのものの装飾化を目ざして進んだのである。

この男にたいして恫喝は効果がない。昂奮してみたところで無駄なことだ。かれが、そこに、いくらかでもポーズらしいものをみとめるかぎり、殆んど歯牙にもかけないであろう。しかし、たとえ、それがかれにたいする燃えるような敵意の表現であるにせよ、ほんものの熱情の奔騰、すさまじい闘争の形や動きを前にすると、餌食を前にした野獣のように、かれの心はよろこびに湧きたち、悠々とこれを料理してみたくなるのであった。やがて、かれの敵は、いつの間にか骨ぬきにされ、ピンでとめられ、額縁におさめられ、標本になった蝶々のように、客間の壁にかけられて装飾の用をつとめるにいたるのだ。

この装飾化という点で、ジョットは、まさにかれの先駆者であった。しかし、ジョットのばあいは、あらゆる劇的なものを、劇的なままに生かし、しかもなお装飾的であったという点において、ゴーガンとは截然《せつぜん》と区別される必要がある。いつも永劫不変の超越的状態に置かれていた神を、ビザンティン芸術の形而上学的呪縛から解放し、これを叙事詩と劇とのなかに連れこみ、しかもなお、その神としての威厳をすこしも失わしめなかったところに、「巨匠《マギステル》」の「巨匠《マギステル》」たる所以があったのだ。ジョット自身、かかる物々しい称号を、心から嫌悪していたとはいえ。

奇怪な風景描写も現実的な人間描写も、すべては装飾のために十分計量された結果のことであって、この対立するふたつの描写を、対立のまま、巧みに調和することによって、尖鋭でありながら、瑞々しい感じのする、独創的なジョットの作品が生みだされたのだ。

ゴーガンは、決して尖鋭なものを避けようとはしないが、麻酔にかけて、その抵抗力をうばってしまい、相手を完全に混迷させた後、殆んど嗜虐的な態度で、そのうつくしさを描写しようとする。そこには劇的な緊張はみられず、死の韻律だけが、しずかにながれており、それは鬱々とした、不毛の性的感情に通じるものがある。『デカメロン』の物語る、機知縦横のジョットの姿をみるにつけても、いかにかれが、当時の生の信者のむれから、かれらの先輩として敬愛されていたかが、うかがわれる。しかし、そのジョットにたいする敬愛にかけては、つねに死の味方であったゴーガンと雖も、決して人後に落ちるものではない。ジョットの『マグダレナ』について、ゴーガンはいう。「たしかに、この画においては、美の法則は、自然の真理のなかには存しない。他処を探そう。けれど、この見事な画においては、構想の非常なゆたかさを否定できない。だが、構想が自然であろうが、嘘らしかろうが、それがどうだというのだ。私は、この画のなかに、まったく神々しい柔和や愛情をみる。そうして、私はそういう清廉のなかに、人生をおくりたいと思うのだ」と。

おそらくゴーガンが、ルネッサンスの初期にうまれていたならば、かれの希望は達せられたかも知れない。しかし、時代はもはや清廉であることを、かれに許さず、却ってデカダンスとして、死のために、生の掃絶をかれに命じたのだ。繰返していうが、かれは時代の子であった。時代の影響を骨髄にまでうけた、典型的な時代の子であった。

時代は、ジョットにたいして、フィレンツェの商業資本家の姿を借りて、なにものかを教えたであろうが、ゴーガンにたいしては、パリの金融資本家の姿を借りて、深い影響をあたえたのだ。おそらく株式取引所員として過したゴーガンの十年は、かれの芸術と無関係ではなかった筈だ。かれの作品は、金利生活者の心理を正確に反映している。それ故にこそ、かれは一応「不遇」でもあったのである。何故というのに、当時におけるかれの作品の顧客は、なお「活動的」な産業資本家のむれに属しており――或いは、すくなくとも属していると思っており、この時代的な、あまりにも時代的な芸術家の作品を、とうてい理解することができなかったのだ。

したがって、かれのタヒチ行もまた、時代との関連を無視しては考えられない。もちろん、自分の作品が一向に売れないから、安易な生活をもとめ、かれが植民地への逃避を企てたというのではない。すでに生涯を賭けて、ただひとつの歌をうたいつづけているかれである。かれのなかには、惰眠をむさぼることを許さないものが、なにか澎湃《ほうはい》としてさかまいていた筈であり、たとえ貧困の故をもって、侮辱されようと、白眼視されようと、まかり間違って、パリの陋巷《ろうこう》で窮死することになろうと——それはすべて覚悟の前であり、あくまでかれは、生の粉砕のために闘争しつづけた筈である。こんなことは、わかりきったことだ。にも拘らず、何故かれは、タヒチへ行ったのであろうか。

元来、金融資本主義時代における思想家や芸術家は、植民地における性《セックス》の問題に異常な興味を寄せる。もはや資本主義の初期においてみられたような、原始共同体への関心などは、殆んど影をひそめてしまう。そうして、かれらは、植民地に、かれらの性の理想境を発見するのだ。もちろん、啓蒙期においても、植民地における性問題が、とりあげられなかったわけではない。しかし、ディドロの『ブーガンヴィル紀行補遺』とマリノフスキーの『野蛮人の性生活』とをくらべてみると、両者の観点の全然ちがうことが、はっきりわかる。前者は生の立場にたち、後者は死の立場にたっているのだ。そこに大きな時代の相違をみいだすことができる。

いずれも土人の自由な性生活の謳歌にはちがいないが、ディドロが、タヒチにおいては、男女の結合の自由が、同時に子供を生む義務を伴うことを主張しているのに反し、マリノフスキーは、メラネシアの若い娘は、子供を生まないという条件さえまもれば、なんでも好き勝手なことができるという点を強調する。ディドロの主張が、結婚の封建的束縛にたいする抗議を意味し、マリノフスキーの強調が、金利生活者の享楽欲のジャスティフイケーションであることは、ここにあらためて断るまでもない。

タヒチが、ディドロのようにではなく、マリノフスキーのように、ゴーガンによって受けとられたであろうことは、たしかなことだ。金利生活者の芸術家が、心をそそられない筈があろうか。不毛の性的感情の享楽こそ、死そのものにほかならず、かれはこれを表現するためにこそ、生涯を賭けたのではなかったか。死によって韻律づけられたうつくしい土地、かれの作品のライト・モチーフが、山にも、河にも、人間にも、到る処にみいだされる土地——それがゴーガンのタヒチではなかったか。

ゴーガンはタヒチにむかって、逃避したのでもなく、休息に行ったわけでもなかった。かれは、そこでヨーロッパにいるときよりも、いっそうひどく働くために行ったのだ。憧憬の土地は、はたしてゴーガンの期待を裏切らなかったであろうか。まさにかれは幻滅を感じた。それは『ノア・ノア』の語るとおりであろう。当然のことである。しかし、幻滅がなんだというのだ。こちらに、はげしい意欲さえあれば、すべてを死のひといろで塗りつぶすこともできるのだ。パペエテから奥地へ、そうして、さらにドミニィクへ——闘争につぐに闘争をもってしながら、かれは最後まで死の歌をうたいつづけた。

私は、リラダンの次の言葉を思い出す。「生きることか。それは家来どもにまかせておけ。」

レンズのなかをとおってゆく光のように、素朴は、屈折を経て、はじめて白熱する。それが我々の心をやくのは、自然のままであるからではない。人間よりも、動物のほうが素朴だと誰がきめたか。暴風雨だとか、地震だとか、洪水だとか、折々、不意に気のふれたように大きく痙攣しはじめる自然にたいして——或いはまた狡知にたけ、虚をねらい、絶えず欠乏をおそれて彷徨している、卑小な動物のむれにたいして、あくまで人間が、人間としての存在を確保することができたのは、帰するところ、かれが反自然的であり、反動物的であり、対立し、抵抗し、拒否することによって、人間独自の素朴をまもりとおしたからではないのか。ここに、闘争によって鍛えあげられた、堅牢無比な、生産する人間にのみあたえられる素朴の逞しさがあるのであって、馴らされた自然と馴らされた動物とを暗黙のうちに仮定し、平和な自然のなかで平和な動物のように、飲み、食い、愛し、瞬間を生き、現在をたのしみ、ひたすら消耗することをもって、自然への復帰、動物への還元と考え、そこに人間の素朴な姿を見いだそうとする虫のいい見解が、実はあわれむべき感傷にすぎず、原始へのノスタルジア以外のなにものでもないことはいうまでもあるまい。子供の素朴、野蛮人の素朴——それは無力であり、脆弱であり、たちまちにしてうつろうものである。問題は、かかるものに持続と力とをあたえ、永久に我々の使用に堪え得るものに、いかにして転化するか、ということだ。生産する人間にのみゆるされる素朴は、それ自身また生産されなければならない。人間の素朴は、所有者のいない土地に、枝もたわわにみのった熱帯の果実のように、誰にでも容易に、無償で手にいれるわけにはゆかないのだ。我々は、それを育てあげるために、鉄骨と硝子とで組立てられた、透明な温室を必要とする。

ゴッホは熱帯へ行こうとはしなかった。このオランダ生れの小鬼のような顔つきをした男は、パリでは画商の店員、ロンドンではドイツ語とフランス語の教師、ベルギーの鉱山町ボリナージュでは福音の伝道者、アルルでは周知のように画家、そうして、ふたたびパリにあらわれたときには、狂人であった。躍起になって突き離そうとするヨーロッパに、かれは、あくまでしがみついた。それはすべて、文明の汚泥のなかで転々としながら、人間の素朴を――芽ばえのうちに踏みにじられてゆく人間の素朴を、どこまでもまもりとおそうとしたからであった。ロンドンでみた労働者街の光景は、ボリナージュできいた落盤のひびきは、アルルで知りあった農民の話は――そうして、就中《なかんずく》、果もなくつづく、かれの孤立無援の窮乏は、かれにたいして、この世のからくりの秘密をあかすとともに、身にしみて、生の立場の正しさを確信させた。かれは、かれらの味方であった。否、かれはかれらのひとりであった。

かれらのひとりとして制作すること——それは、かれの好きであったディケンズや、ミレーのように制作しないことだ。そのためには、まず自分にたいして徹底的に苛酷であること。人生の楽な流れにつくことを拒み、すすんでみずからに困難と障害とを課し、殆んど制作を放棄するところまで自分自身を追いつめ、しかもなお制作をつづけ、ますます制作のなかへ沈みこんでゆくということ。

底深く沈むにつれ、はじめてかれは、かれらのひとりとして感ずるであろう、すべてが暗く、そうして静かだが、いかにかれらのもつ底流のはげしいかを。馴れるにしたがって、かれはみるであろう、シュペルヴィエルの描いた『燐光人』のように、蛍に似た光を放ちながら、いかにかれらが、このどん底で不屈の意志をもって生きつづけているかを。そうして、かれは知るであろう、この寂寞《せきばく》のなかで、かすかではあるが、絶えず鳴りひびいている歌声のあることを。

このものすごい底流も、この仄かな光も、このあるかなきかの歌声も、すべては生の韻律によってつらぬかれているのだ。かれは、色彩の韻律的な展開によって、この生の韻律を捉え、これに明瞭な形をあたえなければならないのだ。アルルを吹きまくる朔風《ミストラル》を真向からうけながら、表現の苦労に痩せほそり、かれが、かれの肉体をすりへらしてゆけばゆくほど、反対にカンヴァスのなかでは、底流はいよいよ速く、光はめくるめくばかりになり、歌声はとどろきわたるのであった。平原が、丘陵が、樹々が、雲が、部落が、藁山が、色彩で燃えあがり、揺れ、わめき、身もだえをし、抑圧に抗して、いっせいに蜂起するもののように、堰をきって、画面いっぱいに、どっと氾濫しはじめるのだ。ゴッホはいう。「我々の探求するのは、タッチの落着きよりも、むしろ、思想の強度ではないか。即座に写生をして、どんどん仕事を片づけてゆかなければならないばあいには、タッチを落着け、よく秩序だててゆくことが、いつでも可能であろうか。それは、突撃の剣術よりも、より以上に可能性があろうとは思われない。」と。

体あたりの突撃以外に手はないのだ。しかし、忘れてはならないことに、この体あたりとは、直観だとか、本能だとか、内的な衝動だとか——人間と同様、動物にもあたえられている自然のままの心の状態に左右され、無我夢中でうごくことではない。この劇的な動作が、真にその恐るべき力を発揮するのは、これを支えている思想そのものの強度によるのだ。自己の思想の正しさを確信すればこそ、人間は、やぶれて悔なき果敢な突撃を試みもするのだ。さもなければ、体あたりとは、追いつめられた鼠が、猫にむかってゆくときのように、逃避の一形式にしかすぎないであろう。

人間の素朴は、体あたりにおいて、白熱する。それは最も反自然的であるが——しかし、ここで一言して置かなければならないことは、反自然的であるということが、もとより生産と関係しているかぎりにおいて、自然から眼をそむけ、これを侮蔑し、これにそむき、抽象的な自己の思想を、熱狂的《ファナチック》な態度で信ずることを意味しないということだ。それは自然と対立し、自然にむかって働きかけ、自然から、実りゆたかな収穫を造りだすということだ。そのためには、まず何ものをも除外せず、何ものの前にあってもたじろがず、穴のあくほど、この自然をみつめることからはじめなければならない。思想の強度は、かかる視覚の強度に依存するのだ。

いったい、みるということは、いかなることを指すのであろうか。それは、あらゆる先入見を排し、それをもつ意味を知ろうとせず、物を物として――いっそう正確にいうならば、運動する物として、よくもなく、わるくもなく、うつくしくもなく、みにくくもなく、虚心にすべてを受けいれることなのであろうか。それが出発点であることに疑問の余地はない。しかし、ゴッホにとっては、それらの物のなかから、殊更に平凡なもの、みすぼらしいもの、孤独なもの、悲しげなもの、虐げられ、息も絶えだえに喘いでいるもの――要するに、森閑とした、物音ひとつしない死の雰囲気につつまれ、身じろぎもしそうもない、さまざまな物を選びだし、これを生によって韻律づけ、突然、呪縛がやぶれでもしたかのように、その仮死状態にあったものの内部にねむっていた生命の焔を、炎々と燃えあがらせることが問題であった。そうしてこれは、自己にたいして苛酷であること――ともすると眼をそらしたくなるものから断じて視線を転じないことと、たしかに密接不離な関係があるのであった。

また、かれは、この生の韻律を、多少ともいきいきさせるのに役だつと思うばあいには、たとえ最も不協和な音符であろうとも、これを敢然とむすびつけ、その結果、秩序正しい韻律の展開を期待している人々を悩すことになるにしても、それは仕方がないと考えていた。

ヘーグの町で、ゴッホがクリスチーネと一緒に生活することになったのは、単に内的な衝動に駆られたためでも、或いは、単にヒューマニズムの思想を、思想として信じていたためでもなかった。それはかれがかの女をみたためであった。おそらく、一足の古靴のように。一脚の椅子のように。一本の向日葵《ひまわり》のように。かくて無一文の男と、見捨てられ、子供をかかえ、妊娠している街の女との生活がはじまるのだが、これはまことにドストエフスキー的な主題である。

肉体だけを愛する男なら、クリスチーネに見むきもすまい。思想だけを愛する男なら、同情したり忠告したりするにすぎまい。しかし、ゴッホは結婚した。誰がみたって無謀の沙汰だ。まさしく体あたりの結婚だ。それはかれにも十分わかっていた。だが、どうしても、かれはかの女と結婚しなければならなかった。ミシュレの次の言葉を呟きながら。

「この地上に、女がひとりぼっちで、絶望しているというようなことが、どうしてあっていいものか。」

のみならず、性《セックス》の問題は、かれにとって、つねにかれの制作と切り離しては考えられなかった。かれの制作の信条は、世のつねの芸術家のようにではなく、庶民のひとりとして制作する事ではなかったか。かれらの哀歓を、かれ自身のものとして、制作に反映してゆくことではなかったか。結婚をしない芸術家は、いかに精進したところで、なにか庶民の生活からは、浮きあがっている気がするのだ。家庭は、制作にとって、たしかに桎梏《しっこく》となるであろう。しかし、人生の楽な流れにつくことを拒み、すすんで自らに困難と障害を課し、しかもなお制作をつづけるということが、かれの制作にとっては、不可欠の条件ではなかったか。桎梏は、逆にかれの制作に魂を吹きこむことになりはしないか。クリスチーネは、かれの制作の協同者となるであろう。かの女は、かれのモデルとなるであろう。助けあうのだ。そうして、ついに桎梏を、闘争のためのバリケードにしてしまうのだ。これが、この生の歌い手の結婚にたいする夢であった。

かくて惨澹たる生活がつづき、夢はやぶれた。クリスチーネにとっては、ゴッホの苛酷な愛情、あまりにも理想主義的な過大な要求、そうして、これと反比例する、あまりにも過小な生活能力が、むしろ不可解なものに思われたであろう。おそらく、かれのかの女にたいする態度には、若干苛酷に失したものがあったかもしれない。自分と同じように、かれは、かの女を、容赦しようとはしなかった。気楽に暮らすことはできないのだ。家庭とは休息の場所ではなく、つねに硝烟のただよう戦場の一角である。

このときの記念に、ゴッホは、『悲哀《ソロー》』という英語の題をもち、その横に、さきに挙げたミシュレの言葉をしるした、一枚のデッサンを我々にのこしている。まさしくミシュレの文句は書かれてはいるが、このデッサンは、自分の愛する女を、かってこれほど残酷にみた男が、はたして幾人あったであろうかを思わせる、辛辣きわまるものだ。雑草と枯枝だけの寒々とした風景のなかに、痩せた疲れはてたひとりの女が、萎《しな》びた乳房を垂れ、両腕に頭を埋め、両肘を膝にあてて、凝然と蹲《うずくま》っているのである。いささかの温情もなく、愛人としての錯覚もなく、批判的な冷やかさと鋭さとをもって、ひたすら正確に、かれは、かの女の姿を描きだそうと努めているかのようだ。もしもかかる無慈悲な視線をそそがなかったとするならば、かれは、決して、かの女に引きつけられることもなかったであろう。それにしても、どういうつもりで、英語で題をつけたものか。クリスチーネをみたとき、かれの眼底にやきついていた、イギリスにおける婦人労働者の悲惨な姿が、ありありと浮びあがってきたためであろうか。

ゴッホは敗北した。しかし、この敗北の痛切な経験によって、かれの思想は、ますますその強度を増したかにみえる。制作を第一義とし、これを媒介として結合した人間同志が、共同戦線をはってたたかってゆく、という思想は、家庭から、芸術家のコロニイへと発展していった。そうして、やがて、かれはゴーガンをアルルに招くにいたるのだ。クリスチーネとは比較にならない、この最も頑強なかれの敵を。

コロニイの実現にむかって、ゴッホを性急に駆りたてたもののなかに、かれのルネッサンスへの憧憬のあったことを見落してはなるまい。かれは弟に次のように書いている。「ジョットやチマブーエが、ホルバインやヴァン・アイクと同じように、私の心のなかに生きつづけている。そこでは、すべてのものが規則正しく建築学上の土台の上にあり、各個人がひとつの石の建物であり、すべてのものが相互的に保たれ、記念碑的社会的体系を形づくっている。だが、我々は、完全に無抑制と無秩序のなかに生活している。」したがって、芸術家は、コロニイをつくり、ルネッサンス的世界を再建し、制作にたいして打ち込んでゆく必要がある、というのである。まことに単純な思想だが、単純であればあるほど、ゴッホはその思想の強度を信じたのだ。

嘲笑することはやさしい。いかにもこの壮大な夢は、ゴッホが、剃刀をもって、ゴーガンを追い、相手のつめたい一瞥にあって、たじたじとなり、自分の片耳をそぎ落すことによっておわった。しかし、それがなんだというのだ。白熱する素朴の前にあっては、あらゆる精密な思想も——それが思想にすぎないかぎり、すべて色蒼褪めてみえる。高らかに生の歌をうたい、勝ち誇っている死にたいして挑戦するためなら、失敗し、転落し、奈落の底にあって呻吟することもまた本望ではないか。生涯を賭けて、ただひとつの歌を——

それは、はたして愚劣なことであろうか。

微塵になった夢は、間もなく毛皮の帽子をかぶり、右の耳を包帯でつつみ、パイプをくわえるほどに回復する。現在の心境をきかれると、かれは、ゆっくりパイプを口から離し、無愛想な調子でこう答える。「勝つことか。おれが絵をかいているのは、人間から足を洗うためだ。」

架空の世界――コロンブス

クリストファ・コロンブスは、開幕を知らせる合図のベルだ。その音がひびきわたるやいなや、たちまち喧騒はやみ、人々は期待にみちた視線を舞台にそそぎはじめる。やがて脚光を浴びて、不意に架空の一世界が出現する。

ユートピア物語が、モーアのものにしろ、ベーコンのものにしろ、つねにコロンブスのような航海者の漂流譚を発端にもつという事実は、たしかに注目に値いする。歴史家は、そこに、ルネッサンス期におけるさまざまな陸地発見の後世への影響をみるであろうが、むしろ私は、そういう発見のもつ純粋に仮構的《フィクシアス》な性格が、またユートピア物語の性格である点に心をひかれる。夢のなかの現実の姿よりも、現実のなかの夢の姿のほうが、いっそう興味がある、というわけだ。

私は、空中に大きな抛物線を描きながら、唸り声をあげて消えてゆく、砲弾の姿を思い浮べる。

コロンブスは、ユートピア物語の作者に奇妙に似ている。それは、かれらが、澱み腐った古い世界に愛想をつかし、新しい世界の誕生を、同様に夢みていたためばかりではない。その夢が、空間にたいする愛情、時間にたいする憎悪をもって、はげしくつらぬかれているようにみえるからだ。焦躁にみちた眼は、絶えず時間のない空間を——「知られざる海」の唯中の、水また水にとりまかれた、前人未踏の陸地をもとめてさまよい、そこに、まったく新しい、幸福な世界の姿を垣間《かいま》みようとつとめるのだ。しかし、時間とは何か。空間とは何か。時間から空間への脱出とは何か。

時間と絶縁した空間が抽象にすぎず、とうてい実在し得ないものである以上、そういう脱出の試みは、むろん、雄図むなしく挫折してしまう。幸福をみいだしたと思った瞬間、人は発見した世界と捨て去った世界とが、実は瓜二つであったことに気づくのだ。時間の亡霊は追いすがる。かくて、発見した世界は、ふたたび惜し気もなく放棄される。これが、つねに出発し、永遠に行きつくところのない、船乗りというものの運命だが、また、すべてのユートピアンの運命でもある。

前進している間はいい。帆は風をはらみ、海はオルガンのように鳴り、水平線の彼方に、やがてあらわれるであろう「絶対」の姿を期待している間はいい。しかし陸地とは、ついに幻影であり、七つの海の隅々まで航行してみたところで、どこにも信用のおける足場といってなく、幻影から幻影へと彷徨しているうちに、ともすると人は、最初に捨ててきた古い世界の地盤が、いちばんしっかりしていたのではないか、というような腑甲斐のない錯覚におそわれはじめる。かれは引き返す。だが引き返したら最後だ。長い間、黙々として侮蔑に堪え、ひたすら復讐の機会をうかがっていた時間が、このときとばかり、猛然とかれに躍りかかる。時間の復讐には、遠慮も会釈もない。いまさら年をとったと嘆いたところで駄目であり、海亀にのって出発した我々の昔話の主人公は、故郷の風物が一変し、誰ひとり、かれを見知っている人間のいないことに気づくのだ。

かれをつつんでいた発見者としての栄光すら、いつかその光を失う。何故というのに、栄光とは、舞台の産物であり、架空の世界を背景として、はじめて燦然と人目をうばうものであるからである。帰ってきた古い世界で、誰からも相手にされず、コロンブスは、惨澹たる窮乏のなかに死んだ。

これがコロンブスの銅版画だ。稚拙な面白さがないではないが、いささか古風である。

たとえコロンブスによって発見されなかったにせよ、アメリカは、かならず他の誰かによって発見されたであろうし、さらにまた、かれ自身は、なんらこの新しい世界に、本質的な意味における変革をもたらしもしなかったというので、かれの名前をアメリカ史の発端におく従来の慣習に、断じてしたがうまいとする人々がある。これは、かならずしも新奇な見解ではない。すでに発見当時から、こういう考え方はあったのだ。新しい大陸の名前は、発見者を無視して、フィレンツェの商業資本家の手さきであった、アメリゴ・ヴェスプッチの名前から採られた。

アメリカは、ヴァイキングの間では、「葡萄の国《ヴィンランド》」として、はやくから知られており、その最初の発見者は、グリーンランド生れのリーフ・エリクソンだというので、コロンブスの名声を真向から否定しようとする人々がある。その他、種々の記録は、コロンブス以前にアメリカを発見した男の、いくたりもあったことを物語る。時間は、コロンブスの死後も、その復讐の手をゆるめないらしい。遮二無二、歴史の一頁から、かれの名前を抹殺しようとして、躍起になっているかのようだ。

とはいえ、そんなことは、コロンブスにとっても、また、私にとっても、ほとんど問題とするに足りないのではなかろうか。かれの時間にたいする憎悪は、そういう記録され得る白々しい時間——空間化された時間にたいして向けられたのではなかったか。そうして、かれの空間にたいする愛情は、旋回し、流動する空間——時間化された空間にたいしてそそがれたのではなかったか。羅針盤は壊れる。しかし、船は、まっしぐらに、虚無のなかを波を蹴ってすすむ。虚無とは何か。檣頭《しょうとう》を鳥が掠め、泡だつ潮にのって、海草がながれてゆく。

世界は古びた。それは分割され、再分割された。時間から空間への脱出は、もはや不可能であるかにみえる。架空の世界は、白日の下にさらされ、幻影は、霧のように薄れる。時間を憎悪しながら、新しいコロンブスは途方にくれている。

しかし、空間は到る処にある。新しい世界は、到る処にあるのだ。たとえ、それをみいだすために、コロンブスと同様の「脱出」の過程が必要であるにしても。

終末観——ポー

もう一度復活して、異教徒を絶滅し、世界を至福の状態にするであろう救世主再来の信仰に鼓舞され、この世の終焉の一日も早からんことを祈った初期キリスト教徒のように、すべてが終ったと思いこまなければ、なんにもできない人間がいる。自分の手で、おそらく屈強のバリケードになったかも知れない市街を焼きはらい、唯一の退路である橋梁を破壊し、炎々ともえあがる焔につつまれた寺院の円屋根や、泡だつ激流に斜めに突き刺さった鉄骨の残骸を眺め、はじめて敢然と立ちあがる人間がいる。普通だったら、追いつめられて、そうするのだ。ところが、この種の人間にとっては、これが闘争のための不可欠の手段であり、また必勝の戦術でもある。背後には、たよるべき何物もなく、踏んでいる大地だけが最後の拠点となって、ようやく冷静に、戦局の全体を見透すことができるようになる。この瞬間から、敵がおそろしく脆弱なものにみえてくる。いとも容易に打開の道がみいだされる。降服など、もってのほかのこととなり、ほとんど防御する意欲すら失ってしまう。そうして、ついに、かれらのすさまじい反撃の火蓋がきられるのだ。反撃に反撃をかさね、敵に息を継ぐ暇さえあたえず――起承転結の法則を嘲笑するかのように、逆にエピローグからプロローグにむかって、かれらはひた押しに押してゆく。

今、ここで私は、詩作過程に関するポーの不思議な論文『構成の哲学』について考えているのだ。霊感だけで料理をつくるコックは、たしかに恐怖すべき存在であろうが、コックのように、詩をつくる詩人もまた、まさしく戦慄に値いする。周知のように、この論文のなかで、ポーは、かれの有名な詩『大鴉』が、いささかも偶然や直感に依頼するところなく、砂糖をいれ、塩をいれ、とろ火で煮たて、やがて一皿の見事な料理ができあがるように、「数学の問題の正確さと厳密な因果関係をもって、一歩一歩、その完成にむかって進行していった」次第を物語る。かつて私は、正直なところ、こういうポーの言葉を、すこしも真面目に受けとろうとはしなかった。私の読みとったものは、大衆の鼻をつかんで引きまわしてやろうという不敵なポーの面魂であり、たちまち霊感をふりまわす凡庸な詩人への皮肉であり、さらにまたかくも特異なテーマを、かくも無造作な調子で表現することによって、かえって強烈な印象を読者の心に喚起しようとする、この論文の「構成」の巧みさであった。しかし、今はちがう。今は、文字どおり、かれの言葉を信じ、この論文に、作為の跡をみとめようとは思わない。何故というのに、その気軽な調子にも拘らず、ポーの鬱勃たる破局《カタストロフ》への情熱が、歯に衣《きぬ》きせぬ率直さで、明瞭にしめされているのを、見ないわけにはゆかないからだ。私は、この論文のなかで、再三、執拗なまでに繰返されているポーの思想「詩は、すべての芸術作品が始るべき終りから、始る」という思想に注目する。『大鴉』を、いきなり、その結末から書きはじめたという、ポーの言葉に誇張はないのだ。

いったい、いかなる理由で、すべての作品が、結末からはじめられなければならないのであろうか。おそらくは、よろめくためだ。途方にくれ、絶望し、万事終ったと思いこむためだ。始めに言葉があるように、終りにもまた、言葉があり、混沌のなかから生みだされる太初の言葉は、身うちに生命の種子を含み、つまるところ、これを育てあげればいいのだが、虚無に面し、自らのうちに死を宿し、ただちに滅亡する運命にある究極の言葉は、人をまごつかせるだけだ。究極の言葉を、すすんで求めようとするものは稀だ。頑強に死を避けてとおろうとする人間の動物的本能は、言葉の世界においても変りがない。死は——たとえ、それが言葉の死であろうとも、かくべつ望ましいことではないのだ。いかにも自然死のばあいには、案外、安心立命の余地もあろう。そこで人は、好んで生命のある言葉を選び、これにすがりつき、これを発展させ、その自然死を待つのだ。しかるに、このポーの思想の要請するところは、ほとんど自殺的行為を意味する。或いは、一気に老年に達し、死に憑かれ、死とともに生き、まず遺言を書くことを命ずるのだ。しかし、もちろん、最後の言葉を書くことにも、よろこびがないわけではない。『大鴉』の主人公は、何故最後の質問を発するか。「もっとも堪え難いが故に、もっとも甘美な悲哀を、待ち設けた〝Nevermore《ネバァモア》〟という言葉から受けとろうとして、かれの問を拵えるのに、狂的な快感を経験するからだ。」

とはいえ、ここを通過してしまえば、後はもう楽だ。死とは、いっぱんに考えられているほど、それほど不毛な観念ではない。人は、結末にたいするポーの性急な探索が、決して乱暴ではなく、至極道理に叶っていたことを知るであろう。まことに意外なことに、究極の言葉は、たちまち発端の言葉に転化する。万事が終ったと思った瞬間、新しく万事が始る。すなわち、飛沫をあげ、流れにしたがって下るのではなく、その流れの死に絶えたところ――水勢ゆるやかな河口から、かれは悠々と溯りはじめる。河口の向うには、果もなく、虚無が海のようにひろがっている。そうして、そこからながれこんでくる潮流が、大いにかれの航行を助ける。『大鴉』の成功した所以は、その主題も、その方法も、すべてが死の観念によって支えられていたためではなかったか。なるほど、死の観念が、きわめて生産的であり、組織的であるということは、一見、逆説めいており、不自然な感じをあたえるかも知れない。腐乱し、崩壊し、消滅するものが死だ。だが、それ故にこそ、人は死の観念に附き纏われることによって、きわめて生産的にもなり、組織的にもなるのではないか。動物は生産せず、消費するばかりであり、自己の欲望のおもむくがままに行動するものが多いが、また、ほとんど死の観念とは縁がない。人間にくらべると、死に関する記憶力も、想像力も、まったくないにひとしいからだ。ヴァレリーのいうように「死の観念は、法律の原動力、宗教の母、政治の秘かな、若しくは恐しく明らさまな動因、光栄と熱愛の根本的刺戟剤――無数の探求と瞑想の根源だ。」すなわち、私流に、一言で表現すれば、あらゆる闘争の麵麭種《パンだね》だ、ということになる。したがって、白鳥の歌をうたうためには、人は、かならずこの観念を所有していなければならず、またポーの勇敢に試みたように、まず、結びの一句から、はじめなければなるまい。どん詰り《デヌウマン》からの反撃は、それほど困難ではない。死の記憶が、絶えず我々を驀進させ、死の想像が、つねに我々を組織的に一定の軌道のうちに保つ。私は、逆回転された、シネマの一場面を思い浮べる。遥か彼方で、濛々たる白い煙が、見るみるうちに凝縮して一個の黒点となり、ものすごい速力で弾道を描きながら、ぐんぐん砲口にむかって帰ってくるのだ。

この砲弾の運動を、高速度撮影機でとったものが、ポーの『構成の哲学』だ。したがって、その運動の過程が、力学的な正確さと厳密な因果関係をもってつらぬかれていることは自明であり、かくべつ異とするに足りない。しかし、問題は、爆発し、粉微塵になって虚空に飛び散った砲弾の破片が、元どおりの姿になる過程を、同様の精密さをもって描きだすことにあり、これなくしては形象化の神秘は、依然として明らかにされたとはいい得ない。距離によってへだてられ、煙によって妨げられ——おそらく不可能ではあるまいが、単純な砲弾の運動を測定するばあいに比し、その測定は、著しく不確定的なものとなろう。宇宙終焉の姿を、その細部にいたるまで辿ることは、いかにも興味あることにはちがいないが、ついに神話の創造におわることになるかも知れない。天地開闢《かいびゃく》の神話に飽き、あくまで科学的な探求を試みようとして、プロローグよりもエピローグを取り上げたにも拘らず、結果は、初期キリスト教徒の想像した宇宙終焉の図と、大して径庭《けいてい》のないものになるかも知れない。ポーは『ユリイカ』において、恐るるところなく、この問題に立ち向った。しかし、今はそこまで取扱う余裕はない。ここでは、『構成の哲学』が、あらゆる哲学の例に洩れず、いかに密接に死の観念と関連し、詩作など楽なものだというようなポーの平然たる口調の裏に、いかにかれ自身が、ペンをとるにあたって、眩暈《めまい》を感じ、絶望し、つねに決死的反撃の態度にでることを余儀なくされていたかをみとめ得るという、至極当然のことを指摘するにとどめる。

大死一番だとか、起死回生だとか——東洋人はすこぶる死の観念が好きだ。私もまた、『構成の哲学』を、或いは東洋風に読んだのかも知れない。すると、ポーの論文の最後の頁が最初の頁になる。私は、結末から発端にむかって溯って行ったことになる。しかし、ポーは私を非難することはあるまい。それが、かれの流儀なのだから。

球面三角——ポー

ルネッサンスという言葉が、語源的には、フランス語の‘renaitre《ルネートル》’からきており、「再生」を意味するということは、周知のとおりだ。したがって、我々はルネッサンスを、つねに生との関連において考えるように習慣づけられており、この言葉とともに、中世の闇のなかから浮びあがってきた、明るい、生命にみちあふれた一世界の姿を心に描く。しかし、再生が再生であるかぎり、必然にそれは死を通過している筈であり、ルネッサンスの正体を把握するためには、我々は、これを死との関連においてもう一度見なおしてみる必要があるのではなかろうか。ギリシア的なものの復興は、こういう手つづきを経て、はじめて了解されるのではあるまいか。ルネッサンスの偉人たちの残したさまざまな業績は、はたして生の観念のみによって支えられた、かれらの悠々たる心境の産物であったであろうか。

ルネッサンスは、私に、海鞘《ほや》の一種であるクラヴェリナという小さな動物を連想させる。この動物を水盤のなかにいれ、数日の間、水をかえないで、そのままほっておくと、不思議なことに、それは次第次第にちぢかみはじめる。そうして、やがてそれのもつすべての複雑な器官は段々簡単なものになり、ついに完全な胚子的状態に達してしまう。残っているのは、小さな、白い、不透明な球状のものだけであり、そのなかでは、あらゆる生の徴候が消え去り、心臓の鼓動すらとまっている。クラヴェリナは死んだのだ。すくなくとも死んでしまったようにみえる。ところが、ここで水をかえると、奇妙なことに、この白い球状をした残骸が、徐々に展開しはじめ、漸次透明になり、構造が複雑化し、最後には、ふたたび以前の健康なクラヴェリナの状態に戻ってしまう。再生は、死とともにはじまり、結末から発端にむかって帰ることによっておわる。注目すべき点は、死が——小さな、白い、不透明な球状をした死が、自らのうちに、生を展開するに足る組織的な力を、黙々とひそめていたということだ。

それは、ルネッサンスの中世から古代への復帰の過程において、死の観念の演じたであろう重要な役割を思わせる。当時における人間は、誰も彼も、多かれ少かれ、かれらがどん詰りの状態に達してしまったことを知っていたのではないのか。果までできたのだ。すべてが地ひびきをたてて崩壊する。明るい未来というものは考えられない。ただ自滅あるのみだ。にも拘らず、かれらはなお存在しつづけているのである。ここにおいて、かれらはクラヴェリナのように再生する。再生せざるを得ない。人間的であると同時に非人間的な、あの厖大なかれらの仕事の堆積は、すでに生きることをやめた人間の、やむにやまれぬ死からの反撃ではなかったか。おそらくルネッサンスにたいするこういう見方は、あまりにもペシミスチックであるであろう。おそらく人々は、そこに、私の死にたいする理由のない愛を見いだすでもあろう。しかし、ペーターの描きだしたようなルネッサンスは——そうして、その後、いっぱんに流布するにいたった、人間的な、あまりにも人間的なルネッサンスの影像は、とうてい私には信じがたい。それは生ぬるい牛乳のような感じがする。ところでほんとうのルネッサンスは、火をつけると、めらめらと青い焔をたてて燃えあがる、強烈な酒のようなものであったのだ。転形期のもつ性格は無慈悲であり、必死の抵抗以外に再生の道はないのだ。ペーターのみたのは、再生してしまった健康なクラヴェリナの姿であった。しかるに、ルネッサンスにおいて私の問題にしたいのは、結果ではなく、過程である。クラヴェリナの正体のうかがわれるのは、その死から生へのすさまじい逆行の過程においてであった。

死が、みのりゆたかな収穫をもたらすであろうというような考え方は、むろん、いささかも新奇なものではない。「一粒の麦もし地に落ちて死なずば、唯一つにてあらん、もし死なば多くの実を結ぶべし。」である。殊に東洋においては、この種の箴言《しんげん》が、枚挙するに遑《いとま》のないほど氾濫している。しかし、そういうもののなかには、死から生への展開過程を——再生そのものの構造を、論理的に分析しようと試みたものといっては、まったく見あたらず、単に死の観念のもつ生産性を強調するにすぎないものばかりだ。展開のおわったところの発端だけをペーターはみたが、こちらは展開にさきだつ結末だけを、いつまでも眺めており、いずれも再生の逆行的過程については、敢て触れようとはしない。したがって、一方が生に、他方が死に注目し、一見、両者は対立的な立場にたつもののようであるが、問題の本質を避けてとおっている点では、実は同じだと思うのだ。はたして死は、どのような仕方で、生を組織的に展開していくのであろうか。死の秘密を探求しようとする、あらゆる企ては、およそ我々人間の力にあまることであり、かならず失敗におわるものなのであろうか。我々も亦、動物のように、死について感じることはできても、考えることは許されないのであろうか。

死が――球状をした死が、うちに無限の秘密をたたえながら、私の眼前にあらわれる。この球状をしたものの、結末から発端への運動が問題なのだ。それは私に宇宙を思わせる。月、星、太陽――すべてそれらの球状をしたものの、生誕について、終焉について、さらに又、その再生について。おそらくは妄想だ。しかし、死に関するさまざまな考察が、ともすると、あまりにも人間臭をはなちすぎ、考察というよりも、むしろ、感動を語るもののようにみえるとき、宇宙の死を、そうして、その死から生への逆行を考察の対象に択べば、なにか非情のうつくしさにかがやく、厳密な法則がたてられそうな気もする。とはいえ、はたして宇宙は再生するであろうか。結末から発端にむかって復帰するであろうか。ここにおいて、私は『ユリイカ』を思いだす。ポーによれば、宇宙は、まさしく逆行するのだ。そうして、その逆行の法則こそ、重力の法則にほかならなかった。

この宇宙論が、そのすこぶる荒唐無稽な外貌にも拘らず、案外、尋常な力学的自然観によってつらぬかれており、しかも、この力学的自然観の凋落してしまった現在、なお毅然たる趣を示し、ヴァレリーのいうように、ボルツマンの思想、カルノの研究、アインシュタインの理論を髣髴させる所以のものは、むろん、ポーが物理学に通暁していたためではなく、芸術家として、つねに小宇宙《ミクロコスモス》の創造の心理を追究していたためであり、そこからくる堂々たる自信が、かれをして、淀みなく、大宇宙《マクロコスモス》を語って、あやまらしめなかったのだと私は考える。『ユリイカ』の底には、かれの「構成の哲学」があったのであり、それは、結末から発端にむかって逆行するという、かれ一流の詩法によって基礎づけられていたのだ。では、どうして重力の法則が、この逆行の法則なのであろうか。ここにポー自身の『ユリイカ』に関するノートがある。

「一般命題。既往においても何ものも存在しなかったが故に、現在、万物が存在する。

(1)重力現象の普遍性——すなわち、各微粒子が共通の一点に牽引されるのでなしに、他の一切の微粒子と牽引しあうという事実は、この現象の根源が絶対単一なる完全な総体なることを暗示する。

(2)重力とは、太初の単一に復帰しようとする万物の性向が顕示されている様式にすぎない。

(3)復帰の法則——すなわち、重力法則は、有限の空間に物質を均等に放射せしめる必然にして唯一の可能様式の、不可避の結果にほかならない。

(4)星の宇宙（空間の宇宙と区別して）が無限であるとすれば、世界なるものは在り得ぬ筈である。

(5)単一とは虚無なることを示すこと。

(6)単一より跳現《ちょうげん》した万物は虚無より跳現したのだ。——すなわち、創造されたのだ。

(7)万物は単一に復帰するであろう——すなわち、無に帰るであろう。」

この簡単な骨組みから、『ユリイカ』の複雑な建築は想像すべくもないが、重力の活動様式にたいするポーの影像のほぼいかなるものであったかはうかがうことができよう。東洋人ならば、すべては無より出て無に帰ると悟達し——つまり、さきに私のいったように、結末だけに眺めいって能事畢《おわ》れりとするところだが、ポーにとっては、それはあまりにも安易な道であり、盤根錯節《ばんこんさくせつ》するその運動の構造をどこまでも追究してみないわけにはいかなかった。すべてが理詰めなのだ。したがって、『ユリイカ』を支えているものは、まさしく「構成の哲学」にちがいないが、立場をかえてみるならば、ポー自身は、物理学にたいしても、文学にたいしても適用のできる唯一の法則を——あらゆるものをつらぬいて整然と運動するロゴスそれ自体の姿を、執拗に思い描こうとつとめているかのようだ。

さまざまな対立する体系を調和し、そこから唯一の体系をみちびきだそうと試みているかのようだ。

これこそ、ルネッサンス期における「普遍人」の態度である。かれらは、うち見たところ、いかにも理知的であり、自己の万能を信じ、逞しい生活力をもち、八方に手をのばし、希望にみちた視線を明るい未来にむかってそそいでいるかのようにみえる。私は、そういうかれらの見掛けに疑問をもったが、『ユリイカ』を書いたポーは、或いはポーの書いた『ユリイカ』は、私の疑問の正しかったことを、はっきりと確証するもののようだ。かれも亦、かれらと同様、厖大な知的野望をいだいている。しかし、かれは、当時すでに失うべき何ものも持っていない、哀れな存在であったのだ。そうして、『ユリイカ』は、絶えず虚無を眼に浮べ、結末から発端にむかってさかのぼり、ふたたび虚無に帰る以外に、再生の道のないことを知っていた、かれ自身について詳細に物語る。あのように不幸でありながら、なお精密な分析を試みることのできたかれに人々は驚くが、不幸であればこそ、理知は強靱にもなるのである。死の観念は、人間にたいして、事物の本来の在り方のいかなるものであるかを教える。絶望だけが我々を論理的にする。危機にのぞみ、必然に我々は現実にむかって接近せざるを得なくなり、これまでみえなかったものが、ありありとみえてくる。動物から遠ざかっていればいるほど我々は沈着になる。「鳥のまさに死なんとする、その鳴くや悲しく、人のまさに死なんとする、その言や善し。」である。この著者『ユリイカ』の、そうして又、こに、おそらくルネッサンス期における「普遍人」の、冴え返る心境の源泉を求むべきであろう。かれらが皆、クラヴェリナのように、死の観念のもつ組織的な力を所有していたことに、疑問の余地はないのだ。

ところで、我々の問題は、再生のばあい、どのような仕方で、この組織的な力が発揮されるか、ということであった。したがって、結末から発端への復帰の法則――すなわち、重力の法則について、私は述べるべきであった。しかし、はたして、その必要があるであろうか。自然界の物体は、互いに、その二つの物体の質量の相乗積に比例し、且つその距離の平方に逆比例する力を以って相牽引する、という万有引力の法則は、すでに今日では、常識の領域に属する。のみならず――

のみならず、この法則によって、ケプラーの法則のあらわす天体運動が説明せられ、さらに、あらゆる自然現象が、この法則によって解決されるであろうと予想された時代はすでに過ぎ、現在では、かつてこの法則の占めていた位置を、相対性理論が奪ってしまっていることは、これ亦、周知の事実に属する。それ故に、もしも私にポーほどの知的野心があるならば、当然、単純な重力の法則についてではなく、この重力の法則の、ヨリ精密化された形である、相対性理論について語るべきであろう。ここにG・ウィルソンによるアインシュタインの原理に関するノートがある。

「アインシュタインの理論は、次のような数箇の仮定をたてている。

(1)時間と距離とは相対的であって、運動に依存する。
(2)『空間＝時間』は恒常《コンスタント》であって、すべての正確な計算には、必要欠くべからざるものだ。
(3)『空間＝時間』は有限であって、曲っている。
(4)光線はジオデシック、すなわち、宇宙の大円を辿り、十億年の後にはその出発点に帰る。
(5)惑星は、『空間＝時間』の湾曲に起因して、太陽の周囲にジオデシックを描いて運行し、その軌道は最小抵抗線である。その曲率半径は、天体の質量の如何《いかん》によって定まる。
(6)太陽は惑星に直接的な力は及ぼさない。惑星の運行は、その行程中に存在する山と谷とに起因している。
(7)物体の質量は、その速度に応じて増大する。いかなる物体も、光の速度と等しくなることはできない。もしそうなれば、その質量が無限になるから。こういう質量の増大は実験的に証明されていて、この理論とまったく一致することを示している。」
この摘要は、若干簡潔にすぎる憾《うら》みはあるが、まずアインシュタインの学説の大部分を網羅しているといい得よう。これだけ理解していれば、相対性理論を語るのに、不自由はしない。しかし、おそらく、いささか註釈の必要があるであろう。アインシュタインは、四次元空間、すなわち、空間＝時間連続体系は、質量によって歪みをうけると考え、その歪みを以って、万有引力に代えたのだ。この歪みに基く空間の曲率は、質量に比例する。すなわち、質量ある物体の存在のために空間は曲っているのである。この曲った空間を、質量ある物体は、最短距離を結ぶ線、すなわちジオデシックに沿って運動するとした。かくしてアインシュタインは、万有引力から力を抹殺したのだ。もし宇宙に天体のような質量ある物体が存在しなければ、空間は曲らず、直線的に無限に拡る。しかるに、事実はそうでなくて、空間は曲っている。したがって、有限の形となり、光が、ふたたびその出発点に戻るようなことにもなるのだ。さらに立ちいって、数学的に解説するならば——いや註釈は、この程度にとどめて置こう。リラダンが、『未来のイヴ』でいっているように、殊に数学的な註釈は、読者をうるさがらせるばかりである。

　ともあれ、相対性理論によって、我々は、結末から発端への復帰運動が、円を描くことを知ることができる。結末の向う側には虚無があり、発端のこちら側にも虚無があるのだ。このような円運動とは、いったい、なんであろうか。断るまでもない。いかに反撃の姿勢をとろうとも、それは統一のための運動であり、『ユリイカ』におけるポーの用語をつかうならば、首尾一貫《コンシステンシィ》のための運動である。ルネッサンスの運動とはこういうものであったのであり、この運動の担い手であった「普遍人」たちは、やっぱりポーのように、絶えずこの首尾一貫という言葉を、念頭に浮べていたにちがいないのだ。この言葉の意味について、いま少しアインシュタインに聞こう。

ここに太陽と地球とがある。いずれも動いている。したがって、ここで観測される運動は、いうまでもなく相対的なものだ。運動を記述することは、座標系を地球に結びつけようと、太陽に結びつけようと、どちらにしても可能である。では、座標系を地球から太陽に移した、ルネッサンス期における「普遍人」のひとり、コペルニクスの業績の意味はどこにあるであろうか。運動は相対的であり、そうして、どんな基準座標系を用いても差支えないのだから、一つの座標系が他のものより都合がいいという理由はないように思われる。しかし、物理学的な見地に立つとき、そういう疑問の根拠のないことが直ちにわかろう。すなわち、太陽に結びつけられた座標系は、地球に結びつけられたものよりも、むしろ惰性系らしくみえ、矛盾撞着《インコンシステンシイ》なしに、惑星の運動を記述することができるからだ。コペルニクスの偉大さは、首尾一貫への肉薄にかれの生涯を賭けたことにあった。

ニュートンにいたって、コペルニクスの意図した首尾一貫が、はじめて実現されたかにみえた。しかし、かれの発見にかかる惰性の原理は、「この原理が成り立つならば、その際に座標系は静止しているか、又は一様に運動しているのであり、もし成り立たないならば、物体は一様でない運動をしているのである。」という約束を必要とした。したがって、この約束の範囲内でのみ首尾一貫は獲得されたのであり、物理的法則は、単に惰性系と称せられる特殊な種類の座標系にたいしてのみ成り立つにすぎなかった。

はたして、こういう約束の範囲から出て、物理的法則を、あらゆる座標系にたいして——すなわち、単に一様に動いているものばかりにたいしてではなく、互いに相対的に、まったく勝手に動いているものにたいしても成り立つようにすることが可能であろうか。これがアインシュタインのいだいた夢想であった。もしもこういう雑《まじ》り気のない首尾一貫が実現されたら、いったい、どういうことになるのであろう。そのときには、惰性系のみならず、あらゆる座標系にたいして、自然法則を適用することができるようになるのだ。ルネッサンス期におけるプトレマイオスの見解と、コペルニクスの見解との熾烈な対立も、ここではまったく無意味になってしまう。つまり、どちらの座標系を用いても、すこしも差支えないからだ。「太陽は静止し、地球は動いている。」といっても、又は「太陽は動き、地球は静止している。」といっても、それは単に二つの異った座標系に関して、便宜上、異る言いあらわし方をしているにすぎないからだ。こうして、一般相対性理論がみちびき出された。結末から発端にむかって、決然と、アインシュタインは逆行していったのである。

すべてが理詰めだ。論理の追及だ。何よりも首尾一貫だ。アインシュタインにしろ、ポーにしろ、コペルニクスにしろ、皆、そうだ。すでに非人間的な、これらの人間のひそかにいとなむ内面的作業のはげしさは、私に、かれらの覗き込む深淵のふかさを測らせる。精緻な論理の展開は、かれらの経験したであろう絶望の味気なさを思わせる。そうして、反撃のすさまじさは、かれらのうちに根をはっている、調和への意志の抜きがたさを信じさせる。ルネッサンス以来、音高くながれている合理主義的伝統の背後に、私は、死の観念の粘り強い組織力をみるのだ。死は――球状をした死は、結末から発端にむかって、円を描きながら、絶えず運動している。

群論——ガロア

緑いろの毒蛇の皮のついている小さなナイフで、決然と魂を肉体から切りはなしてしまうワイルドの漁師は、「精神的煩悶」の愚劣さにたいする辛辣な嘲笑を物語るものであろうか。或いはまた、心理の重圧に堪えかねて、きわめて安易に、行動の世界へ逃避しようとする——逃避することによって、自らを逞しいと考える、脆弱な人間にたいする諷刺であろうか。それとも心臓をもたぬ魂の放浪が——すなわち純粋な知的探求が、所詮、生活にたいして無意義なものであり、むしろ、この世のもろもろの「悪」の根源であるということを、あくまで主情的立場にたって強調しようとするのであろうか。いずれにせよ、魂と肉体との平衡の維持に心をひそめ、この二つのものが、実は一つのものの裏と表であるとする、「賢明」な折衷派のむれにたいして、ナイフが殺気を帯びてかがやいていることはいうまでもない。

しかし、そこになんらかの解決を見いだそうとすることは、おそらく徒労であって、作者は内心の焦躁に駆られ、魂と肉体との分裂からうまれる破局に――破局から咲きでる悲劇的な「匂いの高いうつくしい花」に、まったく眼をうばわれているかのようである。「魂と肉体、肉体と魂、この二つのもののなんという不思議さ！」どこかでワイルドは、そういうブルーノの文句を引用していた。ナイフはふりあげられたが、魂と肉体とが切りさかれたのは、単に想像の世界においてであって、依然として結びついたままの肉体と魂の不思議な姿に眺めいりながら、裁断は一日一日と引き延ばされていたのではないか。ともすれば、ルネッサンス期の自然哲学者が、煙につつまれて火刑台の上でほろびたのも、十九世紀の芸術家が、ついに「深い淵」のなかで呻吟しなければならなくなったのも、そういう躊躇逡巡の結果であったかもしれないのだ。むろん、望むところではあったであろう。しかし、想像の世界で、長い間求められていた悲劇は、はたして現実の世界においても、「匂いの高いうつくしい花」であったであろうか。殉教は、しばしば己をいたわりすぎるところからも生まれるのではあるまいか。

いかにも現実というものは、求めなくとも、しばしば魂と肉体を切りさくものだ。そうして、その結果は、一見、求めて断ちきったばあいと、たいして変りがないようにみえる。しかし、前者が、裁断の状態に堪えきれず、絶えず再び魂と肉体との結びつきに――いわば人間性の回復のためにくるしむのに反し、後者の望むところは、人間性の脱却以外のなにものでもない。ワイルドの観念的焦躁にすら無縁な、「良心的」人間派のなんと多いことであろう。今もなお、後生大事に魂を肉体のなかにしまい込み、あらい風にもあてまいとするのだ。芸術とは人間を描きだすことであり、道徳とは人間をつくることであり、宗教とは神を人間にまでひき下げることであり——明け暮れ人間に憑かれて、日をおくっているかのようだ。とはいえ、どうしてこういう時代に、魂と肉体との仲がしっくりゆく筈があろうか。肉体のなかの魂は、穴蔵のなかの馬鈴薯のように、しまい込みすぎると、ふやけて芽をだす。

しかし、ここで私は、世のヒューマニストにたいして、とやかくいうつもりはない。人間一般を問題にしながら、やがて自己の状態のみに気をとられ、魂を人眼に触れさせまいとするあまり、ついに人間を回避するにいたる「孤独な」かれらは、人間の組織のなにものであるかを明らかにしたいと考えている現在、殆んど取りあげる必要のない存在であろう。組織が人間的な結合であるという通念にしたがうにしても、魂の重荷を背負ってよろめいているかれらは、所詮、組織とは関係がないのではなかろうか。何故というのに、かれらは人間という実体概念を、あまりにも深く信じすぎているからである。組織がなりたつばあい、人間という概念は、すでに実体概念から函数概念へと置き換えられているのではあるまいか。そのとき、もはや人間の魂と肉体とは切断されているのではないか。それならば、組織を人間的結合と呼ぶよりもむしろ非人間的結合と呼んだほうが適切であろう。

その意味において、私は悲劇的な死を遂げたブルーノよりも、同じルネッサンス期の人物を例にとるならば、タルターリャのほうが——あの有名な数学者のほうが、はるかに組織者としての資格をもつものではないかと思うのだ。あらゆる変革が組織を再組織することに帰着する以上、組織者はまず組織の法則を把握すべきであり、そのばあい、いささか奇矯な感じをあたえるかもしれないが、その法則に基いて、数を組織することも、人間を組織することもできるのではないかと思うのだ。ドミニクス教団の若い秀才であったブルーノにくらべると、タルターリャの少年時代は、まことに惨澹たるものであった。フランス軍のイタリア侵入によって、タルターリャの父は殺され、かれもまた頭に重傷を負って、父の死骸の下に横たわっていた。難民のむれのひとりである、かれの母は、途方にくれ、きわめて原始的な方法で——すなわち、犬のように、かれの傷を嘗めることによって息子を救った。上顎の傷手は、かれを一生吃音者にしたし、赤貧の母は、丁度かれを二週間学校へやれるだけの金を倹約してつくった。学校でかれは一冊の本を盗み、やがてその助けをかりて、まったく独力で、読み、かつ書くことを覚えた。紙を買うべくあまりにも貧しかったかれは、墓石を石盤の代りに利用した。これがタルターリャの出発であった。一言にしていえば、すでにかれはその生涯の門出において、魂と肉体とを切りさかれていたのだ。この二つのものの調和にくるしむ余裕などいささかもなく、魂は純粋に魂として、肉体は純粋に肉体として、それぞれ生きることを強いられていたのだ。普通の人間なら人間性の回復をはかるところだが、かれは逆に人間性を放棄することによって——この曖昧な装飾的概念に訣別することによって、非人間的な数学の厳密性を獲得したのである。

問題は、苦労によって人間ができあがるのではなく、関係そのもの、物そのものになることによって、人間でなくなることにあるのだ。組織者とは、特に卓抜な人間を意味するわけではない。組織される人間のさまざまな個性を、自らのうちに含んでいる偉大な個性なのではない。一見、そのような外観を呈することがあるとすれば、それは種々の個性が、かれを通して、互いに関係することができるからにすぎない。したがって、組織者とは、無限に小さく、いわば原子のごとき存在であるとも考えられる。原子とは、すべての異れる性質の系列を完全に論理的に関係づけるために、つくりだされたものではあるまいか。

タルターリヤは代数学上の業績をのこしたにとどまり、その組織者としての手腕を数にたいしてふるったのみで、かくべつ、人間を一定の系列原理にしたがって、結合しようとは試みなかった。しかし、本来、組織というものが論理的なものでなければならない以上、組織が再組織される社会的変革期に、一面、数学そのものが長足の進歩を示すと同時に、他面、その進歩した数学が、組織の理論に影響を及ぼさない筈はない。タルターリヤによってルネッサンス期に礎石を置かれた代数学は、フランス革命期にいたって新興勢力の武器となった。「代数学の炬火によって、倫理学および政治学を照そう」とは、コンドルセの宣言であった。はたしてこの不敵な男は、組織者として成功したであろうか。否、かれは獄中で、ソクラテスのように毒をのんで死ななければならなかった。とはいえ、それは、かれによって社会科学に適用された確率論の推理が、まったく荒唐無稽であり、ひとのいうように「数学の破廉恥」であったためではなく、むしろかれがダランベールの所謂「雪で蔽われた噴火山」であったためであり、魂と肉体とを切りはなち、心の底まで非情冷酷になりきれなかったためであろう。

人間性の進歩を信じ、「未来を薔薇の花のなかに望んでいた」かれは、組織を再組織することに情熱を感ずるというよりも、既存の組織の合理化によって、漸次、かれの目的の達成されるであろうことを期待していたかにみえる。それまでに確率論を社会問題に応用しようとした人物は少くない。ヴォルテールは裁判の判決に、生物学者ビュフォンは道徳問題に、物理学者ボルダは選挙問題に、それぞれ確率論を導き入れようとした。それはかれらが、あまりにも「観念的」であったためではなく、あまりにも「現実的」であったためであった。もしもかれらが、もっと「観念的」であり、首尾一貫して観念にたいする追求によってつらぬかれていたならば、かれらの寛厚の長者風の聡明、指導者としての自負、さまざまな贅肉、多くの無駄が、完全に清算されていたにちがいない。ヨリ厳密に確率論の組織されるにしたがって、かれらの現実それ自体も、いっそう客観的に組織されていたにちがいない。しかし、魂と肉体とを結びつけることに性急であったかれらは、平衡のとれた生ぬるい現実主義者であったにすぎず、いかなる意味においても組織者ではなかった。フランス革命の苛酷な現実との対決において、コンドルセの温室のなかの現実主義が——ヒューマニズムが、たちまち破産してしまったことは当然というほかはない。

コンドルセは、自然発生的な大衆蜂起の時代には、その先頭にたって、若干の進歩的役割を果し得たでもあろうが、革命の失敗後、反動勢力の圧迫による表面的安定の時代に、なおも反動に抗して前進しつづけるに必要な、組織力を欠いていた。熱火の試練をくぐり、あくまで柔軟屈撓《くっとう》性にとむそういう組織力の典型を、我々はガロアの群論においてみいだすであろう。今日の詩が、若いランボーの『地獄の季節』によってはじまったように、今日の代数学は、若いガロアの群論によってはじまったのだ。群論は、あくまで楽天的な、十八世紀における機械的唯物論的な数学の行詰りを克服することから生れた。五次方程式の代数的解法をめぐり、それまで幾多の先覚が空しい努力をつづけてきたが、ついにガロアの同時代人アーベルは、この問題の不能性を証明し、方程式論は空前の危機に遭遇するにいたった。群論は、この危機の産物であった。それは、「与えられた代数方程式を解くこと」から、問題を「代数的に解き得る方程式の有すべき条件」の探求へと転換させたのであった。すなわち、ここではじめて、組織の条件が問題になったのである。

群と集合とは異る。集合とは、或るものがそれに属するか否かが、少くとも理論上、はっきりと弁別されるような集りでさえあればいいので、そのものが、いかなるものであっても差支えないのだ。これに反して、群においては、これに属する任意の二つのものの間に、なんらか一定の結合法があり（例えば加法）、それによって結合した結果が、やはりその同じ群中の或る一つのものでなければならぬという条件がある。条件はこれだけではない。群を形成する個々のもの、A、B、Cをその群の原素といい、各原素は単に（例えば加法によって）結合可能であるにとどまらず、さらに各々の間に、(AB) C = A (BC) なる関係をもっていなければならない。次に群中の任意の原素Aにたいして、AE = A となるような原素Eが存在していなければならず、このEを単位原素と称する。これが第三の条件だ。そうして、最後に、各原素にたいして、その逆原素なるものがなければならぬのである。逆原素とは、群中の任意の原素Aにたいして、AX = E なるがごとき原素Xを意味する。

簡単にいえば、群とは、以上の四条件を備えた集合のことなのだ。私はかならずしもコンドルセ流に、群論の炬火によって倫理学および政治学を照そうと考えるものではないが、すくなくとも社会の秩序《オルトヌング》の意味を定義しようと試みるとき、群論にたいして連想することを拒むことができない。社会とは単なる人間の集合ではなく、一定の条件にしたがった「群」のごときものではあるまいか。群論は、組織の条件を最も厳密に定義してくれるのではなかろうか。組織には加法のばあいには零であり、乗法のばあいには一であるような単位原素としての組織者が必要であり、さらにまた、原素とともに逆原素の存在が不可欠なのではないか。

ガロアの群論は、単に方程式の理論のみにとどまらなかった。ノルウェイの数学者リーは、微分方程式に群論の思想を応用して連続群論を組みたて、微分方程式の解の構造を明らかにしようとした。ポアンカレおよびクラインは、函数論に群論の思想を導き入れ、オートモルフ群数の理論を建設した。幾何学に群論を使用したものとして、射影幾何学をあげることもできよう。その出発点は、決して個々の図形そのものの性質にあるのではなく、すべての個々の図形が配分されるところの条件の関連にあるのであり、その推理は結合の性質より出発して、結合されるものの性質へ、系列の原理より出発して、系列の各要素へと進む。さらに又結晶系の研究が群論に結びつけられたことも著しい事実であり、最近にいたっては、電子の配置を規定する微分方程式の問題に関して、物理学者もまた群論に興味をもちはじめた。

ガロアは、ルイ・フィリップの時代に生きた徹底的な共和主義者であったが、二十歳で二人の男と決闘して殺され、その短い生涯の間に、かくべつ著しい政治的な活動を試みてはいない。片手にグラスを高く差しあげ、片手に抜身の短剣を握って立ちあがり、「ルイ・フィリップへ」と叫んで、サント・ペラジ刑務所へ収容されたり、「民衆を昂奮させるために死骸が必要であるなら、私を殺してもいい」と喚いたり——すこぶる小児病的であったらしい二三の挿話をのこしているにとどまる。おそらくフランス革命とは、かれにとって、問題の不能性を証明された五次方程式のごときものであり、かれはこれを解き得る条件をみいだすために、自らの肉体を街頭に投げだしたのであろう。そこに「私」のなかったことに疑問の余地はない。しかし、条件はついに発見されず、かれは満身に創痍をうけて倒れたのだ。見事にかれは魂と肉体とを切りさきはしたが、惜しいことに、その際、かれは肉体から心臓をぬきとることを忘れていた。したがって、組織者として、かれは十分に非人間的ではなかったのである。決闘の原因は恋愛であった。

ガロアの群論を、新しい社会秩序の建設のために取りあげることは、おそらく乱暴であり、狂気に類することかもしれない。しかし、人情にまみれ、繁文縟礼《はんぶんじょくれい》にしばられ、まさに再組織の必要なときにあたって、なお古い組織にしがみついている無数のひとびとをみるとき、はたして新しい組織の理論を思わないものがあるであろうか。さらに又、再組織された後の壮大な形を描いてみせ、その不能性を証明されると、たちまち沈黙してしまうユトピストのむれをみるとき、問題の提起の仕方を逆にして、まず組織の条件の探求を考えないものがあるであろうか。かれらの人間性を無視して、かれらにむかって突撃したい衝動を感じないものがあるであろうか。緑いろの毒蛇の皮のついている小さなナイフを魔女から貰わなくとも、すでに魂は関係それ自身になり、肉体は物それ自身になり、心臓は犬にくれてやった私ではないか。(否、もはや「私」という「人間」はいないのである。)

極大・極小――スウィフト

習慣とは何か。ドストエフスキーの『悪霊』の冒頭に、ガリヴァが小人国から帰ってきたとき、自分だけすっかり大人気《おおびと》どりで、ロンドンの街をあるきながら、通行人や馬車にむかって、さあ、どいた、どいた、用心しないか、うっかりしていると踏みつぶすぞと呶鳴りつけ、人びとから冷笑されたり、罵倒されたり、無作法な馭者などからは鞭でなぐられさえした、まことに習慣の力は恐ろしいものだ、というようなことが、もっともらしく書いてある。ところが、これがドストエフスキー一流の出鱈目で、『ガリヴァ旅行記』によれば、主人公が錯覚をおこし、そういう侮蔑をうけるのは、小人国からではなく、大人国から帰ってきたときのことなのだ。まるで反対である。大人《おおびと》ばかりみなれていたために、普通人まで小人《こびと》のように感じた、というのがスウィフトの論理なのだ。ドストエフスキーが記憶力のいい男でなかったことはたしかだが――しかし、この間違いには、なにか微妙なところがあるように思われる。いったい、大人国の習慣にしたがって生活してきたために、いつか自分も大人《おおびと》の仲間であるような気がしだし、普通人を小人《こびと》扱いするほうが正しいであろうか。それとも小人国にいて、自分を大人《おおびと》だと考える習慣が身についてしまい、普通人を小人《こびと》扱いにするほうが正しいであろうか。どちらにしても一理あるらしく感じられるであろうが、このばあい、どちらかがあやまりとして捨て去るべきであろう。結果は同じだが、原因は正反対なのだ。小人国にいたため、普通人が小人《こびと》のようにみえるという解釈がもっともだとすれば、小人国にいたため、逆に普通人が大人《おおびと》のように見えてくる筈ではないか。同様に、小人国にいたため、普通人が小人《こびと》のようにみえてくるという説がうなずけるとすれば、大人国にいたなら、当然、普通人もまた大人《おおびと》のようにみえてくる筈ではないか。

とはいえ、翻って考えるならば、かれ自身の錯覚にも拘らず、スウィフトのガリヴァが大人国から帰り、大人《おおびと》と普通人とを比較して、普通人を小人《こびと》のように感ずるのは、客観的な意味において、正しいであろう。さらにまた、小人《こびと》の間で、自分を大人《おおびと》だと思いこんでしまったドストエフスキーのガリヴァが、普通人の姿を歪め、これを小人《こびと》のように感ずるにしても、それは、主観的な意味において、無理もないことだといえるであろう。大人国も小人国も知らない普通人にとっては、このガリヴァが二滴の水のように同じにみえるであろうが、両者は截然と区別さるべきであり、したがって、かれらにたいして加えられる冷笑も、罵倒も、或いはまた鞭も、まったく異った動機にもとづくべきであろう。スウィフトのガリヴァは大人《おおびと》の世界では主観的であるが、普通人の世界では客観的であり、これに反して、ドストエフスキーのガリヴァは小人《こびと》の世界では客観的であるが、普通人の世界では主観的である。すなわち、普通人の世界にかぎっていえば、スウィフトのガリヴァは、大人《おおびと》の世界で観念的に膨脹したままであり、たしかに主観的には錯誤をおかしており、非難さるべきであろうが、客観的には、大人《おおびと》にくらべると矮小な普通人を矮小とみるにすぎず、大人《おおびと》と普通人との空間的比例を適確に捉えており、なんら文句をいわれる筋合はないのだ。しかるにドストエフスキーのガリヴァは、なんら観念的に膨脹する必要なく、原物大のままで、すでに十分に自分が巨大であった小人国から帰ったばかりであり、同情さるべき点は多々あるであろうが、それはあくまで主観的な意味においてであって、客観的には、小人と比較して、むしろ巨大であるべき普通人を、極端に矮小化している点において、いささかも寛大な取扱いをうける理由はないのだ。大人《おおびと》と小人《こびと》と普通人とに関する紛糾《てんやわんや》は、まずこのくらいにとどめておく。多少、読者をうるさがらせたことであろうが、極大・極小の問題は、ユークリッド原本第六巻の定理二十七以来、すこぶるうるさいものと相場はきまっているのだ。しかもこのばあい、我々の目的は、或る限定された図形群のなかから、或る性質の最大または最小なるものを探し出し、これが最大または最小なることを証明することにあるのではない。問われているのは、いっそう複雑な、習慣とは何かということであった。最大、最小なる図形と交渉のあった普通の図形と、最大、最小なる図形と全然交渉のなかった普通の図形との間に成立する関係から、習慣のなにものであるかを明らかにすることであった。はたして以上の検討によって、我々の目的は、いくらかでも達せられたであろうか。

むろん、これは精細な証明を必要とするが、おそらく、そこから引き出される結論は、普通人の世界においては、習慣が、ドストエフスキーのガリヴァのばあいにみたように、単に主観的なものとしてではなく、さらにまた、スウィフトのガリヴァのばあいにみたように、単に客観的なものとしてではなく、寧《むし》ろ両者の総合の上にたつ、主観的・客観的なものとして捉えらるべきだ、ということだ。由来、諷刺とは、ひろい意味における習慣を、主観的または客観的なものとして、きわめて一面的に把えるところからうまれるのではあるまいか。諷刺家が、大人《おおびと》のひとりででもあるかのように、威風堂々と、さあ、どいた、どいた、用心しないか、うっかりしていると踏みつぶすぞ、と普通人にむかって、別な世界で身につけた習慣を押しつけようとするにしても、その実、かれ自身もまた、普通人のひとりにすぎず、諷刺するよりも、諷刺されるにふさわしい存在以外のなにものでもないことはいうまでもない。ドストエフスキーやスウィフトが、そのような事情について知悉《ちしつ》していたであろうことは、右に掲げたガリヴァの挿話によってもうかがわれよう。ガリヴァは、嘲笑されたり、罵倒されたり、鞭でうたれたりするのだ。

そこにこれらのすぐれた諷刺家の苛烈な自己批判があるのであり、この自己批判があればこそ、それが一面的であることを知りつつも、かれらは安んじて故意に習慣を、主観的または客観的なものとして把え、そうすることによって、逆に主観的・客観的なものである習慣の全貌を捉え得るという自信をもつことができたのだ。ドストエフスキーの『ガリヴァ旅行記』にたいする変形《デフォルマシヨン》は、かくべつ物おぼえのわるかったせいではなく、すべてを主観的にとらえるという、かれ自身の主義に忠実であったためかもしれない。しかし、ここで私がガリヴァを登場させたのは、我々の物語の主人公が旅行家であり、そうして偉大な旅行家の例に洩れず絶えずさまざまな習慣との対決を迫られ、郷にいっては郷にしたがうところがあるからにはちがいないが、何よりかれ自身が普通人の世界に帰ったばあい、客観的であることに興味をもったからにほかならなかった。習慣の定義がすんだ以上、もはや二人のガリヴァは必要ではない。スウィフトのガリヴァだけでたくさんであり、ドストエフスキーのガリヴァは放棄しよう。率直にいえば、小人《こびと》の間で大きな顔ばかりしていて、それが癖になり、普通人の間でまで威張りちらすガリヴァには、私は最初から好意をもっていないのだ。これに反して、大人《おおびと》の間で絶えずいためつけられ、背伸びばかりしていて錯覚をおこし、たまたま普通人の矮小な姿をみるにおよび、思わず注意を促すガリヴァには、心から同感せざるを得ない。前者の態度は安易であり、後者の態度には、努力の跡がみとめられる。いったい、ドストエフスキーにとっては、論理的な『ガリヴァ旅行記』よりも、非論理的な『ミュンヒハウゼン物語』のほうが、はるかにしっくりしているのではあるまいか。それならば流石《さすが》のかれも、異文《ヴァリアンテ》をつくらないですむのではなかろうか。

　こういう感想をいだくのは、たしかに私の偏見のしからしむるところであり、十九世紀的なものにたいする私の反発が、却って十八世紀的なものの尊重に私をみちびくのにちがいない。しかしその非情冷酷なる点において、『ガリヴァ旅行記』が『悪霊』にまさるとも劣らぬものであることは否定すべくもないのだ。周知のように、それは四部からなっており、第一部はガリヴァの小人国リリパットへの漂着、第二部は大人国ブロブディンナグにおける生活、第三部はラピュタ、バルニバービ、ラグナグ、ジャパンへの渡航、第四部は馬が万物の長であるフウイヌム国への流浪である。人びとは異口同音に、この獰猛《どうもう》な作品の読者が主として子供であるのは皮肉な現象だが、しかし子供の面白がるのは比較的辛辣でない最初の二部にかぎられ、スウィフトの諷刺の本来の面目が縦横に発揮されるのは第三部、殊に第四部であるという。このような意見が一応もっともだと思われるというのも、子供を浅薄《せんぱく》なものときめてかかる偏見が我々の間にひろがっているからであり、それ故に子供によろこばれるこの作品の前半が、後半にくらべて何か辛辣でないような気がしてくるからではなかろうか。それとも、子供に読まれるにせよ、読まれないにせよ、そういう事実を度外視しても、前半の諷刺は後半のそれよりも猛烈でないと感ずるからであろうか。それほど小人国や大人国においては、フウイヌム国においてよりも、人間がいたわられているであろうか。ドストエフスキーの誤解の例もあり、いちがいに人びとの意見を尊重するわけにもいかず、またしても小人国や大人国について考察しなければなるまい。いつまでつづく泥濘《ぬかるみ》ぞ、といいたくなる。しかし、これからが肝要なのだ。

いったい、小人《こびと》とは何か。大人《おおびと》とは何か。小人《こびと》とは極小なる人間であり、大人《おおびと》とは極大なる人間であり、一見、怪物に似ているが、いずれも人間であることに変りはないのだ。すなわち、ここから我々は、あくまで人間を量的なものとして把えてゆこうとする、スウィフトの決然たる態度を発見することができるであろう。すくなくとも量的変化という前提の上に立たないかぎり、かれの人間観察は、一歩もすすめられはしないのだ。このことは、単に小人国や大人国のばあいにかぎらず、フウイヌム国のばあいにおいても同様だ。そこでは馬が、普通の馬と比較にならぬほど極度に多量の知恵をもっているという前提が、不可欠のものとなっているのである。そういうスウィフトにとって、旅行が、量的変化をみちびきだすための力学的位置変化――運動として受けとられているのは、当然のことであった。このような考え方が、マニュファクチュア時代の影響をうけてうまれたものであることはいうまでもない。マニュファクチュアは、人間の仕事の個性的な異質性を否定して、それを単に量的に規定されるようなものに変えてしまったのだ。そこでは、質が無視される、というよりも、量的に規定され得る質だけが取りあげられる。したがって、純然たる量として、人間の仕事は完全に同一単位で測定され、それぞれの仕事の正確な比較が、はじめて可能なものとなる。ガリヴァが小人《こびと》のなかにいようと、大人《おおびと》のなかにいようと、その間の均衡が終始厳密に保たれていたのは、スウィフトが、こういう比量的思惟の所有者であったからではあるまいか。

人間を単に量的なものとして捉えることが片手落ちであり、それだけで人間を割りきってゆけないことはいうまでもないが、しかし、それと知りつつ、なお量的に人間を割りきってゆこうとする傾向の背後には、人間の質のみを強調するルネッサンス以来の人間主義にたいする批判があり、大人《おおびと》であろうと、小人《こびと》であろうと、所詮、同一の人間にすぎないとする不敵な観察がある。したがって、『ガリヴァ旅行記』の方法論であり、認識論であり、論理学であるものは、すべてこの量的把握という一事につきるということができよう。ひとたび前に述べた量的変化という前提が確立されてしまいさえすれば、後は至極簡単であり、事件は論理的にひとりでに進行してゆく。そこでは『ミュンヒハウゼン物語』におけるがごとく、わざとらしい、ありそうもない事件は何ひとつおこらず、かくべつ手のこんだ趣向が凝らされているわけでもない。スウィフトは淡々と物語ってゆく。しかるに、この自明の事実の堆積が、きわめて奇怪な光芒をはなちはじめる。それが自然であればあるほど、却って不自然なものに見えてくる。現実的であればあるほど、逆に超現実的な感じがしてくるのだ。(この奇異なるものの創造に関する古典的方法については、すでに拙著『自明の理』において詳説したから、ここではこれ以上述べない。)

ところで、この作品の最初の二部が、特に子供に親しまれるのは何故であろうか。それは、小人国や大人国の話においては、スウィフトの人間にたいする量的把握が、後半の二部に比して、ヨリ徹底的に遂行されているからであろう。我々とちがい、子供は人間を主として量的なものとして捉え、かくべつ人間性などは問題にしないものだ。その意味においては、子供は我々よりもいっそう人間にたいする見方の上で残酷であり、非人間的であるといえよう。むろん、子供のばあいは、意識して質的なものを切り捨ててゆくのではなく、まだ質的なものの存在を十分意識することができないからにちがいないが、その物の考え方は、マニュファクチュア時代のそれと、多くの類似点をもつもののように思われる。大きいとか、小さいとかいうことが、子供においては決定的な意味をもち、それが人間評価の際においても規準になることは周知のとおりだ。したがって、子供は諷刺するスウィフトと同じ側に立ち、諷刺される側には属してはいず、その諷刺を諷刺として了解し、これを面白がる筈もないのだ。習慣は単に客観的なものとして理解されており、それが客観的なものとして描きだされているにしても、かくべつ一面的に把えられているとも考えず、況《いわ》んやそれを諷刺的だと感ずるわけもないのだ。

しかし、スウィフトはいうまでもないが、我々は、我々が単なる量的存在ではなく、また習慣が客観的に把えらるべきものでもないことを実践的に知っており、それ故に、そこに諷刺的なものをみとめるのだ。もしも人間が一箇の量的存在にすぎないとすれば、習慣とは、ついに慣性のごときものとなるであろう。だが我々は無機物ではなく、人間であり、我々の習慣が主観的・客観的なものとして、対立物の動的中項のごときものであるとすれば、それは精神の世界にも、肉体の世界にも存在すべきであった。或るばあいには、習慣は本能と見まがうようなものであるであろう。或るばあいには、それは知性と見まがうようなものであろう。我々は、いわば本能的であるとともに知性的でもある習慣をもつのだ。習慣は上昇し、下降する。そうして、それが横にむかってひろがりはじめ、個人的なものから社会的なものとなるとき、習慣は伝統となる。したがって、知性と本能とは対立しない。両者は、知性的でもあり、本能的でもある習慣によって――或いはまた、ひろい意味の習慣である伝統によって媒介される。そこで、このような知性的・本能的習慣を、きわめて一面的に把えるならば、そこから人間にたいする辛辣な諷刺がうまれてくることはいうまでもない。『ガリヴァ旅行記』の第三部および第四部の諷刺は、このようなものではあるまいか。

極大なる知性と極小なる本能とをもったラピュタ人、極大なる本能と極小なる知性とをもったヤフー――これらの人間の戯画は、ルネッサンス以来の伝統である知性崇拝と本能尊重のいずれにたいしても、平等に、容赦のない冷笑を浴びせかけるものであった。むろん、知性を軽視するわけではない。本能を侮蔑するわけでもない。スウィフトが反対しているのは、そのいずれか一方を偏重する傾向にたいしてであり、かれの求めているのが、この二つのものの動的な均衡であり、力学的な調和であったことは明らかであろう。しかし、均衡や調和を絶えず追及しながら生きてゆくことは容易なことではなく、スウィフトは、かれの物語の主人公と同様、大人《おおびと》や小人《こびと》の間でつねに孤独であった。みずからが均衡のとれた存在であって、はじめて人びとの不均衡の状態にあることがわかるのであり、しかもそれが適確にわかるためには、かれ自身とこれらの人びととの間に、いつも一定の均衡が保たれていなければならず、二重の意味において均衡の維持が試みられなければならなかった。それは骨の折れることであった。だがその骨折りにも拘らず、かれは大人《おおびと》の間では小人《こびと》にすぎず、小人《こびと》の間では大人《おおびと》にすぎず、知性派の間では本能派であり、本能派の間では知性派であり、しかも普通人の間にあっては、かれの客観的な、あまりにも客観的な測定は、嘲笑を招くにすぎなかったのだ。とはいえ、そうだからといって、事の意外に驚くには、かれは人間というものを知りすぎていた。それは当然のことであり、悲劇的であるよりも、むしろ喜劇的なことであった。たしかに人びとは諷刺されるに値いしようが、そういう人びとの間を、毒を盛られた鼠のように駈けまわり、方々で剣つくを喰っているかれ自身もまた、明らかに諷刺されるにふさわしい人間にちがいなかったのだ。

貴族の秘書として出発したかれは、民党ウィッグの支持者となり、やがて反対党の王党トーリーへゆき、そこで権勢をふるったが、失脚してダブリンの副僧正となるに及んで、イギリス攻撃に終始し、かれの首に莫大な懸賞金を賭けさせた『ドレイピアの手紙』や、

『ガリヴァ旅行記』を書き、気が狂って悶死した。アウエルバッハの地下室の連中ならば歌うであろう。お聞きよ、笛の吹きじまい。胸に恋でもあるように。

肖像画――ルター

ルターにたいする見方はいろいろあるであろうが、私のすこぶる異色があると思ったのはジャック・マリタンのそれであり、できれば私もまた、このフランスのトマス主義者のルター論で試みた方法を、ルターにかぎらず、なにか人物論でもするときには、いつでも採用したくなったほどであった。むろん、私には、マリタンのカトリック的な意見は、いっこうに面白くないし――原罪だとか恩寵だとかいうことを、賃銀だとか、労働時間だとかの話をするばあいのように、眼のいろをかえて論じてゆく態度にも、いささか了解しかねるところがないではなかった。しかし、かれがルターの肖像画を四枚選択して年代順にならべ、犯罪学者のように、その人相の変化を具体的にしめしながら、いまだにかれらカトリック教徒の憎悪の的であるこの異端の開祖が、いかに年とともに堕落していったかを実証している箇所だけは、十分、腑におちたし、かれの明晰な頭脳に敬意をはらわないわけにはいかなかった。

最初の肖像画は、修道院にいた頃のルターであり、栄養不良の気味はあるが、苦行と純潔とによって痩せほそり、まずもって信者らしい風貌であるということができる。それはかならずしも頭のてっぺんを丸く剃っているためばかりではないらしい。次に還俗《げんぞく》した直後のルターで、すでに髪はのび、ちょっと豹を連想させるものがあり、闘志にみちてはいるが、謙虚なところがなく、そろそろ神に見はなされそうな顔つきになっている。この第二の肖像画にあらわれている不逞のいろは、第三の肖像画にいたって、ますます顕著なものとなり、はっきり兇悪の相を帯び、精神の緊張はやぶれて、俗物らしい弛んだ表情になっている。しかし、特に注目すべきは最後に掲げられているルターの死像で、これはまさに言語道断であり、マリタンの表現を借りれば「驚くべき程度にけだものじみた一面があらわれている」のだ。よほどうまいものばかり食べたとみえ、ルターはふとれるだけふとり、だぶつく二重顎のために、首も殆んどみえなくなっているくらいだ。ルターの不摂生に関して、マリタンは、「私はチェッコ人のごとく馬食し、ドイツ人のごとく牛飲する。」というルターの書簡を引用している。

とはいえ、翻って考えるならば、マリタンの先生であるトマスもまた、これはルターとは異り、青年時代からふとっており、アルベルトゥス・マグヌスの門にあるとき、この寡黙な肥大漢が同学から「シチリアのだんまり牛」と呼ばれていたことはあまりにも有名であり、後年、ますます贅肉がつき、かれの食卓だけは腹部の触れる部分を特に半月形にくりぬき、着席を容易にしていたという噂があるほどではないか。もっともマリタンは、かならずしもふとっている僧侶が、すべて破戒無慙《むざん》であると主張しているわけではなく、同様にふとっているにしても、トマスは神聖にふとっており、ルターは卑俗にふとっているというでもあろう。そうして事実、トマスの肖像画はルターのそれにくらべると、はるかに私の眼にも堂々たるものにみえる。しかし、それは、私がプロテスタントにたいしてよりも、カトリックにたいして、いっそう多くの同情をもっているためではなく、また、おそらくほんもののトマスが、ほんもののルターよりもいっそう立派であったためでもなく、ルターを描いたクラーナッハやフォルトナーゲルが、トマスを描いたラファエロやボッティチェリにくらべて、すこぶる拙劣であったためではあるまいか。

そういう意味ではデューラーやホルバインによって自分の姿を不朽なものにしたエラスムスのほうが、ルターよりも利巧であったし——その聡明な表情をよく捉えている肖像画をながめていると、単に画家の選択ばかりではなく、あらゆる点で、エラスムスはルターよりも、数段、立ちまさった人物であったような気がしてくる。しかし、デュアメルによれば、エラスムスは、肖像画のなかでいつもかれのかぶっている頭巾の下に、「中央突起部の長い湾曲のない、なにか、猿のようないやな感じのする」頭蓋骨を隠していたのだ。しかるに、ルターは、最初の肖像画の剃りあげた頭をみても、中央突起部の長い湾曲はあるし、まことに非のうちどころのない人間らしい頭蓋骨をもっていたにも拘らず、はるかにエラスムスより見劣りがするのだ。思えば気の毒な次第であるが——しかし、それは自業自得というべきであろう。かれは芸術を軽蔑した。後世、貧弱な肖像画にもとづいて、マリタンから、かれが七つの自由な学芸のマギステルではなく、七大極悪罪のマギステルででもあるかのように、不利な判決をくだされても致し方がないのだ。

たぶん、ルターは芸術家としての才能を、かならずしも、もたなかったわけではないであろう。たとえば聖書の翻訳において、かれの発揮した文学的手腕の相当のものであったことについては、誰しもみとめないわけにはゆくまい。にも拘らずかれが芸術に注意をはらわなかったとすれば、それはかれが、つねにレオ十世と対立する立場におかれていたためであろうか。このポリツィアーノの弟子であり、ラファエロの友であり、ギリシア学者であった法王が、なにものにもまして、芸術を尊重していたことは周知のとおりだ。ヴァチカン宮殿の楽の音は、絶えずローマの空にひびきわたっていた。教会はクラブであり、そこではつねに芸術について話されていたが、キリスト教について語るものは殆んどなかったといわれているほどだ。しかし、私はルターの非芸術的傾向を、レオへの反感のせいだとは思わない。ルターにしろ、レオにしろ、反対の立場におかれていることは事実だが、お互いに相手を与みしやすしと感じており、かれらの敵意にみちた視線は、むしろ、いっそう正確には、かれらの眼前にたちはだかっていた中世紀的な伝統の担い手——トマスのような人物に、いつもそそがれていたのではなかったか。したがって、ルターは、レオにたいしてよりも、トマスのなかにあった人文主義的なものに、いっそうはげしい反発を感じていたであろうし、同様にレオは、トマスのなかにあったキリスト教的なものに、ルター以上に、ゆるしがたいものを感じていたのではなかろうか。そうして、人文主義的なものとむすびついているキリスト教的なものは、人文主義的なものそれ自身よりも、さらにルターにとっては警戒すべきものとみえたであろうし、キリスト教的なものと離れがたい関係にある人文主義的なものは、レオにとって、キリスト教的なものそれ自身よりも、より以上に嫌悪の情をそそられるものがあったであろう。ルターは、トマスのなかのキリスト教を人文主義から切りはなして、前面に押しだそうと試みたし、レオは、トマスのなかの人文主義を、キリスト教から絶縁して、洗練しようと企てたのだ。

ルネッサンスと宗教改革とは、すくなくとも当時の人びとの頭のなかでは、それまで中世紀的伝統のなかで力学的均衡状態におかれていた、キリスト教的な要素と人文主義的な要素とを切断し、これら二つの要素を純化することによって、それぞれ独立の表現形態をとらせようとする努力として、思い描かれていたであろう。伝統の重圧には堪えがたいものがあったのだ。肉体と精神とは——たとえ、観念の世界の出来事にすぎないとはいえ、はっきり切り裂かれなければならなかった。そうして、この切断は、たしかに進歩を意味した。もしも十分に進歩的でなかったとすれば、それはこの切り裂かれた二つのものが、いままでとはちがった、もっと高い秩序において、ふたたび総合されなければならないものであり、現に観念の世界以外では、いっこうに切断されていないことに気づかなかった点であろうが——しかし、分裂の段階において、総合を指摘することは、かえって中世紀的なものへの逆転をうながすもののように思われ、レオよりも、ルターよりも、いっそう進歩的であったエラスムスが、最初、ルターに味方し、レオにもまんざらでないような顔つきをしてみせ、ついに両人に和解をすすめ、いずれからも反動的な人間のようにみられたのは当然のことであった。

私はエラスムスを、デュアメルのように、「純粋観客」だなどと考えることはできない。『愚神礼讃』のなかにみなぎっている、あの戦闘的精神にひとたび触れるならば、断じてひとは、振子時計のように、右に揺れ、左に揺れる、決断力のない人間として、かれを見ることはできない筈だ。かれだけが、トマスに立ちむかって、いささかもあぶな気のない実力をもった唯一の人物であったのであり、かれがルターに好意をしめしたのは、人文主義的な要素をキリスト教的な要素の支配下におくことによって、トマスを打倒することになるであろうという見透しのもとにおいてであった。しかし、ルターが、まったく人文主義的な要素と手を切らんとするに及んで、そのあまりにも観念的な態度に愛想をつかし、エラスムスは、ルターと袂をわかつにいたったのだ。それにしても、このばあい、精神の代表者のつもりでいるルターが、あまりにも肥満した健康な肉体をもち、肉体の代表者のつもりでいるレオが、絶えず病気に悩まされ、繊弱であったのは意味深いことだ。本来、ルターは、むしろ肉体の擁護者たるにふさわしく、レオはむしろ精神の支持者の役割のほうが似つかわしくはなかったであろうか。それがまた、大学教授として、或いは法王として、適材適所というところではなかったか。

したがって、以上の見解にしたがうならば、ルネッサンスが、イタリアの土地に久しく失われていたギリシア・ラテンの伝統に帰り、人文主義を復活したのに反し宗教改革は、同様の手続きを踏もうとしても、ドイツの土地に再生すべきなんらの伝統なく――ソクラテスやプラトンの代りに、わずかに悪魔や魔女の幅をきかしている古代ゲルマン民族の宗教があるばかりであり、やむを得ず、中世のキリスト教的伝統に、いささかゲルマン的色彩を加えるにとどまったとする見解は、明快ではあるが、中世的伝統のなかに歴然と生きていた人文主義的要素を無視しているために、捨て去らるべきであろう。ルネッサンスが、キリスト教的要素と絶縁しようとしたにしても、そのためには、かならずしも中世紀を飛躍して、わざわざギリシアまで帰る必要はなく、中世紀的伝統の範囲内において、キリスト教的要素から、それと共存している人文主義的要素を、切り離せばよかったのだ。宗教改革のばあいは、反対に、人文主義的要素から、キリスト教的要素を切り離せばよかったのだ。もしもそのキリスト教的要素が古代ゲルマン的要素を含んでいるとするならば、それはドイツの中世紀的伝統のなかにおける人文主義的要素の不在を物語るものではなく――或いは、不在の故に、古代ゲルマン的要素の回復を目的としたためではなく、人文主義的要素と殆んど一体になって存在していた異教的要素を、事、志に反して、キリスト教的要素から分離することに失敗したためであろう。ハイネによれば、ルターは、もはやカトリックの奇蹟は信じていなかったが、依然として悪魔の存在は信じており、ワルトブルクで聖書の翻訳をしているときには、しばしば悪魔によって悩まされ、インク壺をとって力まかせに悪魔の頭に叩きつけたので、それ以来悪魔はすっかりインクに恐怖をいだくようになったという。

いったい、両極端が相会するためには、極Aが運動して、静止している極Bにむかって接近してゆくか、極Bが運動して、静止している極Aにむかって接近してゆくか——二つに一つだと私は思っていたのだ。まことに迂闊なことであった。いきなりこういうことをいってもわかるまいが、私は極Aにギリシア的なもの、肉体、生などを置き、極Bにキリスト教的なもの、精神、死などを置き、ルネッサンス運動の抽象的図式を考えていたのだ。そうして、なにぶん、ルネッサンスは中世末期におこった運動ではあり、極Bが運動して、静止している極Aにむかって接近してゆくほうが、妥当であるような気がして、それを採用した。つまり、ギリシア的伝統の再生という常識的な見方にしたがったわけだ。ところが、その後、ラヴェッソンの『習慣論』を読んでいるうちに——もっとも、その本に、こういうつまらないことが書いてあったわけではないが、両極端が相会するには、以上の二つ以外にも、まだ第三の道がのこされていることに気づいたのだ。すなわち、これがわからなかったことは不思議というほかはないが、極Aと極Bとが、いずれも運動して、お互いに接近してくるばあいがあるわけだ。極Aの運動が極Bの運動よりも速ければ、両者は極Bの近くで相会し、その逆のときには極Aの近くで相会し、ひとしい速さのときには丁度、真中で相会するわけだ。このばあい、極Aと極Bとは、到る処で、絶えず相会する可能性をもつわけだ。そうして、どうも気のせいか、ラヴェッソンは――かれの言葉を、現在私の使用している言葉にひきなおしていえば、お互いに近寄ってくる極Aと極Bとの相会するところに、習慣の成立を求めているらしかった。そこで私は、習慣をそういうものときめ、習慣の成立というところから、伝統の成立もまた同様であろうと類推し――したがって、それが伝統となっているかぎり、中世紀的伝統のなかにも、かならず極Aと極Bがある筈であると思い、キリスト教的要素とともに人文主義的要素の存在を設定し、この二つのものの分裂として、直接ルネッサンスと宗教改革とを、中世紀的伝統からみちびきだしたのであった。しかし、ここに一つの疑問がおこる。ルネッサンスにしろ宗教改革にしろ、それが中世紀的伝統に対立して、新しい伝統の形成を目指すものである以上、ルネッサンス的伝統が、単に人文主義的要素だけで、プロテスタント的伝統が、単にキリスト教的要素だけで、成立するかどうか、ということだ。そうして事実、ルターやレオの意図に反し、この二つの新しい伝統は、それぞれ自らの存在のために相接近する極

Aと極Bとをもち、それらの相会する場所に成立しているのにちがいなかった。伝統の相違とは、要するに、極Aと極Bとの相会する場所の相違にすぎないのではなかろうか。とはいえ、曖昧な文句をならべるのは、このくらいにして、話をもっと現実的にすすめてゆこう。

レオとルターとは、どちらが、ヨリ進歩的であったであろうか。こういう問題提起は、プロテスタント的立場からみれば、むしろ愚劣であり、やたらに免罪符ばかり売って、大きな寺を建築したがったりするレオよりも、かれの搾取に反対して、法王制から自由になろうとして立ちあがったルターのほうが、進歩的なことはわかりきったことだというでもあろう。しかしカトリック的な立場からみれば――いや、かならずしもカトリック的な立場からではなく、「不偏不党」の立場からみても、いちがいに、そうはいいきれないものがある。いかにもレオは、一面、精神的権威として、全キリスト教世界に君臨し、封建的搾取に依存し、したがって封建的生産様式の維持に利益をもつものにはちがいなかったが――しかし、他面また、かれはイタリアの大半を支配する世俗的権力でもあり、そういう意味においては、資本主義的な生産様式の発展に利益をもっていた。はなはだ現実的な意味における極Aと極Bとが相会して、かれの存在を形づくっていたのだ。そこで経済的に進んでおり商品生産の普及している、イタリアやフランスやイスパニアのような国々は、法王制から自由になろうなどとは夢にも考えなかった。経済的に進んでいる国々は、また政治的にも進んでおり、中央集権はうまれ、国民的統一はあり、レオが無法な搾取でもしようとすれば、断乎として拒むことができた。そうして、それらの国々は反対に、レオを手先にして、経済的にも、政治的にも、全キリスト教世界を支配しようと欲していたのだ。つまるところ、精神的権威と世俗的権力とは相互依存の状態にあり、レオは、そのメカニズムを一身に具象化しているわけであった。

ところが、ドイツは、それらの国々とは比較にならぬほど遅れており、神聖ローマ帝国の純封建的な統一が解体するにつれ、有力な諸侯が各地におこり、皇帝自身も一諸侯化する傾向があり、全国には、いくつもの経済的政治的中心がうまれ、割拠分立していた。破門、懺悔聴聞、免罪符、聖像販売、十分一税、小十分一税――まさしくレオが昔ながらのやり方で、搾取の手をのばすのに恰好の国であったわけだ。そこでルターがウィッテンベルグ城内の会堂の戸に、免罪符に関する九十五箇条の論題を掲げることになるのだが――それは大胆不敵な行為でもなんでもなく、進んだ国々の人びとにとっては、むしろ、ほほえましい出来事であったであろう。その頃のイスパニアの悪漢小説などには、免罪符売が登場し、いろいろ悪辣な手段を弄して金銭を掠めとるが、かくべつ作者は義憤を感じている模様もなくかえって簡単に欺されてしまうおめでたい人びとを嘲笑しているかのようだ。しかるに、ここに一人の正直な男があって、天下周知の不正事を摘発し諤々《がくがく》の論陣を張ろうというのだ。

それは少々大人気ないことであったかもしれない。しかし、歴史の針を押しすすめるためには、そういう愚鈍さが必要なのだ。すでに当時、ドイツの人文主義者らは、ルターよりもはるかに辛辣に、法王制にたいする攻撃をつづけてきていたのだが、かれらの教養の高さが、かえってかれらの攻撃を無力なものにしていた。すなわち、攻撃はあまりにも巧緻な諷刺詩の形をとったり、精密なラテン語の論文であったり——とかく一般のドイツ人にとっては縁の遠い気のするものばかりであった。おそらく最初は、サクソニアの無名な教授の書いた、なんの変てつもない、きわめて常識的な免罪符論など、人文主義者には、あまりにも微温的なものに思われたにちがいない。ところが、これが全ヨーロッパに反響を呼び、ルターがローマに召喚され、召喚に応ぜず、法王の令状を群集の眼前で焼き捨てるにおよんで、その芝居気たっぷりなところがばかばかしくはあるが、人文主義者もまた、なんらかの意味で、かれと協力しないわけにはいかなくなった。沈着で、皮肉で、腹のそこまで現実的なエラスムスのような人物まで、単純で独断的でいささか熱にうかされたようなところのあるルターの援助に乗りだした。しかし、その援助には限度があった。前に私は、若干、抽象的に、人文主義的な要素とキリスト教的な要素との関係を扱いながら、この限度の問題に触れたが——これを具体的にいえば、エラスムスの意向は、およそ次のごときものであったであろう。修道院制度や法王制を攻撃して、封建的な搾取を排除し、近代的な絶対主義の樹立を目指すのはいい。しかし、それは、あくまでカトリック教徒として遂行されなければならない。何故というのに、もしも完全にローマと手をきるにいたるならば、経済的にも文化的にも、最も進歩した国々から分離することになり、資本主義的な発展から取り残されてしまうにちがいないからだ。……

そうして、これがまた、かれの仲間である人文主義者らの意向でもあった筈だ。宗教改革の進行とともに、かれらは、ことごとくカトリック教会のふところに帰ったが、それはかれらの怯懦《きょうだ》をしめすものではなく、むしろ、自らの信念に忠実であった事情を物語るものではあるまいか。宗教改革の結果、ドイツに無数の敵対している小さな公国や侯国が出現し、その正常な経済的・政治的発展をさまたげるにいたったことは、かれらの見透しの間違っていなかったことを実証するものではなかろうか。下級貴族、小市民、教会財産の没収を狙う世俗的諸侯——最初の予期に反し、宗教改革は、このような視野の狭小な連中の支持をうけ、かれらの利害を代表するにすぎないものに転落していったのではなかったか。こういうと、ひとは私が、またしてもルターとエラスムスの肖像画を眼に浮べ、比較しているように思うかもしれない。

汝の欲するところをなせ――アンデルセン

いっぱんに、アンデルセンの自伝を読んだ人びとは、そのなかに登場する人物がひとり残らず善良であり、繊細な感受性をもつ主人公をとりまいて、友情の輪踊りをおどっているのに気づき、おそらくそれは著者のやさしい人柄が相手に反映する結果であろうと考え、あらためてこの「永遠の子供」に深い親愛の念をいだくにいたるでもあろう。そこにはなにか流露するものがあり、うまれながらの芸術家のもつよろこびやかなしみが、まことに素直な態度で物語られているかのようだ。もっとも、ここでいう芸術家という言葉は限定された一定の意味をもつ。知ることと、行うことと、感ずることとは、我々の間にあっては、一応、ばらばらに分化しており、殊にルネッサンス以来、主情的な傾向が支配的になるにおよび、芸術家といえば、なによりも感ずることを、自らの役割とするもののようだ。誰かがうたっていたように、かれらはすべて、心臓肥大のその胸を、バッハのフウガに揺するのだ。そうして、アンデルセンは、そのような意味の芸術家の典型的なものであり――したがって、あたたかい血のあふれているかれの心臓によってあらゆるものを感じとると共に、また他人の心臓にたいして、いかにそれが冷えきったものであろうとも、はげしく働きかけることができるのだ。

自伝のなかに、たとえば、こういう話がある。少年時代、人びとと共に畑に落穂拾いにいき、大きな鞭をもった番人に追いかけられ、ただひとり逃げ遅れたアンデルセンは、すでにかれにむかって鞭をふり下ろそうとしている男の顔をじっと見あげ、打つならお打ちなさい、神様がみていらっしゃるよ、と叫ぶ。すると、その追跡者はたちまち相好をくずし、アンデルセンの頰を指でつつき、その挙句、かれにお金をくれるのである。他の人びとと一緒に逃げたかれの母親が呟く。このハンス・クリスティアンという子は、まあ、なんという奇妙な子でしょう、誰でもこの子をみると、不思議に憎めなくなるのですよ、あの意地悪がお金をくれたんですとさ。……

自伝は、このような話でみたされており、かれの一生は、暗澹たる風景のなかをながれる、ひと筋のやわらかい日のひかりを思わせる。さいわいなるかな、心の貧しきもの、天国はそのひとのものなり。ともすれば我々もまた、かれの母親と同様、不幸を転じて幸福とする、かれの生涯におこった数々の奇蹟が、無償であがなわれたかのような錯覚をおこしかねない。はたしてアンデルセンは、かれ自身の書いているように、絶えず人びとの好意を身近かに感じていたであろうか。或いは、我々の想像するほど、それほど感じやすい、やさしい人間であったであろうか。要するに、かれの幸福とはかれのお伽噺にすぎないのではないか。——私はさまざまな疑問をもつ。
アンデルセンのような稀にみる善良な人物の言葉に疑いをさしはさむのは、私がパリサイの徒であることを証拠だてることになるかもしれない。しかし、私には、かれを歪めて楽しもうとする余裕はないのだ。むしろ、私には、かれの言葉を額面どおりに受けとり、歪められているかれの肖像を修正したいという意志があるばかりである。我々の周囲では、アンデルセンは単なるセンチメンタリストのように考えられており、それ故に、かれの性格は善良であり、かれの作品は芸術的であると見做されているかのようだ。なんという誤解であろう。このような誤解の上に立っている人びとこそ、実はセンチメンタリストにすぎないのである。したがって、そういうアンデルセンの幻影を粉砕することによって、たとえかれが善良な印象をあたえなくなったにしても、それは私の責任ではないのだ。

あなたはアンデルセンのお伽噺が好きですか。——と、トルストイは思いに沈みながら、ゴーリキーに訊ねた。——私はそれがマルコ・ヴォチョックの翻訳で出版されたとき解りませんでした。ところが、それから十年たって、あの小型の本を手にとって読んでみて、突然、非常な明瞭さをもって、アンデルセンが非常に孤独であったことを感じました。非常に。私は、かれの生活を知らない。かれはだらしのない生活をおくって、方々、旅行をして歩いていたらしい。しかし、このことは、私の感じを肯定するにすぎない。

——かれは孤独であったのです。まさにその故に、かれは子供達にむかったのです。それは誤ってはいるが、まるで子供達が大人達よりも人間を憐むかのように考えて。子供はなにも憐みません。かれらは憐むことを知らないのです。……あれほどたくさんの人びとから愛されていた筈のアンデルセンを、断乎として孤独であったと主張する、このトルストイの観察は、かれがアンデルセンの生活を知らなかったために犯した誤りにすぎないであろうか。私はそうは考えない。このばあい、トルストイの観察は、あくまで正しい。かれは適確にアンデルセンの芸術の秘密をつかんでいるのだ。落穂拾いの話をふりかえってみてもわかるように、アンデルセンが、他人の心臓につよく訴えるのは、つねに孤独の状態においてであった。奇蹟がおこったのは、かれが母親からさえも見捨てられ、鞭の下に体を投げだし、臆するところなく、いいたいことをいったお蔭ではなかったか。

生来、アンデルセンは不敵なのだ。その不敵さの点において——たとえば、かれの隣国の芸術家、ストリンドベリにまさるとも劣りはしないのだ。一方は謙虚であり、他方は傲岸である。一方は誰からでも愛されているつもりになっており、他方は誰からでも憎まれている気でいるが——しかし、底をわってみれば、両者の間に、それほどの径庭《けいてい》はないのではなかろうか。いずれも孤独なのだ。一方の孤独がネガチヴであり、他方の孤独がポジチヴであるにすぎない。そうして、ひとが徹底的に孤独であるとき、ストリンドベリ風にいうならば、空気は芽をふく。『ジャックと豆の木』さながらに、その芽はたちまちにして茎となって伸びあがり、枝をひろげ、葉をしげらし、亭々たる巨木となり、頂きは雲の上高く天国に達するが、その根は深く地獄にも通ずるのである。女や子供に好かれ、あらゆる家庭から歓迎されるアンデルセンは、私の頭上に幸運の星がかがやいていると感謝し、到る処に天国をみいだす。実験に熱中し、硫黄のために真黒になった手をながめながら、女、子供、家庭、すべては荒廃した、と憮然として告白するストリンドベリは、到る処に地獄を発見する。しかし、薄暗い実験室のなかと同様、孤独は、明るいサロンのなかにもあったのである。そうして、この二つの孤独は、質的にそれほど異ったものとは思われない。何故というのに、孤独とは、それがいかなる表現形態をとろうとも、すべてエゴイズムの所産にほかならないからだ。

アンデルセンは、エゴイストであった。こういうと、かれを夢みがちな、やさしい詩人のように思っている人びとのなかには、或いは腹をたてるひともあるであろう。しかし、子供は大ていエゴイストであり、「永遠の子供」が、「永遠のエゴイスト」であったにしても、かくべつ不思議なことはないのだ。屢々《しばしば》、エゴイストは無邪気な印象をあたえる。ベッドにはいる前に、人びとともに、我らに日々のパンをめぐみたまえ、と祈り、その後で、自分ひとりこっそりと、そしてまた、バターをたくさん塗ってください、と附け加える、あの『絵のない絵本』のなかの少女のように。だが、こういう遠慮がちなもののいい方は止めよう。歯にきぬきせずいうならば、アンデルセンは、単に無邪気なエゴイストであったばかりではなく、また、非情冷酷なエゴイストでもあったのだ。

一八三五年に出版されたアンデルセンの最初の童話集には四つの話が載っている。孤独は吐け口をもとめたのだ。それは深い淵のなかから、アンデルセンの発した四つの叫び声であった。はたしてかれは、トルストイのいうように、子供達に憐まれたいと思って、それらの話を書いたのであろうか。憐憫《れんびん》をもとめる感傷的な調子はどこにもない。追いつめられたかれは、ここでもまた、打つならお打ちなさい。神様がみていらっしゃるよ、と素朴な叫び声をあげているかにみえる。鞭の下に体を投げだし、ずけずけと、いいたいことをいっているかにみえる。

第一作の有名な『火打箱』からうかがわれるものは、当時、かれが孤独である上に、貧乏でもあり、なんとかしてこの窮境を打開したいと思いつめていたにちがいないということだ。お金が欲しい。そのためには、魔女の一人や二人くらい、殺したところで構わないと考えている。これはまさしくラスコーリニコフの心境である。事実、かれはお金を貰った上で魔女を一刀の下に斬り殺す。しかし、あくまでエゴイストであるかれは、『罪と罰』の主人公みたいに、そのためにくよくよと煩悶したりしない。お金を湯水のようにつかう。お金はつかえばなくなる。そこでかれは、魔女から偶然手に入れた火打箱の力で、茶碗ほどの、水車ほどの、コペンハーゲンの円塔ほどの、大きな眼をもった三匹の犬を呼びだし、かれらをつかって、無限の富を獲得し、王様や女王様を喰い殺させ、王女と結婚してしまうのである。

第二作の『小クラウスと大クラウス』は、もっと猛烈だ。お金を儲けるためなら、この二人の主人公は、どんなことでもする。魔女ならまだ弁解の余地もあるであろうが、自分のお婆さんを殺して、その死体をかついで、町に売りにいったりするのだ。そうして、狡猾な小クラウスが、愚直な大クラウスを翻弄すればするほど、ますます作者はうれしそうである。いったい、感じやすい、善良な、アンデルセンの姿がどこにあるのであろう。心配するな、私はここにいる、と第三作『豌豆《えんどう》と王女』のなかから、かれはいう。いかにもそこでは感受性というものが主題になっている。積みかさねられた二十枚の蒲団の上に寝て、蒲団のいちばん底に置かれた一粒の豌豆のため、ひと晩中、眠れなかった王女の話である。しかし、この話のなかにも、エゴイストの顔がみとめられないわけではない。かれは、お金を欲しがっているばかりではなく、そういう敏感な少女と結婚したいと望んでもいるのだ。我らに日々のパンをめぐみたまえ、そしてまた、バターをたくさん塗ってください、というわけである。

第四作『小さなイダの花』にいたって、はじめて今日の読者は、親しみ深い、見馴れた、空想家アンデルセンに出てあって、ほっとするであろう。それは真夜中にダンスをする花々の話であり、すべて可憐なもの、清らかなもの、うつくしいものにたいする作者の同情が、リリカルな筆致で描きだされており、まさしくアンデルセンは、大へん柔和なひとのようにみえる。したがって、この作品は、一見、血なまぐさい『火打箱』や『小クラウスと大クラウス』などとは、なんらの関連もない作品のように思われ、まったく別な作者の手によったもののような気がするかもしれない。この系列に属する作品が、いまではアンデルセンの代表作になっており、それらのなかで、詩人の同情が、単に動物や植物にとどまらず、あらゆる生物にたいしても——古い家や、古い着物、戸棚、独楽、毬《まり》、縫い針、鉛の兵隊のごときものに対しても、惜しみなくそそがれていることは周知のとおりだ。

しかし、アンデルセンは、はたしてそれらのものに同情していたのであろうか。世のアンデルセン嫌いの簡単に「綺麗事」として片づける、こういう抒情的な作品のむれに、狭隘な常識の世界に閉じこもっている人びとにたいする作者のするどい抗議の含まれていることはいうまでもないが——しかし、なにより私にとって興味があるのは、この甘美な抒情のほとばしりでる源泉であるであろうところの、作者の味わっているにちがいないその深い孤独の性格についてである。この孤独な状態から脱出しようとして、非情冷酷にもなってみるのだが、孤独は、いよいよかれの身うちに、抜きがたく根をはるばかりであった。かれは同情なんかしているのではない。堪えがたいほど孤独でもなければ、誰が真夜中にひそひそとささやきあう、木や花や椅子やコップの話に耳を傾けることができよう。

つまるところ、アンデルセンは、私の意見によれば、孤独であるからエゴイストであり、エゴイストであるから、孤独でもある、というわけだ。『小さなイダの花』を嘲笑するためには、『小クラウスと大クラウス』を馬鹿にしてかかるだけの用意がいるのだ。苛烈なユーモアと透明な抒情と——この二つのものは、切っても切れぬ関係によってむすばれており、それは前にあげたストリンドベリにしろ、トルストイにしろ、あらゆる体あたりの生き方をした近代の芸術家の作品に、すべて共通の傾向である。アンデルセンの作品を、ことごとく否定するためには、かれらの作品をことごとく否定し去るだけの覚悟がいろう。かれらの芸術家としての信条を、粉微塵に打ちくだいてしまうだけの決意がいろう。その信条とは何か。それは、テレームの僧院を支配していた次の一句に尽きる。汝の欲するところをなせ。

鳥や、獣や、植物や、その他、ありとあらゆる生のないもの達が、人間と同様に魂をもち、生きてうごめいているアンデルセンの世界は、我々に原始人の世界を連想させる。しかし、そこにはトーテムを信ずる気持もなければ、タブーを守ろうとする意志もないのだ。ただ自己の運命の星をたよりに、猛烈に生き、ものすごい孤独のなかにおちいって、はじめて魂にみちみちている世界を感ずる以外に手はないのだ。たとえば『パラダイスの園』の王子をみるがいい。王子は、いささかも自己の欲望に抵抗することはできず、百年もパラダイスにとどまるつもりでいながら、最初の晩に、もはや禁制をやぶってしまい、下界に顚落するのである。あまりにもだらしがなさすぎて、むしろ、ほほ笑ましい。しかし、このように自己の欲するところを大胆に行い、苦難の道を独往邁進する勇気があればこそ、『みにくいあひるの子』は、ついに白鳥になるのである。白鳥になるのはいい、しかし、池に投げ込まれたパン屑や、お菓子をながめながら、これほどの幸福があろうとは夢にも思わなかった、とよろこびの声をあげる必要はないではないか、翼をひろげて、君が白鳥なら、大空にむかって威勢よく飛べ、とブランデスはいう。デモクラットであるブランデスには、アンデルセンの動物達が、皆、おとなしく、家畜じみているのが気にいらないのだ。

おそらく貴族やブルジョアに歓迎され、悦にいっているかにみえるアンデルセンに不満なのであり、あくまでも闘志にみち、不羈《ふき》奔放《ほんぽう》であることを望んでいるのだ。自伝のなかの四八年の革命は、誰かが嚔《くしやみ》をしている音を聞くようだ、とも書いている。大いによろしい。我々の時代の新しいトーテムや、新しいタブーを、すくなくともアンデルセンよりも、はるかに明瞭に、かれは認識しているかのようだ。しかし、はたしてそうか。それならば何故に、主知的なラ・フォンテーヌと主情的なアンデルセンとを並べ、私は橅《ぶな》の木を愛するが、樺の木も愛する、などというのであろうか。トーテムとタブーの世界は——たとえ、それが新しいものであろうとも、たしかに知ることと、感ずることと、行うことが一つである世界であり、もしも衷心からそういう世界の到来を願っているのなら、ラ・フォンテーヌを抹殺し、アンデルセンを断罪すべきではないか。

トーテムとタブーの世界は、不羈奔放とは両立しない。汝の欲するところをなせ、という信条とは、真正面から衝突する。それは拘束するものによって、きびしく縛りあげられた世界であり、すでに汝の消滅し、我の解体している世界なのだ。ブランデスは、単に時代の常識に安住し、人びとの喝采を眼中において、ものをいっているのではないか。かれは、知ることにも、行うことにも、感ずることにも——そのいずれにたいしても、いささかも徹底していないのではないか。絶えず「良心的」なポーズをしめすことによって、一度も極端な孤独にまで、かれ自身を追いつめたことがないのではないか。何故というのに、かれは、孤独の性格のいかなるものであるかを、まったく了解していないからである。アンデルセンの動物達がおとなしいのは、かれらが家畜であるためではなく、トーテムやタブーの世界と、その厳粛さの点において、殆んど匹敵する、孤独の世界の住み手であるからであった。孤独の世界のなかにあっては、すべてのものが、その形而下的な性格を脱し、霊的になり、神秘的になる。そうして、概して、しずかである。たしかにアンデルセンは、サロンのなかに、はいっていったでもあろう。しかし、それはまた、反対に、サロンがアンデルセンの孤独な世界のなかに、はいってきたのだともいえるのではなかろうか。

上は王侯貴族から、下は陋巷《ろうこう》の貧窮者にいたるまで、到る処に、私は崇高な人間性をみいだすことができた。人間はすべて、きよらかな人間性において、皆、平等である。——自伝のなかに述べられているアンデルセンの右のような言葉は、社交家の言葉としてではなく、孤独者の言葉として理解さるべきであろう。孤独者もまた、社交家と同様、かれの孤独圏内にはいってくるすべての人間にたいして——否、人間のみならず、動物や、植物や、無生物にたいしても、きわめて礼儀正しく、慇懃《いんぎん》だ。しかし、このような、いわば孤独の達人とも称すべきアンデルセンにして、なおかつ、かれのしずかな孤独の世界を守ってゆくことは、容易なことではないらしかった。いかにもかれは、旅行中、万歳、万歳と叫びながら、かれに敬意をあらわすために、かれの泊っているホテルの露台の下に押し寄せてくる、うるさい讃美者のむれにたいして寛大であるであろう。かれらの捧げるセレナーデを、感謝の涙をながして、受けいれさえもするであろう。しかし、そのセレナーデが、偶然、一緒に泊りあわせた隣の男にむけられたものであるばあいには、喧騒は、私にとって、どうにもならない苦しみで、こんなに悩まされた晩は、私も一生のうちにも殆んどない、などと悲鳴をあげざるを得ないのである。

ユートピアの誕生──モーア

ピランデルロの『新しい植民地』は、大地が揺れはじめ、ひとりの女と、かの女の必死になっていだいている赤ん坊とをのこし、さかまく怒濤が、島と、その島を開拓するために集ってきた人びとを瞬く間にのみこんでしまうことによっておわるのだが──むろん、それは、『新しい植民地』の終焉を物語るものではなく、やがて生きのこった母と子とによってはじめられる、本来の意味における『新しい植民地』の発端を示すものであり、すくなくともルネッサンス期に数多く描かれた聖母子像を連想させる、その幕切れのイメージは、決して我々に暗い印象を与えない。そこでこの作品は、ピランデルロがファシストになった証拠だとされ、それまでかれの作品を特徴づけていた、あの恐るべき懐疑が、ここではまったく影をひそめているといわれる。いかにも怒濤に洗われる巌頭に毅然として立つ古典的な聖母子像のすがたは、現実の否定よりも、その否定の否定である現実の絶対的肯定を、破壊よりも、破壊を通しての建設を、懐疑よりも、懐疑の果にうまれる揺るぎない信仰を象徴するもののように思われる。にも拘らず、私が、すでにピランデルロの懐疑は、病、膏肓《こうこう》にはいっており、たとえファシストになったにせよ、その結果、全治するような軽症ではさらさらなく、むしろ、この作品によって打診するならば、もはや、救いがたいまでにその病が重くなっているとするのは、聖母子像の劇的なポーズに誇張をみいだすからではなく、元来、それが「新しい植民地」であり、そうして、「古いユートピア」であるからであった。いつの時代にあってもユートピアとは、懐疑の表現以外のなにものでもないのだ。

まさしくユートピアとは氷山の頭のようなものであって、その我々の眼にみえる部分は、明確な稜線によってするどく空間を截《た》ちきり、不動のもののように水上高くそびえ立ってはいるが、それを支えて海底深く沈んでいるそれよりも遥かに厖大な我々の眼にはみえない部分は、つねに潮流との摩擦によってみしみしと音をたてており、混沌として、絶えず崩壊の危険にさらされているのだ。ユートピアが、自然的、芸術的に、物質的に表現されるばあいには、未開のままの原始社会として描きだされるか、或いはまた、人工の極致をつくした未来社会として描きだされるかであるが、その架空の世界に知的遊戯以上のものがみいだされ、虚構のなかにきらめく一片の真実があるとするならば、それは同時代にたいする作者の懐疑が、あくまで真実のものであったからであり、ユートピアの楽観的な描写の背後にうかがうことのできる、愁いにみちた作者の表情に、我々の心をうつものがあるからであった。誰が今日、原始への復帰に、真面目に望みをかけたりするであろうか。モイ族にとりかこまれたマルローの小説の主人公のように、おそらく我々もまた、原始人の世界においては、いまにも飛びかかろうとする気ちがいのむれのなかに、ただひとりおき去られたような恐怖を味わうでもあろう。要するに原始人とは、蒙昧で、野蛮で、容易に了解することのできない存在にちがいないのだ。文明に汚されない自然のままの素朴さをもち、異国の客を遇するにあたっては、すこぶる慇懃鄭重をきわめた、十八世紀風の原始人の善良な肖像画は、いまではまったく地をはらうにいたった。芸術の発展の無限の可能性についても同じことだ。巨大な摩天楼や起重機や、テラスの上から飛びたつ精巧なオートジャイロや――やがて未来の世界に出現するであろうさまざまな機械の類に、もはや我々は解放を夢みることはできない。ユートピアの構想が、単に合理的であり、技術的モチーフにもとづく未来社会の幾何学的風景の展開にすぎないかぎり、むしろ我々は、反発を感じないわけにはいかないのだ。

　それではユートピアとは、我々の時代においては、すでに流行《はやり》すたれた歌なのであろうか。私はかならずしもそうは考えない。それらのユートピアの二つのタイプが、かくべつ我々の心をひかないのは、まず第一に、原始社会の「自由」や、未来社会の「進歩」が、いずれも資本制社会上昇期の烙印を帯びており、自由放任主義《レッセ・フェール》のもたらすであろう予定調和にたいする信仰によってつらぬかれているからであり、さらにまた、資本の輸出による植民地経営の発展が、我々に原始人との直接的な接触の機会を増し、資本の有機的構成の高度化が、芸術の進歩のいかなるものであるかを教え、ともに理想と現実との乖離によって、我々に烈しい幻滅を味わせたからであった。しかし、それらのユートピアにも、まったく魅力がないわけでもない。前にもいったように、そこにうかがわれる、封建的な羈絆《きはん》を脱しようとよろめいている作者の不安な姿態には、たしかに我々の同情をそそるものがある。まさしくそれとは反対の意味においてであるが、現在、我々もまた、レッセ・フェールの状態を拘束し、生産と消費とを調和させようとして、同様によろめいてはいないであろうか。ユートピアは、いまでもほろびてはいない。それかあらぬか、原始社会や未来社会は、その自由さの故にではなく、却ってその不自由さの故に、なお時として我々のユートピアであり得るでもあろう。何故というのに、我々の社会学者は、それらの社会を、集団表象や鉄の規律や円滑な再生産の過程をもつものとして描きだす。

いったいユートピアが、フライアーのいうように「政治的な島」であり、それ自身の空間に存在する完結的な体系であるとするならば、我々の時代におけるユートピアは、経済的には、単純再生産の表式によって正確に表現されるでもあろう。周知のように、単純再生産の正常な進行のためには、生産手段の生産部門（Ⅰ）における可変資本（V）と剰余価値（m）との和が消費資料の生産部門（Ⅱ）における不変資本（C）にひとしくなければならず――したがって、Ⅰ. 1000V＋1000m ＝ Ⅱ. 2000C なる表式の成立が、不変の諸事情の下におけるユートピア社会の誕生のためには欠くべからざるものであろう。この単純な表式は、ピランデルロの聖母子像よりも、はるかに我々にたいして切実であり、このような非情な数字によって、その存在の前提条件が示されるならば、ユートピアはかならずしも時代遅れな感じを我々にあたえないですむのではなかろうか。いまもなお我々は、たしかにユートピアの実現をねがっているにちがいない。現代の課題は、資本制社会の枠内において、まず、いかにしてこの単純再生産の基礎を確立するかにあるのだ。とはいえ、我々のユートピアもまた氷山の頭のごときものであり、それが、なんらの陰影もみとめられない極度に明確な表式によってとらえられるにいたったことは、かえって我々の極度の混乱を暗示するものにほかならなかった。むろん、この種の抽象的な表式は、我々のユートピアにのみ特有のものではなく、あらゆるユートピアにみいださるべきものであり、たとえば、レッセ・フェールによって基礎づけられたユートピアとしての原始社会や未来社会のばあいにおいても、表式の成立は、それとは意識せず予定されているのであった。いや、過去においてもユートピアのもつ再生産過程が、まったく気づかれずにいるわけではなく、すでに『支那の専制政治』にユートピアをみいだしていたケネーは、また『経済表』の作者でもあった。我々のばあいは、その表が表式にまで精密化されているにすぎない。多かれ、少かれ、いつの時代にも混乱はあったのだ。

そこで我々の問題は、このような表式をはっきり意識している人びとによって、いかなるユートピアが追求されているかをみることにある。骨組を知って肉づけをする芸術家は、それを知らないで肉づけをする芸術家よりも、はるかに巧緻な作品を生みだすはずであろう。しかるに、いささか意外なことに、かれらの思い描いているユートピアは、倫理的＝社会的な、いわば精神的ユートピアとでも称すべきものであった。おそらくそれは、かれらが整然たる再生産過程の進行をさまたげるレッセ・フェールの弊害を痛感し、自然的＝技術的な、物質的ユートピアとは反対のものに憧れているためであろう。したがって、レッセ・フェール礼讃以後の今日のユートピアは、レッセ・フェール礼讃以前のモーアの『ユートピア』と著しい類似性をもつ。『ユートピア』が書かれたのは、本来的蓄積の嵐がイギリス全土を吹きまくっている、すさまじい転形期においてであった。耕地は牧場と変り、牧場はまた猟林に転化した。モーアのいうように、「羊は人間をくいつくし」、さらにその羊のむれを、鹿や狐や山猫が追いはらった。土地を収奪された農民は、泥棒をするか、乞食をする以外に道はなかったが、泥棒をすれば死刑になり、乞食をすれば鞭うたれ、それでも乞食をやめなければ、耳を半分切りとられるのであった。こういうとき、『新しい植民地』を、安定した国家を、不変の秩序を――一言にしていえば、ユートピアを思わないものがあるであろうか。モーアの『ユートピア』が、さまざまなタブーにしばられた精神的ユートピアであったのは、モリスの意見によれば、著者のなかに生きつづけていた中世紀的伝統のためであり、かれが新しい時代の最初の担い手ではなく、古い時代の最後の担い手であったからであった。しかしそれは私には、あまりにも安易な解釈であるかにみえる。はたして『ユートピア』のなかには、モーアの復古主義的な熱情がみなぎっているであろうか。そこでかれは、封建的な見地にたって、資本主義的な「害悪」にたいする批判を試みているであろうか。かつて牢固として抜くべからざるものであった協同体精神の復活を、心から主張しているであろうか。――身辺にあやしげな精神的ユートピアンの夥しくいるせいか、私はモーアが、当時、大陸の宮廷や法王庁で噂されていたように、絵にかいたような「忠臣」であり、「信者」であったとは、どうしても考えることができないのだ。

モリスとは反対に、かれが新しい時代の最初の担い手でありながら、しかも古い時代の最後の担い手と見紛うような人物であり、ヘンリー八世の最大の敵でありながら、しかもその無類の忠臣と考えられ、ヴァチカンの腐敗を知りながら、しかも敬虔な信者として終始しているところに、私のモーアにたいする興味はかかっている。モーアは、かれの親しい友人であったエラスムスの語るところによれば、日常の会話においても、どこまでが真面目で、どこからが冗談だかはっきりわからないようなところがあり、それが事実であったにちがいないことは、『ユートピア』自身が証明している。たとえば、その序文で、この本のなかには、なにひとつ嘘はないつもりだが、ただ自信のない点が二つあり、そのひとつはユートピアの首都をながれているアニイダー河の上にかかっているアマウローテ橋の長さで、これが五百歩すなわち半哩《マイル》であったか、或いはそれよりも二百歩少く、三百歩であったかが、どうもはっきりしないことであり、いまひとつは、ユートピアの位置のすこぶる曖昧なことだ、というような人を喰った文章を、モーアは、悠々と書くのである。思うに典型的なヒューマニストであり、ひたすら中世紀の余韻をなつかしむには、あまりにも近代的な性格の持ち主であった。かれは没落してゆく封建勢力の支持者ではなく、徹頭徹尾、新興資本勢力のイデオローグであったのだ。

モーアの父は裁判官であったが、祖父の代までは商人であったらしい。かれの育ったのはセント・ポール大寺院の近くロンドンの目抜の商業地であり、小学校は下町の子らの通うセント・アンソニイ・スクールであった。その後、カンタベリイの大僧正モートンの家に学僕としてあずけられたが、幼時の環境がブルジョア的なものであったことに疑問の余地はない。やがてオックスフォードに学ぶに及んでは、ピコ・デラ・ミランドラに心酔し、イタリア文芸復興の精神に触れ、次いでロンドンに帰り、ニュー・イン、リンカーンス・インを経て、弁護士となった。この間にコレット、エラスムスらのヒューマニストと交り、ブルジョア的な教養を積んだ。したがって、二十四歳で代議士となり、公生涯の第一歩を、ロンドン市民の利害を代表して、ヘンリー七世の特別課税法案にたいする反対をもって踏みだしたことは、まことに自然のなりゆきであった。モーアのお蔭で、ヘンリーの王女の結婚費用は削減され、後年、モーアが語っているように、神がかれの味方でなかったならば、すでにこのとき、かれの首は断頭台にさらされていた筈であった。そこで第一歩にして、たちまちかれは公生涯からの隠退を余儀なくされたが、ヘンリー八世の登位とともに、かれの果敢な闘争を記憶していたブルジョアジーの推輓《すいばん》によって、ロンドンのサブシェリフになった。これは市長の法律顧問のような役であり、資本家側に立って、そ「小はビスケットのことにいたるまで」王室の評議員と種々の折衝をしたりするのが、その主な仕事であった。別に内職として弁護士を開業したが、この方も非常に評判がよく、五千ポンド以上の収入があった。かくて数年の後かれはロンドンにおける最も有能な市民のひとりとして、万人に嘱目されるにいたった。しかるに、一五一五年――これが『ユートピア』の書きはじめられた年であるが、羊毛貿易に関する交渉にオランダへ行き、帰国後、突然、かれはサブシェリフの職も、弁護士もやめ、ヘンリー八世の臣下となったのだ。

何故であろうか。交渉が失敗したためではない。使命は見事に果され、王室の側からも、市民の側からも、かれの才能は大いにみとめられた。それでは宮廷から仕官を懇望されたためであろうか。エラスムスは例の揶揄的な調子で、ついにモーアが「宮廷に引きずりこまれた」といっているが、この不屈の闘志をもった外柔内剛の一市民が、容易に敵の手中に捕えられる筈はない。むろん、収入が多くなるからではない。国王からの手当は、一年百ポンドにすぎなかった。この奇怪な行動の原因をあきらかにするためには、我々はかれの「ユートピア」におもむかなければならないであろう。モーアの明るい「幸福な」市民生活を、懐疑が霧のようにつつみはじめたのは、たしかにかれの眼前に、「ユートピア」の朦朧とした幻影が出現したのと同時であった。不意にかれは大地の揺れているのに気づき、眼にはみえない怒濤が情容赦もなく、次々に人びとをのみこんでゆくのをみた。はたしてかれは、今までどおり、一市民として「下から」闘争しつづけていっていいものであろうか。それとも、すすめられるがままに宮廷にはいり、「上から」この危機の克服につとむべきであろうか。いずれにも多くの効果は期待できない。しかし、だからといって、坐視しているわけにはいかず、なんとか決着をつけなければならないのだ。のみならず、かれは、人びとと共に、いったい、いかなる場所にむかって脱出を試むべきであろうか。このとき、かれの心にうかんだのは、一応「安定」しているにせよ、苛斂誅求《かれんちゅうきゅう》の中世農村のすがたでもなく、一応「自由」であるにせよ、黄金の支配下にあるロンドンやアントワープのすがたでもなく――すなわち、封建主義的でもなく、資本主義的でもない「ユートピア」の未知な風景であった。それは超階級的＝集団主義的な国家の構想であった。そうしてモーアには、それを具体化するためには、ブルジョアの利害を代表したまま宮廷へはいり、現実の国家を「改良」してゆく以外に、方法がないように思われた。このような改良主義的な意図をいだいた人びとは、屢々、封建勢力と資本勢力の均衡の上に立つ国家を「超階級的」であるかのごとくに錯覚し、この二つの勢力の妥協を企てながら、なにか素晴らしい「ユートピア」でもつくり上げつつあるかのように思いこむ。近代の官僚に多くあるタイプだ。レッセ・フェールの拘束が、時として反動的な意味をもち、かれらの「清廉潔白」や「不偏不党」が、阿諛《あゆ》や迎合と紙一重である所以であろう。しかし、それはこの二つの勢力のいずれをも排除する第三の勢力の——かつて死刑にされ、耳をきられた人びとの子孫によって形づくられた第三の勢力の前景に登場する時代において、はじめていえることだ。大土地所有勢力と新興資本勢力との均衡を実現することは、モーアの時代においては、後者の力が前者にくらべて著しく微弱であり、ほとんど不可能事に属していたことを忘れてはなるまい。したがって、この近代的官僚の先駆者は、ヘンリー八世の宮廷のなかにあって「全国民的」要求をつらぬくための資本の要求を代表し、孤立無援、荊棘の道を歩かなければならなかったのだ。

こういうと、モーアを熱烈な篤信のカトリック教徒のように考えている人びとにとっては、あまりにも意外であり、おそらく牽強附会の説のごとく思われるでもあろう。いかにもかれは、生涯にわたってローマ法王にたいして忠実であった。レオ十世の所有にかかる一艘の船がイギリスのために拿捕され、法王の大使がこれを不法としてイギリス国王の審議会へ訴えたとき、モーアはヘンリー八世の前で、自国の態度を非難し、法王のために弁じたこともある。また、ルターがヘンリー八世の『七聖式擁護論』にたいして、罵詈讒謗《ばりざんぼう》を逞しくしたとき、王に代って『ヘンリー八世の弁護』や異端糾問の『対話』を匿名で書き、新教徒の峻烈な弾圧を主張したこともある。しかし、これらの事実は、進歩的な官僚としてのモーアの性格となんら矛盾するものではなく、当時におけるヒューマニストの大部分のものが宗教改革においてとった態度を、かれもまた踏襲しているにすぎない。ヨーロッパを打って一丸とするカトリックの要求は、同時にまた資本の要求でもあったのであり、ローマとの絶縁は、資本主義的発達からの落伍を意味した。（『肖像画』参照）同様の見方が、ついにモーアを断頭台にのぼらせるにいたった、あの一見すこぶるばかばかしい、ヘンリー八世の離婚事件にたいしても、適用されなければならぬことはいうまでもない。ヘンリー八世の妻のカザリンは、はじめヘンリーの兄のアーサーの妻としてイスパニアからきたのだが、結婚して間もなく夫が死去したので弟のヘンリーと再婚した。しかるに、十五年すぎて、カザリンの容色が衰えるにおよび、ヘンリーはカザリンの侍女アンを愛するようになり、法王にむかって、カザリンとの結婚は不法であり、アンとの結婚こそ適法だと宣言して貰いたいと依頼した。法王は拒絶し、ヘンリーはローマと決裂した。まことに皮肉なことに、このときモーアは、貧民法廷の判事や、下院議長を経て、大法官の職にあったのだ。かれは断乎として法王を支持した。そうして、首を斬られた。

素朴と純粋——カルヴィン

スウェーデンボルグ派の信じているように魔圏のなかにおちいった魂は、かならず小机をうごかさなければならないのであろうか。魂を肉体と同様に駆使するには、ただ愚かな人びとがお互いに手を組んで、身じろぎもせず坐っているだけでいいのであろうか。手の輪の魔力は、それほど素晴らしいものなのであろうか。不幸にして、これは迷信ではない。いまは人ならねど、人なりしことかつてはあり。——地獄の門の入口で、そういう自己紹介を試みる『神曲』のなかの魂は、大地をくぐり、空中を飛翔し、あらゆる人間的な制約から解放され、一見すこぶる自由にみえるが、実ははなはだ無力なのであって、子供だましの呪縛すらやぶることはできず、人びとの気まぐれな質問に応じて、永久に小机をうごかしつづけなければならないのだ。そこに私は知識人というものの運命をみる。職業というもののもつ陥穽《かんせい》をみる。我々の周囲の魂のむれは、自らの所有する非情冷酷なインテリゼンスにも拘らず、いささかの抵抗すら示すことなく、至極簡単に手の輪の魔力にとらえられる。チェザーレ・ボルジャに仕えるレオナルドのように。

それは肉体を喪失した魂の甘受しなければならない宿命であり、おそらく小机をうごかしつづけながら、時として魂は抑えがたい憤懣を感ずるであろうが、どうしても手の輪のそとに脱出することは許されない。意識とは可能的な動作にすぎず、魂はどこまでも可能性の範囲にとどまらなければならないのだ。テスト氏とは、このようにうらぶれた魂の名であって、かれは取引所で月なみな売買をしたり、或いはどこかのコンツェルンに雇われて、平凡な一技師としての生活をおくらなければならないのだ。ガザに盲いて、奴隷とともに粉挽場に。——哀れな魂をとらえてはなさない、ペリシテ人の軛《くびき》にも似た、そのうちかちがたい魔圏の呪縛力は、いったい、どこからうまれてくるのであろうか。

ブッデンブローク家には、ウィッテンベルグで印刷された古い聖書が所蔵されており、その聖書はよほど大切なものと考えられているとみえ、わざわざ家訓のなかに、それが長男から長男へと次々に譲り渡されるべきことが規定されているのだが——この一例をもってしてもウェーバーの主張するように、プロテスタンティズムが、近代資本主義精神の形成に、なんらかの意味において大きな役割を演じたであろうということに疑問の余地はない。しかしそれと同時に、ウェーバーに対立して、ブレンターノが、近代資本主義精神の誕生は、なによりイタリア・ルネッサンスにおいてみいだされるべきであり、この精神が、ビザンツからヴェネツィアやシシリーを越え、その他の市々《まちまち》にむかって、またたく間に伝播していった主な原因は、キリスト教やゲルマン法とは反対に、財産を義務としてではなく、権利としてながめ、取引にあっては他人を瞞着《まんちゃく》することを至極当然だとする、復活したローマ法の影響にもとめらるべきだと断定するとき、そこにも一理がないではないかのように思われる。周知のように、ウェーバーは、最初のブルジョア・イデオローグとしてカルヴィンをあげ、ブレンターノはこれに拮抗して、マキャヴェリをあげる。はたして近代資本主義精神は、きわめて禁欲的なカルヴィニズムの一変種なのであろうか。それともすこぶる利己的なマキャヴェリズムの一変種なのであろうか。或いはまた、両者の間にうまれた一雑種とみなされるべきであろうか。

もとよりこのような問題提起は、あまりにも素朴であろう。ゾンバルトのいうように、資本主義経済の意味が、清教徒の信仰に内面的に類似していることがみとめられたにしても、それだけではひとつの鉱山の採掘、ひとつの鎔鉱炉の点火さえ、実際にこの信仰に最もつよい根をもつ原動力からおこったことを証明するものではなく――さらに法的秩序にいたっては、たとえば旅する人びとに、旅の方向を告げる路程標や警報板のごときものであり、それのみをもってしては、なにひとつ、「結果させる」ことはできないであろう。元来、そういう正統派的な見方からすれば、資本主義精神というような観念形態を、それをささえている物質的状態とは無関係に、直接、他の観念形態からみちびきだそうとすることそれ自体が、方法論的に、まったく間違っているというほかはあるまい。しかし、特にここで私がウェーバーとブレンターノとを持ちだしたのは、前者のカルヴィニズムと後者のマキャヴェリズムとが、きわめて単純なかたちで、今日における職業精神の在り方を――職分精神《プロフェショナル・スピリット》と営利精神《コンマシャル・スピリット》との共存関係を示しているからであり、かならずしも資本主義精神の根源を、歴史的に追求しようがためではなかった。したがって、このばあい、資本主義精神の発生にあたり、これらの二つのイデオロギーのいずれがヨリ支配的であったかの決定は、考慮のそとにおいてよく、私にとっては、単にこれらのイデオロギーが、それぞれ資本主義精神の一面をあらわすものとして、いまもなお生きつづけていることを指摘しておきさえすればいいのだ。

思うに我々を職業の魔圏に閉じこめてはなさないものは、今日の職分精神のなかにあるカルヴィニズム的なものと、今日の営利精神のなかにあるマキャヴェリズム的なものとのもつ、恐るべき呪縛力のためではあるまいか。モラルとエゴイズムとは、一応対立するようにみえるにせよ、結局、ともに共通の目的に奉仕しているのではなかろうか。そうして、いずれも否定的な役割をはたしているのではないのか。このような疑問をいだくということは、わが国においては、およそ不可解なことであるかもしれない。何故というのに、まさしくマキャヴェリズムは跳梁《ちょうりょう》しているが、これに対立するものとしてのカルヴィニズムが欠けており、ブルジョア的なエゴイズムに照応するブルジョア的なモラルがなく、依然として、つねに中世紀的なモラルの強調がつづけられているからである。ひとは双面のヤヌスについて語るように、わが国の資本主義について語る。すなわち、一方の極における機械化された少数巨大経営の存在。他方の極における広汎なマニュファクチュア経営、乃至農村家内経営の存在。近代的な営利精神と中世紀的な職分精神との対立は、こういうわが国の資本主義的機構の特殊性にもとづくものであろうか。したがって、原則として、商才はつねに士魂によってつらぬかれていなければならず、カルヴィニズムの不在によって、マキャヴェリズム自身も、著しく歪められて受けとられているかのようだ。西欧的なものとの対決が、資本主義精神のもつ呪縛力からの哀れな魂の解放を一課題としていることはいうまでもないが、そのためにはマキャヴェリズムとカルヴィニズムとの正体を把握していることが必要であり、資本主義的精神のなかから、近代的職分精神の存在を無視して、歪められた近代営利精神だけをとりあげ、これをわが国独特の中世紀的な職分精神によって克服しようとしたところで、それは所詮、痩せ馬にまたがって風車とたたかう、気のふれた騎士のすがたを連想させるにとどまる。

悪魔は年をとっており、わが国の資本主義が次第に成熟するにつれ——殊に最近における資本の急激な集中・集積の結果、封建的な残滓《ざんし》が清掃されてゆくにしたがい、古い職分精神の影はますます薄れてきたが、すでにこれに代って、近代的職分精神の芽ばえがみられ、近代的営利精神の台頭とともに、やがて本来の意味における資本主義精神の呪縛力が、あますところなくわが国においてもその恐るべき力を発揮しはじめるのではないかとあやぶまれる。いったい、資本主義精神の形成に不可欠のものであったとして、ウェーバーがカルヴィニズムに注目し、ブレンターノがマキャヴェリズムに注目したのは、客観的には、いずれもブルジョア・イデオローグとして、前者が独占資本の利害の代弁者であり、後者が労働の利害の代弁者であったからにほかならないが——しかし、営利精神といえば資本家に特有のものと心得、職分精神といえば、むしろ労働者に独自のものと考えているかにみえるわが国においては、このような事情は、一見、すこぶる奇異な印象を人びとにあたえるであろう。

近代資本主義精神の濫觴《らんしょう》をマキャヴェリズムにみいだすブレンターノは、労働組合の結成もまたエゴイズムに由来するものであり、組合の機能は、労働力を真に資本制商品として完成させることにあると考え、労働者の地位の向上——その中産階級化にかれの生涯を賭けたのであった。したがって、かれは営利精神の徹底を主張することによって、かえって「倫理的」経済学者中の錚々たるものとみなされていた。しかるに、これに反して、近代資本主義精神の重要な契機としてカルヴィニズムの倫理をとりあげたウェーバーは、没価値性論者として、あらゆる倫理的価値判断の科学からの追放を頑強に主張し、もっぱら論理のために生きることをもって、学者の任務とした。かれの態度は、私にテスト氏の航海日記を思いださせる。観念、主義、光明、最初の状態の最初の瞬間、飛躍、順序を顧みない跳躍、……準備と施行とは他人にまかす。網をなげるのはそこだ。あなたの獲物は大海のこの場所にいる。さよなら。

ウェーバーにとっては、労働者の中産階級化などということは、あまりにも感傷的であり、当然、かれらは生産手段から解放され、資本制的巨大経営下にあって、あくまで労働者としての生活をつづけなければならないのだ。それが歴史的必然というものだ。学者としてのかれは、そういう純粋プロレタリアの労働関係が、一方において資本制的大経営にたいしてもつ意義と、他方において労働者の生活条件にたいしてもつ意義との、「因果的説明」を試みれば足りるのだ。その論理的な潔癖性には、一応敬意をはらわないわけにはいかないが、このような客観主義が、結局、資本の擁護におわることはいうまでもない。かれがカルヴィニズムを問題にしたのは、それを評価するためではなく、どこまでも没価値性の原則にしたがって、それの職業生活におよぼす規制の事実を、あきらかにするためであったであろう。しかしまた翻って考えるならば、特にこういうテーマを選んだのは、かれ自身が、資本主義のもつ合理的な一面に、はげしい魅力を感じているためではないであろうか。カルヴィニズムの倫理のもつ特異性は、その合理的・組織的な点にある。

アリストテレスの『政治』によれば、貨幣固有の職能は、利殖の具となることにはなく、流通に役立つということにあり——したがって、こういう不生産的《クレマチスチケ》なものに子をうませようとすることは、あきらかに事物の曲用であり、すべての理財法のなかで、最も不自然なものにほかならなかった。この思想は、聖アンブロジウスを通じ、中世において、貨幣は貨幣をうみ能《あた》わず、という公式となり、永くヨーロッパを支配しつづけた。さらにまたキリスト教の教義は、古代においても、中世においても、富を得ようとする無制限な努力を否認した。ひとは二人の主にかね仕うる能わず、……汝ら神と富とにかね仕うる能わず――これが、その戒律の信条であった。そこで中世においても、営利や金儲けの事実はたしかにあるにはあったが、そのばあい、それらは人間のもつ自然的本能のあらわれとして、あくまで罪悪視されたのである。高利貸はいやしい職業であり、主としてユダヤ人によって行われ、かれらは殆んど人間扱いされず――たとえばリルケの語るように、『ヴェニスの商人』らは、狭い猶太地区《ゲットー》のなかに閉じこめられ、やむなくかれらの住家を、上へ上へと屋上屋をかさねて建てましていかなければならなかった。

このような中世紀的傾向は、まずイタリア・ルネッサンスによって打破された。それは、あくまでいやしまれてきた自然的本能の堂々たる現世的肯定の上に立つ、異教的解放であった。そこで行われたギリシア的なものの復興が、いかに中世思想の克服に役立ったかについては、あらためて述べるまでもあるまい。おそらくブレンターノのいうように、ストア学派もまた復興したでもあろう。ストアの哲学者は、自然にしたがうことが、同時に最も合理的なことであると説く。そうして、これはまた、まさしくフィジオクラアトやアダム・スミスの信念でもあるのだ。ブレンターノが、このようなルネッサンス精神の発展のすべてを、或る程度統一的に秩序づけたものとして、マキャヴェリズムをあげ、そこに近代資本主義精神の萌芽をみたことは、決して不当ではない。マキャヴェリズムといえば、権謀術数の代名詞のように考えられているが、実は今日における自由放任思想の最初の表現なのだ。マキャヴェリ自身、功利的であるとともに、またすこぶる素朴な人間でもあった。(『政談』参照)

それでは近代資本主義精神の源泉をカルヴィニズムにもとめるウェーバーは、あやまっているのであろうか。私はそうは思わない。ルネッサンスが、中世思想からの異教的解放であったのにたいしてルターにはじまる宗教改革は、そのキリスト教的な解放であった。それは信仰生活の世俗化にほかならなかった。ルターは、神の前にあっては、僧侶も俗人もひとしく罪人であり、当然、僧俗の差別は撤廃さるべきものであると考えた。したがって、神の意にかなう唯一の生活は日常の世俗的活動である職業を通じての信仰生活であり、一言にしていえば、その「天職《ベルーフ》」の遂行ということに尽きるのだ。職業は神による召命《ベルーフ》を意味し、神の前にあっては、すべての職業は、まったく同一の価値をもつのである。しかし、ルターの不徹底性は、その伝統的な職分精神の変革にも拘らず、結局、かれの主張を、職業が天職である以上、人びとは神によってあたえられた現在の職業に満足し、各自、その分に安んずべきであるという、伝統主義との妥協によっておわらせた。のみならず、伝統主義からの一歩後退ともみらるべき点は、世俗的生活の肯定によって、キリスト教の特色である、合理的な禁欲を否定したことであった。自然的本能にしたがうことが、また同時に合理的なことでもあるというルネッサンス的な考え方は、キリスト教の見地からすれば、まったくのナンセンスにすぎず、合理主義は、つねに非合理的な自然的本能を、我々の計画的意図の支配下におく、禁欲によって裏づけられていなければならなかった。

ここにおいて、ウェーバーの所謂カルヴィニズムが、キリスト教的な解放を徹底させるべく、はじめて登場する。カルヴィンはルターから新しい職分精神をうけつぎ、しかもどこまでもキリスト教的な意味において、禁欲的であろうとしたのだ。それでは営利というような自然的本能もまた、克服されるべきであろうか。否、営利はひとつの世俗的職分であり、利を営むことはなんらそれ自身恥ずべきことではなく、むしろ、神の召命として、営利のために、積極的・合理的に活動することこそ、カルヴィニストに課せられた義務であった。生活の計画的合理化をもたらす組織的態度——禁欲は、財の獲得のばあいにも、消費のばあいにも、強要された。人びとは、神の栄光のために、傍目もふらずに計画的に営利に没頭し、自らの享楽のためには、断じて無計画的な奢侈《しゃし》に耽ってはならないのだ。このような禁欲的傾向は、資本の形成と、蓄積された資本のますます生産的な投資に、大いに拍車をかけたでもあろう。自然の要求に忠実であったマキャヴェリの態度を素朴だとすれば、徹頭徹尾、反自然的であろうとつとめたカルヴィンの態度は、まさに純粋と称すべきであった。

カルヴィニストの合理的禁欲の態度は、その他のプロテスタンティズムの諸宗派——ピエティスト、メソジスト、殊にバプティスト、メノニート、クェーカー等々においてもみいだされる。ウェーバーのいうように、これらの清教徒の倫理は、近代資本主義精神の成立に、たしかに重要な寄与をしたにちがいないのだ。しかし、前にもふれたように、特にかれが、それのもつ重要性に注目したのは、かれの生きていた時代が、自由放任的な産業資本主義の段階から、すでに計画的な独占資本主義の段階に移っており、かれの全関心をうばっていたものが、なにより資本制的巨大経営の合理的な組織であったためではあるまいか。その意味において、依然として自由放任思想に憑かれ、マキャヴェリに注目しているブレンターノよりも、かれのほうが、いっそう今日的であったということができよう。

まさしく素朴人の時代はおわり、純粋人の時代がはじまっているのだ。近代的な職分精神は——合理的禁欲の態度は、労働者においても、知識人においてもみとめられる。いわば前者は肉体そのものとなり、後者は魂そのものとなり、それぞれの職域において、自らの職業を召命と感じつつ、献身している。カルヴィニズムの倫理が、資本主義精神の萌芽の状態において、支配的であったかどうかについては、にわかに断定することはできないが、その爛熟の状態においては、あきらかにマキャヴェリズムを圧倒し去っているかのようだ。カルヴィニズムにくらべるとき、わが国における石門心学その他の商人道にみられる禁欲の奨励の、なんといろ蒼ざめてみえることであろう。それは単なる節約の説教にすぎず、なんら合理的・生産的なものではなく、いささかも自由主義に対抗するに足る力づよさをもっていない。

しかし、はたしてひとつの職域に没頭し、他の職域にたいしては、なんらの注意をもはらわず、眼かくしをつけられた馬のように走りつづける人びとだけが、この際、推賞に値いするのであろうか。ヴィルヘルム・マイステルの「断念」の哲学を、我々のすべてが、いだかなければならないのであろうか。中世紀におけるがごとく、現代においてもまた、職業は、屡々《しばしば》、阿片の代用をしているのではあるまいか。ひとつの職域に没頭しているといえば感心みたいだが、機械的に処理してゆける日常の仕事に多忙であることほど、はげしい時代のながれから眼をそらし、内心の不安を麻痺させておくのに便利な手はないのだ。況んや我々の所謂職域奉公は、人びとによって、それぞれの職域が他の職域との関連においてとらえられ、全体の見地から、個々の見地が、絶えず展望され、反省されているのでなければ無意味であろう。いかにもすべてが、あまりにも専門化されすぎている。総合は、一見、殆んど不可能であるかにみえる。とはいえ、それ故にこそ、総合もまた、専門化されなければならないのだ。総合そのものに没頭する人間が必要なのだ。かれは、素朴人でも、純粋人でもあるまい。魂でもなければ、肉体でもあるまい。

ブリダンの驢馬——スピノザ

スピノザの『倫理学』は、アムステルダム美術館にあるレンブラントの『解剖図』に似ており、その現実把握の態度は、一見、すこぶる冷静ではあるが、うちにひそめられている真理への熱情には殆んど偏執狂《モノマニヤック》的なものがあり、切りとられた頭蓋骨を手にもち、科学そのものの化身でもあるかのように、凝然と、喰いいるようなするどい視線を、露出した生まなましい脳髄にむかってそそいでいる画中の一人物のすがたには、笑わず、嘆かず、呪詛もせず、ただひたすら理解しようとつとめた哲学者の風貌を思わせるものがある。レンブラントにとっての光は、スピノザにとっての真理であり、たとえば『倫理学』のいうように、「光がそれ自身と闇とをあらわすように、真理は、それ自身と虚偽との規範であった。」足の裏をみせながら解剖台の上にのせられている肉体は、精緻であると同時にあくまで脆弱な、我々の肉体について無慈悲に物語る。その正確な描写には残酷なものがあり、まさしくその残酷さは、真理そのもののもつ残酷さを連想させる。このような肉体にたいする反省が、あの精神的な『倫理学』の全体にみなぎっているとするのは、単に私の独断にすぎないであろうか。『阿呆の告白』のなかで、ストリンドベリが、恋人と腕を組んで歩きながら、「かの女の二頭筋、すなわち抱擁のばあいに最も重要な役目を演ずる大挙上筋が、肉と肉と相摩しつつ、やわらかなリズムをもって私の二頭筋を圧した」というとき、或いはまた、もっと猛烈に、別れた妻の肉体的欠陥を指摘しながら、「解剖学上の術語では会陰破裂と称するものである」と暴露するとき、そこにうかがわれるところのものは、物々しい衒学的《げんがくてき》表現による自嘲であり、意識してユーモラスな効果をだそうと試みているかのようであるが、スピノザが『倫理学』のなかで、たとえば嫉妬についで、「愛する女が他人に身をまかせることを表象するひとは、自分の欲望がさまたげられるから悲しむだけでなく、また愛するものの表象像を、他人の生殖器および放射精液と結合せざるを得ないところから、ついに愛するものを嫌うにいたるであろう」と語るとき、いかにも平凡ではあるが、そこにはどこまでも即物的な、遠慮も会釈もない観察がある。同様に正確であるとはいえ、これと、初期の『短論文』のなかでの嫉妬についての定義、「嫉妬とは手に入れた或る物を単独に享楽し、保持し得るためにいだく心配である」とを比較するならば、真理のために、哲学者としての品位などかなぐり捨ててしまった、スピノザの偉大な進歩がみとめられる。それは恰《あたか》もレンブラントの初期の傑作『トゥルプ博士の解剖』と晩年の『解剖図』との間にある相違である。とはいえ、スピノザの礼讃はここでの目的ではなかった。むしろ私の意図するところは、そのような残酷な観察のもつ限界性のいかなるものであるかを探求することにある。

記憶の底から“Poele《ポアール》”という言葉がよみがえってくる。それは単に煖炉を意味するのであろうか。私のちいさな辞書では知る由もないが、私にはその言葉が、煖炉装置の完備した、居心地のいい部屋のことを指すような気がしてならないのだ。たしかに私がその単語をおぼえたのは、デカルトの書物のなかであり、私の記憶に間ちがいのないかぎり、悠々自適、かれがその画期的な労作のペンをはしらせたのは、このポアールのあたたかい空気につつまれてであった。それが煖炉を意味するにせよ、煖室を意味するにせよ、そこでいま私の問題にしたいのは、思索自らが己の存在をたのしむためには、ともあれ、なんらかの意味におけるポアールを必要としているのではないかということ——身をきるような外界のつめたい空気の侵入をさまたげる或る種のからくりを、つねに不可欠のものとして要求しているのではないかということだ。デカルトと同様、かれの思想上の弟子であるスピノザの身辺につきまとって離れないものもまた、このポアールのあたたかい空気であった。適度の気温というものが、生物の発生にも、思想の生誕にも、無視することのできない重要な契機であり、つめたい観察によってとらえられた現実のすがたは、実は観察者のあたたかい現実の、裏返しにされたすがたであると我々は考えるべきであろうか。泰然自若としたスピノザ！　内乱や外征をよそに、かれがひたすら思索に精進することができたのは——率直にいおう、伝統に反して、ゲープハルトの断言するように、スピノザが一度も窮乏の生活を経験したことがなく、むろん、眼鏡の玉みがきなどを生業とせず、殊にド・フリースの遺贈《レガード》をうけてからは、当時における大学教授のそれにほぼ匹敵する、年に五百グルデンの収入をもっていたためではなかろうか。かくいえばとて私は、スピノザの無欲恬淡《てんたん》な生活を信じないわけではない。おそらくかれにとってその程度の収入は、最低生活費であったであろう。しかし、その五百グルデンが、或いはポアールのあたたかい空気が——つまるところ、かれのブルジョア的な環境が、かれの冷酷な観察に一定の限界性をあたえているのではないかということは、十分に疑われていいと思うのだ。はたしてそのような思索のみが、今日においても、真に思索の名に値いする唯一の思索であるであろうか。

スピノザの思想がブルジョア的であったのは単に当時におけるオランダが、新興商業国家であったことにのみもとめらるべきではなく、かれの生活がブルジョア的であり、かれ自身、ド・フリースの遺贈を待つまでもなく、自己の生活の物質的基礎の確立に、すすんで積極的な努力を試みていた結果ではないかと考えられる。いうまでもなく、スピノザにあっては、富は富そのもののためにではなく、『知性改善論』のなかで述べられているように、生命ならびに健康を支えるに足るだけ必要とされているのであり、そうしてその生命ならびに健康は、すべてまた、最高の人間的完全性の獲得のために費されるのである。

それは賢明な態度ではあるまいか。いずれにせよ、ひとは生きなければならず、万事はそれからのことではなかろうか。肉体の維持のために気をつかうのは当然であり、それを殊更ブルジョア的として特徴づけるのは如何なものか。ポアールや五百グルデンが、スピノザの眼をくもらせたとは、牽強附会も亦、はなはだしいではないか。スピノザの側に立つひとは、或いはそういって反駁するでもあろう。もっともなことだ。私もまた、コレルスのいうように、「生活が辛うじてできるやできずの眼鏡の玉みがき」であったほうが、スピノザの哲学的認識を、いっそうするどくしたであろうと必ずしもいうのではない。問題は、レンブラントの『解剖図』におけるがごとく、足の裏をみせながら、堂々と寝そべっている肉体が、かれの書物を通じてどこにでもみいだされるということであり、この肉体にたいするおそらく過度の関心が、かれを駆って、まず生活の確立ということを考えさせ、それがまたひいては、かれの哲学にブルジョア的限界性をあたえることになったのではないかといっているのだ。『短論文』のプラトン風の愛は、やがて『倫理学』のホッブス的な自己保存欲に席を譲る。肉体を中心とする自己保存欲をもってすべてを割りきっていくということは、たしかに一応残酷にみえるではあろうが、所詮、それは自然主義的リアリズムの域を脱することはできないのではなかろうか。その残酷さは、外部の原因によって自由に決定されてゆく肉体、そうしてその肉体の影響によって、『倫理学』の言葉をひくならば、「恰も相反する風にうごかされる海の波のごとく、自己の終局や運命をしらずに動揺する」我々の感情をながめるところからきており、実は我々の肉体の無力にたいする諦観によって裏づけられているのであり、その所謂自己保存欲なるものも、かくてついに、自然的必然性の異名にすぎないものとなるのだ。このような脆弱な肉体をもちながら、しかも真理をとらえようと志すならば、まず我々の精神をできるだけ肉体の羈絆から解放すべきであり――すなわち、思索の前提条件として、生活の物質的基礎の確立ということが第一に考えられるにいたる。思うに、時代思潮の問題もさることながら、夭折したスピノザは、きわめて繊弱な肉体の所有者であったのではあるまいか。しかし、スピノザ個人の肉体には、このばあい、注目する必要はないであろう。絶対の探求を目ざしつつ、肉体への過大評価から、まず生きることの重要さに思いおよび、我々の同時代の多くのものが次々に転落していっているのであり、それはかれらの肉体の質にもとづくというよりも、むしろ、精神の怯懦《きょうだ》からきているもののようにみえる。そういう「現実的な」心構えでは、断じて今日のはげしい現実に徹することはできまい。元来『解剖図』のなかでのさばっている肉体は、すでに精神を喪失している肉体なのだ。

スピノザは、ルネッサンスと宗教改革との――マキャヴェリズムとカルヴィニズムとの統一者であるといわれる。まさしくブルジョア的なエゴイズムとブルジョア的なヒューマニズムとが、かれにおいては結合されており、「人間は本性上敵」であり、それ故にこの堪えがたい状態からのがれるために、お互いに協力しなければならず、そこから国家権力がうまれるとするのが、かれの『国家論』の主張であった。したがって、ヒューマニズムとエゴイズムとは同意語であり、その底には、「我々が善と考えるが故に或物を得ようと努力するのではなく、或物を得ようと努力するが故に、これを善と考える」という例の有名な『倫理学』の思想があるわけである。『国家論』においても、肉体は絶えず念頭に浮べられており、たとえばマキャヴェリの『チトゥス・リヴィウス論』の一節、「国家もまた、人間の肉体と同様に、時々、浄めなければならない或物が毎日溜る」というような文句が、すこぶる同感の意を表しながら引用されている。カルヴィンの合理主義が、デカルトの体系を発展させたかれにおいて、いっそう徹底化されていることはいうまでもなく、『倫理学』のなかで、医者が肉体を打診するように、肉体によって規定されている精神を打診しながら、かれはさまざまなモラルが、なんのためにではなく、なんの故にあるかを——それらの原因と結果とを、あくまで科学的な態度を崩さず執拗に追究しようとする。それは確かに没価値性的であるといえる。当時、ルネッサンスは、フランスにおいて王后《おうこう》のすがたとなり、カトリーヌ・ド・メディチは、国内の新教徒の殲滅《せんめつ》を企て、命令一下、聖バルテルミーの虐殺を敢行し、宗教改革は、ドイツにおいて、一揆の指導者のすがたとなり、トマス・ミュンツァーは、太陽とブントシューの刺繍された旗をひるがえしながら各地に転戦し、ヨーロッパは、あげて「宗論」の煮えたぎる坩堝《るつぼ》と化していたのだが、ここにハイネが『ロマンツェーロー』のなかで喝破したように、「どちらの信仰が当を得ているかはしらないが、どちらもひどく悪臭を発する」と断じ、眉ひとつうごかさず、諸々の人間の情熱を「幾何学的秩序によって証明」しようとする奇怪きわまる意図をもった『倫理学』が発表されたのであり、人びとの唖然としたのもまた無理ではない。スピノザが、多少意識的に、その新しいスタイルによって読者を呆然自失させる効果を狙っていたであろうことに疑問の余地はない。『倫理学』は、最初、普通のスタイルによって書き下され、後に現在のような形に書きあらためられたのだ。そういうところにもまた、時代をみる眼をもっていた、「現実的な」あまりにも「現実的な」、スピノザの傾向がみいだされよう。浪漫派のように、かれを目して、多く考え、すくなく読み、神に酔っていたひととすることは、とうてい不可能であり、打算のいかなるものであるかを十分に心得ていた人物であったと思うのだ。事実、かれが人間性の達人であったことは、『倫理学』一冊からでも容易に読みとれることであるが、さらにまたかれの伝記は、かれがルネッサンス期の普遍人と同様、種々の学問の領域において、専門家のレベルに達していたことを直ちに証明する。スピノザへのライプニッツの手紙に「きわめて有名な医者にして、且つきわめて深遠な哲学者」と宛名されていることは周知のとおりであり、化学の研究においては硝石の性質に関する実験についてロバート・ボイルと文通しており、また数学者としては『虹の論文』や、『機会の測定』等の業績がある。レンズをみがいていた事実は、かれの貧困を示すものではなく、光学や生物学にたいしても、並々ならぬ造詣をもっていたことを物語る。しかし、こういうかれの世態人情にたいする深い洞察と諸科学にたいするひろい教養とが、はたしてかれに現実の秘密のいかなるものであるかをあきらかにすることになったであろうか。かれに比較すると、はるかに蒙昧でもあり、無学でもあるカトリーヌやミュンツァーのほうが、かれよりも本来の意味において、いっそう現実的であったのではあるまいか。"Humaniora《ヒューマニオラ》"という言葉は"Divina《ディヴィナ》"という言葉に対立し、中世の神学的部門にたいする世俗的・人文的部門を意味しており、一言にしていえば、スピノザの意図は、これらの両部門の総合にあったわけであるが、真の総合はついに達成されず、かれはいたずらに自然的必然性の上にあぐらをかき、絶えず肉体の『解剖図』を眼前にちらつかせる結果におちいったのではなかろうか。スピノザの神＝実体＝自然に接し、パスカルのようなひとならば、まさに苦々しい面持で、次のように呟くでもあろう、「アブラハム、イザクおよびヤコブの神、されど哲学者の神にはあらず。」

政治的なトルラーのヒンケマンのうちにも、非政治的なデュアメルのサラヴァンのうちにも、いまもなおヒューマニズムは音高くながれているにはちがいないが――しかし、もはやかれらは、スピノザにおけるがごとく、生の現実性によってではなく、いわば生の可能性によってとらえられており、ポアールのあたたかい空気を見捨て、街頭を吹きすさぶつめたい風のなかに決然と身をさらす。ただ生きているところの現実は、すでにかれらにとっては非現実であり、生きることもできず、死ぬこともできない現実が、かれらにのこされた唯一の現実なのだ。これが今日の現実であり、我々の現実であると私は思う。そこでは、「現実的な」打算が無意味なものとなり、必然性の上に安住することは許されず、はたして人間にとって自己保存欲が本質的なものか、自己放棄欲が本質的なものか、容易に解決しがたい問題となる。私はこのような我々の生の可能性を、鍛えあげられたまま、まだ一度も血ぬられず、青い光をはなちながら冴え返っている、眉間尺《みけんじやく》の剣のようなものだと考える。我々はこの剣を背負って、歩きだす以外に手はないのだ。これが我々の「自由」である。ここで私は、誰からも屢々《しばしば》引用されるスピノザの言葉、「石は、もし意識をもっていたなら、落下する以外にそれには何もできないことが我々にとってまったく明白であるにもかかわらず、自分は自由に地上に落下していると確信するであろう。」を思いだす。しかし、また、それと同時に、シェストフの見事な反駁、「もし石が意識をあたえられ、且つその石の本性はそのままにしておかれるとしたなら（このことは明らかに可能であろう――冷静なスピノザの権威はそれらの十分な保証である）、その石は、もちろん、必然性が、全存在の基礎となっている世界以前的原理であることを、いかなる瞬間も疑わないであろう。」をも思いだす。私には、そのいずれもが承認しがたい。何故というのに、スピノザの主張する必然性に不満であることにかけては、人間を石化するといって息まくシェストフにいささかも劣るものではないが、またシェストフのように、必然性一般を、断じて否定しようとするものでもないからだ。我々は、石のように硬化してしまった必然性を粉砕するためにだけ出発する。出発せざるを得ない。誰が現在、悠々と石の上に坐って、瞑想していることができるであろうか。沙漠の中のオアシスのように、乾燥したスピノザの著作のそこここにばら撒かれている比喩のなかで、これは「石」のばあいとちがい、まったく人口に膾炙《かいしゃ》していない『ブリダンの驢馬』というのがある。——ブリダンはいった、驢馬には自発的な選択能力がないから、水槽と秣桶《まぐさおけ》との間におかれると、どちらを先に手をつけていいものかと迷ってしまい、やがて立往生して、餓死するにいたる、と。スピノザはこの比喩を愛していたとみえ、それは初期の『形而上学的思想』のなかにおいても、後期の『倫理学』のなかにおいても繰返されている。然るに不思議なことに、かれは、いつもの鹿爪らしい調子で、この同一の比喩を使用しながら、前者においては、自由意志の存在を証明し、後者においては、その不在を基礎づけているのだ。私はいまかれの言葉を長々と掲げながら、その論理的な矛盾を指摘してみたり、その自由意志論の発展を跡づけてみたりする余裕はないが——しかし、私の解釈に苦しむ点は、意志の自由については疑いをいだくにいたったスピノザが、『ブリダンの驢馬』の仮定の正当さについては、どうして一生涯、露ほども疑ってみようとはしなかったかということだ。実際、驢馬をそういう生の可能性の状態においてみるがいい。一瞬の躊躇もなく、かれは猛然と水をのみ、秣を食うであろう。或いは秣を食い、水をのむであろう。私は確信する、断じてかれは立往生することはないであろう、餓死することはないであろう、と。

『ドン・キホーテ』註釈――セルバンテス

ジャン・カスーは、『ドン・キホーテ』くらい、有名なわりあいに読まれていない書物はなく、真実のところ、ほとんどイスパニア以外には、読者がないといっても過言ではなかろうという。何故か。アーサー・プラットは『ドン・キホーテ』を読むには資格がいり、その微妙なユーモアがわかるためには、読者が相当の年齢に達していることと、イスパニア語を知っていることが、不可欠の条件であるという。いかにも『ドン・キホーテ』はセルバンテス老年期の作品であり、いわば古い酒のようなものであって、歳月のもたらした、その芳醇な味をとらえるには、若い読者では無理かもしれない。さらにまた、翻訳については、作者自身がドン・キホーテの口を借りて、それがフランダースの掛毛氈の裏をみているようなものであり、辛うじて模様の輪郭こそみとめられるが、所詮、表のほうの滑らかさや、かがやかしさを出し得るものではないと断定しており、「ヴェラスケスの鼠いろを思わせる」その渋い文章をイスパニア語でたどらないかぎり、むろん、この作品の真価は了解しがたいでもあろう。しかし、かつて『ドン・キホーテ』は、文字どおり万人の書であり、世代を越え、国境を越えて、大衆の間に愛読されたのだ。誰ひとり、『ドン・キホーテ』を読むのに資格がいると考えたものはない。ジョルジュ・デュアメルは至極簡単に、読者の減少を、『ドン・キホーテ』の訳述本のあまりにも世間に流布しすぎている事実にもとめ、誰も彼も名作物語かなんかで話の筋を知っている以上、あらためてあの厖大な書物の頁をひるがえさないのは、当然のことであるという。まったく、そういわれてみると、少々あっけない気もするが、案外、『ドン・キホーテ』が書棚の隅っこで埃りをかぶっているのは、そういう手近な原因のためかもしれない。その一言一句がセルバンテスの経験した堪えがたい娑婆苦《しゃばく》の表現であり、徹底的な転落の果にうまれた、悲痛な生活の記録であるこの作品は、もしもこのままの状態がつづくならば、やがて完全に読者をうしなってしまうであろう。ヒューマニストの得意とする古典の註釈は、元来、私の好むところではないが、いまここで私が『ドン・キホーテ』をとりあげ、敢えてその詳細な註釈を試みようとするのは、大部分、梗概だけしか読んでいない、この作品の今日の読者に、いくらかでも原作のもつ複雑な陰影《ニューアンス》をつたえたいからにほかならない。まず第一頁を読んでいただく。

名はわざと省くが、ラ・マンチャの或る村に、久しからぬ前、長押《なげし》の槍、古い楯、痩せ馬、狩のための猟犬などを備えている紳士の一人が住んでいた。羊肉よりも牛肉の多いゴッタ煮、大方の晩は肉生菜《サラダ》、土曜日には肉屑、金曜日には扁豆《なたまめ》、日曜日には小鳩か何かの添え皿、それで所得の四分の三は遣った。その余りは、安息日に似合わしい地の好い胴衣、天鵞絨《ビロード》のズボン、靴となった。そして唯の日には、一番よい地織りもので豪気な風をした。家には四十余りの家婢《ばあさん》と二十に届かぬ姪と、馬に荷駄をも積めば山刀《なた》をも振り、畑に出で市場に通う若者が居った。我がこの紳士の齢は五十歳に垂《なんな》んとしていた。肉落ち面瘦せはしていれど、体質は強壮で、頗《すこぶ》る早起きで、また大の狩猟家であった。苗字はクイサーダであるとも、クエサーダであるともいう（これに就いては、このことを記している著者たちの間に多少意見の相違がある）。尤もまた然る可き推測によれば、クイサーナと呼ばれたことが明白らしくもある。しかしこれは我々の物語に殆んど必要でない。物語をするに当って、髪の毛一筋も真実を逸れねばそれで十分であろう。

アーサー・プラット風にいうならば、右に掲げた日本訳は、いささか説明的でありすぎ、したがって冗長の感をまぬがれず、十分に原文の調子を出しているとは称しがたい。まさしくフランダースの掛毛氈の裏に類するものであろう。たとえば、イスパニアに「長押」があり、「狩のため」以外に使用される「猟犬」があるかどうか、私は自信をもって断言することができない。食物や衣服の訳についても疑問がある。しかし、瑣末な詮索はしばらく措き、一句といえどもゆるがせにしない厳密な註釈者らしく、まず冒頭の言葉の考証からはじめよう。すなわち、「名はわざと省くが」という文章について、いささか研究してみたい。セルバンテスが、特に「名はわざと省くが」と断ったのには、それ相当の理由があるのではなかろうか。「ラ・マンチャの或る村に」という書き出しだけでも結構な筈ではないか。それとも、それではどうも不正確だというなら、何故にラ・マンチャのなになに村と、はっきりその名前を挙げないのであろうか。なんとなく、そこには奥歯にものの挟まったようなところがあり、あやしい気がする。マリヤーノ・トマスは、その省略された村の名は、マドリードから約六リーグ、後にサンタ・バアバラと呼ばれた低い丘の麓にあった、エスキィヴィアスであるという。この推定は、当時、その村に、アロンゾ・クイサーダと名のる紳士が住んでいたという事実にもとづく。かれは、セルバンテスの恋人ドニャ・カタリーナ・デ・パラシオスの兄ドン・フランシスコ・デ・パラシオスの友人であり、セルバンテスとカタリーナとの結婚に極力反対し、やがて村人のすべてを反セルバンテス党にしてしまい、カタリーナを孤立無援の状態におとしいれた。すなわち、そういうあんまり芳くない思い出のある村であるが故に、わざとその名を省いたというのだ。いや、単にそればかりではない。セルバンテスはクイサーダの自分に加えた嘲笑を終生遺恨に思い、逆に嘲笑し返すために、後年、かれをドン・キホーテのモデルにしたというのである。はたして、そうか。セルバンテスは、この紳士の名前をクイサーダといったか、クェサーダといったか、或いはまたクイサーナといったか、すこぶるはっきりしないと断っており、クイサーナというのはイスパニア語では「瘦顔」を意味するから、この紳士の「面瘦せ」ている点を洒落て、作者が勝手にそれらの名前をつくり出したとも考えられる。しかし、仮にこのクイサーダがアロンゾ・クイサーダという実在の人物であったにせよ、老セルバンテスが、かれやかれの住んでいた村に嫌悪の情をいだいていたかどうか疑わしい。レパントーの海戦で左手の自由をうしない、イスパニアへの帰国の途中、不意にあらわれた敵のためにアルジールスに拉致され、屢々《しばしば》勇敢に逃亡を企てた頃まではセルバンテスも矜持《きょうじ》にみちていたが、ドニャ・カタリーナに求婚している当時のかれは抑々《そもそも》何者であったであろう。定職もなくぶらぶらしており、アンナ・フランカという女優と同棲し、かの女との間にイサベルという子供さえある。年齢は四十に近く、その上、片輪者だ。こういう男の嫁に、友人の娘をやるまいとつとめたクイサーダは、当然のことをしただけだ。年をとり泥にまみれ、つぶさに浮世の辛酸を嘗めた後のセルバンテスは、むしろ、クイサーダのとった態度を正しかったと思う筈だ。その後、収税吏となり、駄馬にまたがって解体過程にあるイスパニアの農村を巡回し、忠実に穀物や油をとりあげ、カルデロンの描いた『サラメアの村長』のような鼻っぱしのつよい連中からは袋叩きや毛布あげにされ、僧侶とのいざこざで、官金費消で、殊に最後のばあいは、娘のイサベルの売淫幇助というような破廉恥的な罪名で、幾度も獄につながれ、屈辱という屈辱を味わいつくしたセルバンテスにとって、往年、実直な小地主のかれに加えたささやかな嘲笑などは、まさしく物の数ではなかったであろう。アロンゾ・クイサーダを諷刺する意図をもって、セルバンテスが『ドン・キホーテ』のペンをとりあげたというような説は、牽強附会《けんきょうふかい》もはなはだしい。セルバンテスにはクイサーダにかぎらず、ひとを諷刺しようという気持など薬にしたくもなかったのだ。それがこの作品の大衆の魂に触れた所以《ゆえん》であろう。言葉は空からマナのごとく、もったいぶって降ってはこず、深い淵のなかから、あたりに木魂《こだま》しつつ、大衆の耳にまで昇っていったのだ。それでは、何故に「名はわざと省くが」という一句が書かれたのであろうか。それは事実に虚構の趣を添えるためではなく、虚構に事実らしい外観をあたえるために書かれたのか。いったい、事実とは何か。虚構とは何か。事実と一向に変りのない虚構、虚構と一向に変りのない事実。——これが『ドン・キホーテ』第一部および第二部の主題であり、そうしてセルバンテスの眼には、この区別しがたい二つのものの統一として、我々の生活がうつっていたのではなかろうか。そういう眼でみるならば、人生はまさしく悲喜劇的《トラジ・コミック》である。かれは、時に哄笑することはあっても、傲然とひとをみくだすこともなければ、譴責することもない。

晩年の思想——ソフォクレス

　若年のオイディプスが、朝には四本の足で、昼には二本の足で、晩には三本の足で歩く動物は何かというスフィンクスの問いに答えて、颯爽とそれは人間であると断言したとき、常識のもつ陥穽のおそろしさを感じないものがあるであろうか。最初、人間が四本の足で歩き、やがて生長して二本の足で歩き、最後に年をとり、第三の足として杖を要求するにいたるという解答は、いかにもテーベの王となるにふさわしい明快さではある。しかし、人間には例外があり、かれ自身、そういう例外的人間のひとりであることを、不幸にしてオイディプスは知らなかったのだ。すくなくともかれの晩年は、かれの解答の完全にあやまっていたことを証明した。父を殺し、母と結婚するであろうというかれにたいするデルフォイの神託の実現されて後、一世の指弾を浴び、乞食の境涯に転落してしまった盲目のオイディプスは、娘のアンティゴネに手をとられ、狩りたてられる獣のように、絶えずさまよい歩かなければならなかった。それは簡単な算術の問題だ。すなわち、オイディプスにとっての晩は、世の常の人間にとっての朝にほかならなかったのだ。謎の深さは謎を解くひとの深さに比例する。暗澹たる人生の下り坂を、四本の足でくだりつづけている老人にとって、はたしてスフィンクスの謎は何を意味したであろうか。

オイディプスの悲劇は、総じてまた、あらゆるルネッサンス的人間の悲劇でもある。自らの野心のために眼がくらみ、すぐれた知性をめぐまれているにも拘らず常識にすがりつき、かれらは苦もなくスフィンクスの謎を解いて世間の喝采を博するのだが、そのこと自体が、すでにかれらの晩年にたいする誤算を思わせる。人生が、朝、昼、晩と三拍子をとって展開するというオイディプスの考えは、そのまま、ルネッサンス的人間の世代に関する考えであり、「父と子」の衝突は、必然にかれらをして、ふたたびオイディプスの犯罪を繰返させる。悲劇の究極の原因は、悲劇の主人公の思考が生物学的常識によって支配されていることにあり、歴史的なものの弁証法的な運動が、単に生物学的にとらえられていることにもとづく。父と子は対立し、祖父は孫に再来するというメンデルの世代の法則は、なるほどオイディプスを不朽化したソフォクレスのばあい、切実なものであったかもしれない。ソフォクレスの孫はソフォクレスであり、祖父は同名の孫をいたく愛したが、息子のイオポーンとはすこぶる仲が悪く、イオポーンは父が孫に遺産の大部分を譲るであろうことを恐れ、父を狂人であると偽って法廷に訴え出た。そこでソフォクレスは狂人でない証拠として近作『コローノスのオイディプス』中のうつくしい一齣を朗誦し、そのためイオポーンの訴えは却下されたと『ソフォクレス伝』は語る。しかし、世代相互の対立と闘争から、時代の動向をうかがい知ろうとする歴史生物学的探究が、精密になればなるほど荒唐無稽におちいることはいうまでもなく、新しい世代の担い手として古い世代の掃絶に全力をつくした人びとが、後に自らの無知を恥じ、親殺しの罪を嘆くにいたることは当然であろう。たしかに、かれらは道をあやまったのだ。そうして、道をあやまらせたものは、かれらの思考を限界づけていたブルジョア唯物論にほかならなかった。

例をあげる必要があるであろうか。『デカメロン』の著者は、晩年、司祭となり、ダンテの地獄篇を講義した。ルターは、農民戦争の勃発とともに大衆に見捨てられ、さびしく笛を吹いていた。ハイネは、放蕩息子のように神に帰った。ストリンドベリは――ストリンドベリもまた、敬虔な神秘主義者に転向した。終焉の地コローノスにたどりついたオイディプスのように、いたましい挫折とはげしい悔恨とを経て、かれらはようやく眼がみえるようになる。盲目のオイディプスは誰からも手をひかれず、人びとの先頭に立って、神苑の奥深く、歩いて行く。透明な冬の日ざしを思わせるこのような晩年に達するためには、我々は相も変らず、朝、昼、晩の三拍子をとって進まなければならないのであろうか。テーベの王となるために、スフィンクスの謎を解かなければならないのであろうか。父を殺し、母と結婚しなければならないのであろうか。それは、まったく馬鹿気ている。いきなり晩年から出発するのが、ルネッサンス的人間の克服の上にたつ、我々すべての運命であり、一気に物々しく年をとってしまうのは、なにもラディゲのような「天才」ばかりのたどる道ではあるまい。したがってまた我々は、消え去る青春の足音の木魂するのをききながら、『退屈な話』の老人のように、しずかに頭をふることもないのだ。むろん、ルネッサンス的人間の轍《てつ》を踏まないということは、馬鹿気たことをしまいとつとめ、平穏無事な生涯をおくるということではない。いったい、うまれて、次第に年をとって、もうろくしてしまうほど、馬鹿気たことがあるであろうか。退屈な話があるであろうか。オイディプスの晩年からはじめるということは、むしろ、そういう植物や、動物のような状態からの我々の脱出によって可能であり、人間の生長や、世代の闘争や、歴史的発展などにたいする生物学的解釈への訣別を意味する。一言にしていえば、それはエヴォリューションとレヴォリューションとの区別の上に立つということだ。語呂が似ているせいか、イギリス人は、屢々《しばしば》この二つの言葉の意味を混同する。

あらゆる意味における「父」の支配に抗議するために、ドイツの表現派は、もっとも尖鋭なかたちで、父と子の問題を提起した。たとえばヴェルフェルの『殺したものに罪なし、殺されたものに罪あり』は、オイディプスの悔恨にたいして、辛辣な批評を試みるもののようだ。いかにも二十世紀らしく、ここでも子は父よりも年をとっていることを自覚しており、支配者の無力を痛感してはいるが、大きな蹉跌《さてつ》ときびしい自己批判とによって裏打されていないかれの知性には、なにか脆弱なものがあり、現実の試練にかけたら、ひとたまりもなく壊滅しそうな危惧を感じさせる。生産諸条件の相当の退蔵が生じたばあい、エスキモーの父を待っているものは、深淵や、氷穴や、ナイフや、棍棒であろうが、エスキモーの子は我々の社会においては、かれの暴力行為を正当化することはできないであろう。父の権威は、生産力の発展段階に応じて消長する。生産力と生産関係の矛盾から、あらゆる意味における「父」の支配は動揺しはじめるのだが、この点にたいする執拗な探求も表現派にはない。却ってかれらの抗議の支柱となっているものは精神分析学であり、フロイトの所謂エディプス・コンプレックスなのだ。したがって、一応、かれらは問題を社会的に提起しているようにみえはするが、その実、その解決は依然として生物学的であるにすぎない。

いかにも眼のみえるようになったオイディプスは、そのまま死んでしまったが、その眼を自らの眼として生きつづける我々には、もはや青春とは愚昧以外のなにものでもないのだ。ルネッサンス的人間の自己否定は敗北ではなく、我々はかれらの落莫とした晩年を、身にしみて感じないわけにはいかないのだ。喝采を放棄し、尾羽打ち枯らさなくて、なにができるか。我々の欲するものは栄光ではなく、屈辱なのだ。闘争にとって不可欠なものは、冷酷な晩年の知恵であり、一般に想像されているように、奔騰する青春の動物的エネルギーではない。論理が、「父」の手から「子」の手にうつる時、それは、はじめてそれのもつ恐るべき破壊力を発揮し、情容赦もなく一切を変革しはじめるのだ。生物学に憑かれているバザーロフは、なるほど詰まらない男にはちがいないが、それでもプーシキンを徹底的に軽蔑する分別だけはもっていた。到る処に、プーシキンへの回顧が見うけられる。到る処に、青春へのノスタルジアがある。たとえば、或るノスタルジアは、いかにも戦闘的な顔つきをして、かつてわが国にも青春の時代があり、当時、世代の対立は熾烈をきわめたものだ、などという。かれが古びた青年であることはいうまでもない。青春は過ぎ去ってしまったが、晩年はまだ訪れて来ない。ツルゲーネフ風にいうならば、かれは希望に似た哀惜と、哀惜に似た希望との間を彷徨しているのだ。なぜ一気に物々しく年をとってしまうことができないのか。

動物記——ルイ十一世

『家畜系統史』のなかで、ケルレルは、豚にもまた、まったく知性がないわけではないと断じ、その証拠として、ルイ十一世が、風笛の音につれて踊ることをおぼえた子豚のむれをみてたのしむのをつねとした、という事実をあげているが、マザー・グースの歌を連想させる、この無邪気さと奇怪さとのいりまじった古めかしい舞踏図は、我々をして、豚の知性にたいしてよりも、むしろ、ルイ十一世の知性にたいして、いっそう多くの興味をいだかせる。かれは愚昧であったのか。聡明であったのか。それともまた、狂気していたのか。豚のおどりが大好きだとは、たしかに少々変った趣味にはちがいないが、見方をかえれば、それも騒ぎたてるほどのことでもなく、かれは、我々の周囲に容易に発見することのできる、劇場よりもサーカスを愛する大衆のひとりに似ており、十五世紀においても、たとえば、かれの不倶戴天の敵であったブルゴーニュ侯シャルルのような典型的貴族の眼には、単に芸術のわからない、下品な俗物としてうつっていた筈であり、つまり、至極平凡な人間であったとも考えられる。そうだとすれば、かれは、かくべつ愚昧でも、聡明でも、狂気じみてもいないであろう。『ノートル・ダーム・ド・パリ』は、ルイ十一世の治下において、フラマンの使節一行歓迎のための教訓劇が、市民によって、やじり倒されるところからはじまる。このばあい、教訓劇のかわりに子豚の舞踏をみせたならば、迷信家は魔法だというので十字をきったかもしれないが、たしかに大衆にはよろこばれたにちがいない。いかにもルイ十一世は、フランスにおける最初のブルジョア的な国王であり、かれの嗜好が、市民のそれに近かったことはいうまでもないが——しかし、はたして、いま問題になっている豚のおどりにたいする国王の偏愛もまた、かれの市民性のひとつのあらわれであると解していいものかどうか。ケルレルにとっては、ルイ十一世よりも豚のほうが大切であり、かれの記述からは、国王が子豚の舞踏をみるのを好んだのは、かれの生涯を通じてであるか、或いは特に生涯の或る時期にかぎってであるか、むろん、何ら知ることはできないが、思うに、それは、かれの晩年の娯楽だったのではあるまいか。何故というのに、私の調べたところによれば、死の床について後、かれは動物にたいする異常な関心を示し、室内に多くの鼠と数匹の猫とを放ち、その殺戮の光景に我を忘れていたという記録があるからである。そうだとすれば、平和な子豚の舞踏のばあいにも、かならずしもそこに、健康なかれの市民性のあらわれだけをみるわけにはいかず、何か並はずれなものを——いわば破滅に瀕した人間の凄惨な最後の足掻《あがき》のようなものをみるべきではなかろうか。かれは人間を嫌悪した。暗殺をおそれて、かたく門をとざし、濠をふかくほり、鉄の杭をあまた水の底にうち、何びとも城中に忍びいることのできないように警戒した。家臣にもまた心をゆるさず、かれらを威嚇するために、城中の並木を切り倒し、かわりに数百の絞首台を建てつらねた。つまり、かれの孤独の慰め手は、動物以外にはなかったのである。

何故《なにゆえ》の不安であろうか。私には、パンフョーロフの『ブルスキー』のなかの一節――狂暴な匪賊の大将カラシュクが、小さな毬々《いがいが》になってしまった猬《はりねずみ》を、生木《なまき》の枝でなぶっているところが思いだされるのだが、それはルイ十一世が、カラシュクに似ているためであろうか。それとも猬に似ているためであろうか。或いはまた、その両方に似ているためであろうか。ともあれ、かれが、絶えず身辺にするどい敵意を感じ、殻のなかに閉じこもり、自らの狂的な寂寥《せきりよう》をもてあましていたことはたしかであろう。百年戦争後の物情騒然たるフランスに君臨し、権謀術数を唯一の武器として次々に貴族と市民とを牛耳《ぎゆうじ》っていった当時のかれは、猬よりも、むしろ、中世紀の物語の狐に似ており、猫も、熊も、狼も、百獣の王である獅子自身でさえも――たとえば、前にふれたシャルル剛胆侯のような人物でさえも、かれの手にかかると、たちまちたわいもなく化かされてしまったものだ。狐の策略は簡単であり、猫には二十日鼠を、熊には蜂蜜を、狼には魚を、そうして、獅子には、ありもしない魔法の指環を、――要するに、それぞれの好物らしいものをすぐにも提供しそうな顔つきをして、みせびらかしさえすればいいのだ。すると、不思議なことに、かれらは皆眼がくらみ、狐のほった陥穽に苦もなく落ち込んでしまうのである。欺かれた連中が「公益同盟」という旗じるしを掲げ、シャルルを先頭にパリの郊外まで押し寄せてきたことがあったが、ルイ十一世がふたたび同じ手を繰返すとすぐさま連合軍は内訌を起し、間もなく解散の余儀なきにいたった。支配するためには、仲違いをさせろ、というのがローマ以来の権謀術数の要訣であり、かれはこれを忠実にまもり、大局的には、貴族と市民とを対立させ、両者の均衡の上にたって独裁的な権力を振おうと試みたのだが、いかにかれが自らの外交的手腕に自信をもち、目的の実現にむかって勇往邁進したかは、『ケンチン・ダーワード』のなかで、スコットの描いているとおりであろう。文字どおり、かれは俗物であったのだ。しかし、俗物であることを恥じる必要がどこにあろう。甲冑はすでに火器の前には無力であり、貴族的な矜恃《きょうじ》は、俗物的な厚顔無恥に席を譲らなければならぬ時代がきているのだ。戦争のために荒れはてた国土を擁しながら、暴力よりも、いっそう「進歩的な」謀略によって、かれはフランス全土の統一を夢みたのである。したがって、その頃のかれには、後年の動物にたいする病的な関心などいささかもみられず、むろん、びくびくと人間を避けるようなところもなく、かえって人間を動物扱いにして、かれの吹く風笛の音につれて踊る人間のすがたを悠々とながめているような趣があった。もっとも、ただ一度、あまりに相手をみくびりすぎて失敗したとき、不意に動物にたいして興味をもったことがある。それは老後にあらわれた、かれの動物熱の先駆的な症候であろうか。いかにも敵を信用しているようなふりをして、軍隊をひきつれず、腹心数人とともに敵地へ乗りこんだかれは、例のごとく、一方、ペロンヌ城内において、ブルゴーニュ侯シャルルと和議をすすめながら、他方、侯の支配下にあるリエージュの市民を煽動して反乱をおこさせたのだが――、いささか力関係をみあやまっていたらしく、反乱はたちまち鎮圧され、かれはシャルルの捕虜となってしまった。そうして、数日の間、敵はかれにたいする生殺与奪の権を握ったのである。しかし狐の冷静と奸知とは、結局、獅子の怨恨と憤怒とに打勝った。ルイ十一世は、ようやく生命を全うしてパリに帰ったが、そのかわりに、かれの政治家としての名声には傷がつき、パリの市民は口汚く、かれの迂闊さを嘲った。むろん、ルイ十一世の権謀術数の対象として、絶えずかれのために一杯くわされつづけてきた市民らが、かれのいつもの手の破綻を痛快に感じた気持はわかるが――、しかし、この事件は、赤手空拳《せきしゆくうけん》、敢然と封建主義の牙城に迫った国王の真面目《しんめんもく》を示すものであり、むしろ、かれの政治家としての名声を高めるものではなかろうか。権謀術数とは、一見、安全な道を歩くための手段であるかにみえるが、つねにわが身を暴力の前にさらさぬかぎり、断じて効果のあがるものではない。その不敵さもない癖に、いたずらにかれを罵った市民らを不当と感じたのであろう。立腹したかれは、市民の飼っている鸚鵡や、九官鳥の類を、法官に命じてきびしく吟味させ、ペロンヌなどと口走るやつはいうまでもなく、すこしでも反時局的な言辞を弄する鳥共は、あますところなく絞殺させたが、それでもなお気がすまなかったとみえ、その後、市民の所有にかかる犬や猫を、ことごとく撲殺させてしまった。

ルイ十一世の権謀術数が、二つの勢力の均衡を目ざすものであるかぎり、それはアリストテレスやアルキメデス、或いはまた、中世のスコラ哲学者——たとえば、ドゥンス・スコートゥスなどの思惟を支配した力学的原理にもとづくものであり、すなわち、完全に静力学的なものにすぎず、運動の学である動力学からは、一応、明瞭に区別さるべきものであった。いかにも静力学は、運動の理論に礎石を置いたにちがいないが、——しかし、いつまでもそれをもって唯一無二の力学と考えるものがあるとすれば、蒙昧のきわみであり、あらゆる運動を抹殺し、静止が運動のきわめて特殊な一現象であるという自明の事実を、故意にみまいとつとめているのにすぎないのである。なるほど、ルイ十一世は、ついに「絶対的な」権力を握るにいたったが、「絶対」の探求の真のおそろしさは、探求の過程においてよりもむしろ、探求のおわった後においてあらわれてくる。バルザックの小説の主人公である科学者のバルタザールが、綺麗なチューリップや、すばらしい絵や、フランドル伝来の家具置物を、惜気もなく煙りにしながら、「絶対」の獲得のために狂奔するすがたは壮観だが、——そうして、無一物の私にとっては、まさに羨望に値いする次第だが、遺憾ながら、「絶対」のもつほんとうの凄味はどこにも描かれてはおらず、主人公は、幸福なことに、「絶対」を発見するやいなや、たちまち死んでしまう。何故というのに、前にもいうとおり、「絶対」とは、対立物の闘争が、一時的に均衡の状態にあるばあい、はじめてみいだされるものにほかならないからだ。均衡は、かならず破れる。秤は絶えず揺れはじめる。「絶対」とともに生活することは、「絶対」を追いかけながら生活することよりも、はるかに困難でもあり、不安でもある。ルイ十一世もまた、政治家として、まさしく「絶対」の探求者にほかならなかったが、騎士道を蹂躪し、大衆を裏切り、社会から浮きあがることによってかれの獲得した「絶対」は、すぐにも消えてなくなりそうな、煙りにひとしいものにすぎなかった。こういう「絶対」を維持し、所有しつづけるために、なんとかかれは荒涼とした後半生をおくらなければならなかったことであろう。かれは誰からも信用されず、また誰をも信用しなかった。かれの姦悪さは鳴りひびいていた。ブルゴーニュ侯の家臣であったが、ルイ十一世の烱眼《けいがん》に敬服し、後にかれの家臣となったフィリップ・ド・コミーヌのような人物でさえ、国王が何びとからも愛されてはいなかったということを、はっきり、その『メモワール』のなかに書いている。しかるに、ここにひとりの男があって、ルイ十一世の善良さを極度に褒めたたえている。フランソア・ヴィヨンである。周知のように、かれは、詩人で、泥棒で、人殺しであった。均衡の持続のためにではなく、均衡の破壊のために一生をささげ、権力を追わず、絶えず権力に追われつづけていたせいか、その知性の構造において、若干、動力学的なものがあり、死刑の宣告をうけたとき、絞首の綱の輪のなかで、わが臀《いさらい》の重さのほどを知る筈だ、とひややかに推理するだけの余裕をかれはもっていた。この点、絞首台を建てつらね、思いきりわるく自己保存の道を講じた国王と、好箇の対照をなすものであろう。かれは長短二つの『遺言詩集』をつくり、遺産として、さまざまのがらくたを――たとえば、仇敵には抜身の短刀を、色男には裸の床に敷くために、藁束三つを、そうして国王には讃辞を贈った。ルイ十一世もまた自らの死期の迫ったのをしったとき、いささか気前がよくなったとみえ、それまでずっと不和であった王子にたいして、愛用の鷹と犬とを贈った。

楕円幻想——ヴィヨン

円は完全な図形であり、それ故に、天体は円を描いて回転するというプラトンの教義に反し、最初に、惑星の軌道は楕円を描くと予言したのは、デンマークの天文学者ティコ・ブラーエであったが、それはかれが、スコラ哲学風の思弁と手をきり、単に実証的であり、科学的であったためではなかった。プラトンの円とおなじく、ティコの楕円もまた、やはり、それがみいだされたのは、頭上にひろがる望遠レンズのなかの宇宙においてではなく、眼にはみえない、頭のなかの宇宙においてであった。それにも拘らず、特にティコが、円を排し、楕円をとりあげたのは、かれの眺めいった、その宇宙に、二つの焦点があったためであった。すくなくとも私は、ティコの予言の根拠を、かれの設計したウラニエンボルクの天文台にではなく、二つの焦点のある、かれの分裂した心に求める。転形期に生きたかれの心のなかでは、中世と近世とが、歴然と、二つの焦点としての役割をはたしており、空前の精密さをもって観測にしたがい、後にケプラーによって感謝されるほどの業績をのこしたかれは、また同時に、熱心な占星術の支持者でもあった。いかにかれが、星の人間にたいする影響力を深く信じていたかは、決闘によって自分の鼻の尖端を切り落されたとき、その原因のすべてを星に帰し、いさぎよく諦めてしまったという、無邪気な挿話からでもうかがわれる。

円の跳梁《ちようりよう》するときもあれば、円に代り、楕円の台頭するときもある。たとえば、コクトーは――たしかコクトーであったと思うが、神戸の埠頭で、日本の子供が、きわめて無造作に、地上に完全な円を描くのを見て感動した。それはかれが、そのなにげない子供の一動作に、日本人全体のもつ芸術的天稟《てんぴん》のいかなるものであるかをみたからであり、二つの焦点のない、その純粋な心の状態に、讃嘆の念を禁じ得なかったためであろう。かれの観察は、正しくもあれば、また、間違ってもいる。いかにも葛飾北斎は、定規もコンパスも手にとらず、神戸の子供よりも、もっと巧みに、完全な円を描いたでもあろう。しかし我々は――はたして我々もまた、我々の子供や、昔の芸術家のように、苦もなく、見事な円を描き得るであろうか。いまもなお、そういう純粋な心の状態にあるであろうか。我々の描く円は、ことごとく歪んでおり、そのぶざまな形に嫌気がさし、すでに我々は、円をかこうとする気持さえ失っているのではなかろうか。二葉亭の『其面影』の主人公は、苦々しげに呟く。

君は能く僕の事を中途半端だといって攻撃しましたな。成程僕には昔から何だか中心点が二つあって、始終其二点の間を彷徨しているような気がしたです。だから事に当って何時も狐疑逡巡する、決着した所がない。

すなわち、これによってみても、我々の魂の分裂は、もはや我々の父の時代からのことであり、しかも私の歯痒くてたまらないことは、おそらく右の主人公が、初歩の幾何学すら知らないためであろうが、二つの焦点を、二つの中心として、とらえているということだ。かれの「狐疑逡巡」や、「決着した所がない」最大の原因は、まさしくここにある。何故にかれは、二点のあいだに、いたずらに視線をさまよわせ、煮えきらないままでいるのであろうか。円を描こうと思うからだ。むろん、一点を黙殺し、他の一点を中心として颯爽と円を描くよりも、いくらか「良心的」ではあるであろうが、それにしても、もどかしいかぎりではないか。何故に、決然と、その各々の点にピンを突き刺さないのであろうか。何故にそれらのピンに、一個の木綿の糸の輪をかけないのであろうか。何故に鉛筆で、その糸の輪をつよく引きながら、ぐるりと回転させないのであろうか。つまるところ、何故に楕円を描かないのであろうか。『其面影』を書いた以上、二葉亭は、この楕円の画法を知っており、不完全ながら、とにかく楕円らしいものの図形を描きあげたが、我々の周囲には、二点の間を彷徨し、無為に毎日をすごしている連中か、二点のうち、一点だけはみないふりをし、相変らず円ばかりを描いている、あつかましい連中かが、みあたるにすぎない。転形期における錯乱の痛烈な表現を、まだ誰ひとりあたえてはいないのだ。自分の魂の周辺が、いかなる曲線を描いているかを示すということは、それほど困難なことであろうか。

楕円の画法は、比較的簡単だが、楕円そのものの性格はきわめて複雑であり、たとえば、「焦点ト呼バレル二個ノ固定セル点ニイタル距離ノ和ガ一定ナルゴトキ点ノ描ク軌跡」というような形式的定義は、楕円のもつ数多の性格のなかの一つを物語るものにすぎなかった。したがって、我々は、或るばあいには、弧をその要素に分析、または分割することによって、その曲線上の任意の点における切線により、或いは、その「曲度」により、楕円の性格の一つを表現すべきであった。同様の考え方にもとづき、我々は、楕円を、その対称軸に平行な線を引いて分割し、または中心から引いた多くの直線と円弧とによって分割し、これらの分割線の長さから、楕円の面積をみちびきだし、それにある、他の一つの性格を明らかにすべきであった。すなわち、我々は、或るときには、楕円を点の軌跡とみ、或るときには、円錐と平面との交線と考え、また或るときには、円の正射影としてとらえ、無数の観点に立つことによって、完膚なきまでに、楕円にみいだされる無数の性格を探求すべきであった。惑星の歩く道は楕円だが、檻のなかの猛獣の歩く道も楕円であり、今日、我々の歩く道もまた、楕円であった。

いうまでもなく楕円は、焦点の位置次第で、無限に円に近づくこともできれば、直線に近づくこともできようが、その形がいかに変化しようとも、依然として、楕円が楕円である限り、それは、醒めながら眠り、眠りながら醒め、泣きながら笑い、笑いながら泣き、信じながら疑い、疑いながら信ずることを意味する。これが曖昧であり、なにか有り得べからざるもののように思われ、しかも、みにくい印象を君にあたえるとすれば、それは君が、いまもなお、円の亡霊に憑かれているためであろう。焦点こそ二つあるが、楕円は、円とおなじく、一つの中心と、明確な輪郭をもつ堂々たる図形であり、円は、むしろ、楕円のなかのきわめて特殊のばあい――すなわち、その短径と長径とがひとしいばあいにすぎず、楕円のほうが、円よりも、はるかに一般的な存在であるともいえる。ギリシア人は単純な調和を愛したから、円をうつくしいと感じたでもあろうが、矛盾しているにも拘らず調和している、楕円の複雑な調和のほうが、我々にとっては、いっそう、うつくしい筈ではなかろうか。ポーは、その『楕円の肖像画』において、生きたまま死に、死んだまま生きている肖像画を示し――まことにわが意を得たりというべきだが、それを楕円の額縁のなかにいれた。その楕円の額縁は、うつくしい金いろで、ムーア風の細工がしてあり、燭台の灯に照され薄闇のなかで仄かな光を放っていた。

ティコ・ブラーエは、はじめて天界において楕円をみいだしたが、下界における楕円の最初の発見者は、フランソア・ヴィヨンであり、このフランスの詩人の二つの焦点をもつ作品『遺言詩集』は、白と黒、天使と悪魔、犬と猫――その他、地上においてみとめられる、さまざまな対立物を、見事、一つの構図のなかに纏めあげており、転形期における分裂した魂の哀歓を、かつてないほどの力づよさで、なまなましく表現しているように思われる。ティコのウラニエンボルクの天文台は、ヴィヨンのマンの監獄であり、前者が星のきらめく大空のみえる快適な部屋の中で、後者が日の光も射さない地下牢の壁にとりかこまれて、めいめいの思いに耽っていたとき――おそらく、打開の方策も尽きはててしまった自分の前途に絶望し、まったく意気沮喪していたとき、突然、楕円発見の栄光が、二人をつつんだのである。ひとりは晴れわたった空に、ひとりは湿気を含んだ壁に――すなわち、かれらの前に立ちふさがり、絶えずじりじりとかれらを圧迫しつづけているもののなかに、不意に二つの焦点のある、かれらの魂の形をみいだしたのだ。

有名なヴィヨンの『心と肉体の問答』の一節は、そのまま、また、ティコの「心と肉体の問答」の一節でもあった。ティコの探求は、主としてその研究費の問題で、絶えず政府との間に確執をおこし、ついにかれは、ウラニエンボルクをしりぞき、ヨーロッパ中をさまよい歩かなければならなくなったが、晩年、ルドルフ皇帝の保護により、ようやくプラーグに落ち着くことができた。科学史は、かれの浪費と、かれの偏屈な性格と、政治家など眼中に置かない、かれの傍若無人な振舞について述べる。たしかに、かれは、支配者のむれのなかにあって、始終、いらいらしながら、面白くない毎日をすごしていたようだ。

さらにまた、ヴィヨンにいたっては、周知のとおり三界に身の置きどころのない人間であり、盗賊団コキヤアル党の一員としてのかれの生涯が、殺人と、強盗と、飲酒と、恋愛とで明け暮れていったことについては、いまさらここで繰返すまでもない。正直なところ、私には、ティコの楕円よりも、ヴィヨンの楕円のほうが、難解ではあるが、新鮮な魅力がある。それは詩学が、天文学ほど、常識化されていないためであろうか。それとも下界の風景が、私の身近にあったためであろうか。或いはまた、私の性質が、大いに無頼であるためであろうか。ひとは敬虔であることもできる。ひとは猥雑であることもできる。しかし、敬虔であると同時に、猥雑でもあることのできるのを示したのは、まさしくヴィヨンをもって嚆矢《こうし》とする。なるほど、懺悔の語調で、猥雑について語ったものはあった。嘲弄の語調で、敬虔について語ったものもないではなかった。とはいえ、敬虔と猥雑とが――この最も結びつきがたい二つのものが、同等の権利をもち、同時存在の状態において、一つの額縁のなかに収められ、うつくしい効果をだし得ようなどとは、いまだかつて何びとも、想像だにしたことがなかったのだ。表現が、きびしい調和を意味するかぎり、こういう二律背反の状態は、すこぶる表現に適しない状態であり、強いて表現しようとすれば、この双頭のヘルメスの一方の頭を、断乎として、切り捨てる必要があると考えられていた。ヴィヨンはこれらの円の使徒の眼前で、大胆不敵に、まず、最初の楕円を描いてみせたのである。

転形期は、ヴィヨンの魂を引き裂いた代償として、かれに、こういう放れ業を試みることを許したが、キリスト教的ルネッサンスが、次第に異教的ルネッサンスに移っていくにつれ、楕円の描き手もまた、ついに後を絶った。それでもなお、ヴィヨンに次いであらわれたナヴァルの女王マルグリットの『エプタメロン』には、特にその七十二の物語《コント》の組みたて方において、敬虔と猥雑との共存がみられ、堅固な信仰と放恣《ほうし》な肉欲という二つの焦点にもとづき、楕円らしいものの形が描かれているかのようだ。たとえば、死をもって貞操をまもった騾馬《らば》引きの妻の話の次には、ナポリ王が貴族の妻を誘惑したが、やがてその貴族に自分の妻を誘惑されるにいたった話が並んでいる。しかし、この作者の本音を、かの女の代弁者であるらしい作中人物パルラマントの口吻から察すれば、むしろ、かの女は、二つの焦点の解消、焦点と中心との一致を望んでおり——すなわち、完全な円を描きたがっており、かくべつ収拾のつかないほどの、分裂した魂の所有者でもなかったらしい。もしも『遺言詩集』の詩人が、この物語を読んだならば、そういう聡明な女王の生ぬるさに愛想をつかし、恋人を河に投げ込んで殺す癖のあった、昔の蒙昧な女王のはげしさを、なつかしく思いおこしたでもあろう。

さらに
ブリダンを袋に封じ

セーヌに流せし
　女王いずこ
　　さあれ
　　去年《こぞ》の雪いまいずこ

ここにいうブリダンとは、『ブリダンの驢馬』で有名な、あのブリダンである。水槽と秣桶《まぐさおけ》との間におかれても、驢馬なら、断じて立往生することはあるまいが、屢々《しばしば》、人間は立往生する。これら二つの焦点の一つを無視しまい。我々は、なお、楕円を描くことができるのだ。それは驢馬にはできない芸当であり、人間にだけ——誠実な人間にだけ、可能な仕事だ。しかも、描きあげられた楕円は、ほとんど、つねに、誠実の欠如という印象をあたえる。諷刺だとか、韜晦《とうかい》だとか、グロテスクだとか——人びとは勝手なことをいう。誠実とは、円にだけあって、楕円にはないもののような気がしているのだ。いま、私は、立往生している。思うに、完全な楕円を描く絶好の機会であり、こういう得がたい機会をめぐんでくれた転形期にたいして、心から、私は感謝すべきであろう。白状すれば——時々、私もまた、昔の蒙昧な女王の恋人になりたくなる。そうなってしまいさえすれば、やがて女王は、私の立往生を、ほんとうの往生に変えてくれるでもあろう。しかし、そのばあい、私の描くであろう波紋は、円であって、楕円ではないのではなかろうか。

さあれ
去年《こぞ》の雪いまいずこ

変形譚――ゲーテ

ホメロスによれば、日の神ヘリオスの娘キルケの魔術にかかり、オデュスセウスの兵隊らは、或る日、突然、豚のむれに変化してしまったということだが、思うに、こういう奇蹟は、いまでも我々の身辺で屢々《しばしば》起り、必ずしも妄誕の説として、しりぞけ難い。したがって、バクダードの王カリーフ・カージトならびに宰相マンゾーアの両人が、魔法使のために、二羽のこうのとりにされてしまったという驚くべき事件も、あながちハウフの童話のなかだけでおこるわけでもなかろう。ディオー・カッシウスによれば、セネカは、クラウディウス帝の南瓜に変形する話を書いているそうだし、アプレイウスは、驢馬に転身したルーキオスの冒険について物語っている。周知のように、転形期に生きる現代の作家にいたっては、流石にこの種の変貌の記録が、殆んど枚挙するに暇のないほど多いようだ。たとえば、ガーネットには、狐になった女の悲劇的な一生に関する長篇があり、カフカには、かぶとむしになった男の日常を描いた凄惨な中篇があり、さらにまたアポリネールには、危急存亡の際、忽ち壁になってしまう人物について述べた短篇がある。

　しかし、これらの夥しい資料を渉猟した後、私の味わったものは、忌憚なくいえば、無限の失望に他ならなかった。あまりにもすべての作家が、非科学的なような気がしたのである。むろん、変形の事実それ自体は、人間が猿になり、猿が人間になるのが科学的であるという意味において、十分に科学的であり、わざわざアポリネールのように、擬態や保護色を持ち出して、その科学性を擁護するまでもないことだ。私の不満の最大の原因は、あらゆる作家が、変形の事実については、かなり詳細に報告を試みているにも拘らず、いずれも軌を一にして、変形の方法については、故意に沈黙を守っていることにあった。いかにして人間が人間以外の動物や植物や鉱物に転身することができるのか。或いは又、いかにして動物や植物や鉱物になった人間が、再び元の人間の姿に復帰することができるのか。問題はここにある。敢えて非科学的という所以のものは、方法論《メトーデンレーレ》を欠いた科学というものは考えられないからである。

　ホメロスは、キルケの魔法の秘密に関しては、まったく口を緘している。なるほど、ハウフは多少の手がかりを与える。カリーフと宰相とが、こうのとりになったまま、人間の姿になり得なかったのは、たしかに「ムターボア」という呪文を忘れたからであった。私は、この不思議な文句に面して当惑した。はたしてこの言葉は何を意味するのであろうか。以来、私は絶えずムターボアと呟きながら街を歩き、なんとかしてこの呪文の正体を把握しようと努めたが――いまでも私は鮮かに覚えている。或る朝、山の手の或る停車場の雑踏のなかで、不意に私は、その意味を完全に了解した。私はうれしかった。ドイツ語読みしていたからわからなかったのである。これはラテン語の動詞ムトオ（変化する）の直説法所相の単数の未来、ムタボオル（私は変化させられるであろう）にすぎないではないか。所相というところに含蓄がある。いかにもカリーフや宰相の忘れそうな文句だ。とはいえ、この呪文によって、はたして人間に還元することができるかどうか実験してみようにも、生憎、こうのとりは、私の手のとどくところにはいないのだ。
セネカの南瓜になる話は、いまは散佚《さんいつ》してみるよしもないが、アプレイウスもまた、驢馬になるとき、ルーキオスの全身に塗った膏薬の処方については我不関焉《われかんせず》である。いったい、このルーキオスは、最初、梟《ふくろう》になるつもりで、膏薬を間違え、あやまって驢馬になってしまったのであり、変形すべき対象の如何により、膏薬の成分もまた、それぞれちがう筈であるが、科学的関心の薄い作者は、この肝心の点を、まったく見逃している。但し、驢馬が人間になるばあいには、薔薇を与えればいいと、これは、はっきり断言している。まさしく吉報である。豚は真珠に見むきもすまいが、驢馬なら薔薇を食べるであろう。早速、私はこの方法を試みてみたが、必ずしも期待したように容易ではないようだ。無理矢理に薔薇を驢馬に食べさせてみても、一向に徴しはみえない。おそらく、私の薔薇が「病める薔薇」でもあったのだろう。驢馬は、いつまでたっても驢馬である。しかし、この実験は、今後もなお、機会ある毎に、根気よく続けていくべきかもしれない。

とはいえ、アプレイウスのほうが、ガーネットやカフカにくらべると、簡単ながら、変形の手続きを記載しているだけ、まだましであろう。ガーネットの報告はこうだ。テブリック夫妻は腕を組み、夫は妻を曳きずるようにして歩いている。突然、妻はかの女の腕を夫の腕からぬきとり、叫び声をあげる、そこでかれが振返ると、一瞬前、妻のいたところに、真赤な毛をした、小さい狐がいた、というにとどまる。カフカの記録は、或る朝、ベッドの上で眼をさましたザムサという男が、一匹のかぶとむしに変形した自分をみいだすところから始っている。もっとも、アポリネールのばあいは、背後から拳銃の乱射をうけながら、素裸になって、石の壁にぴったり体をくっつけさえすれば、小説の主人公は、忽ち壁に変形してしまうのだが、これはどうもいささか実験の方法として穏かでない。

クレヴァ・ハンスやエルバーフェルトの馬の有名な事件、パブロフの犬の研究やケーラーの類人猿に関する探求、或いはまた、ゼンマイ仕掛と幾つかの針と糸とで、ボースの植物や鉱物にたいして行った実験は、たしかに動物や植物や無生物のなかにまで、人間の魂の宿っていることを物語る。いかに嬉々として、オデュスセウスの兵隊らは、豚から人間の姿に立ち帰ったことであろう。カリーフの宮殿の高い屋根の上にとまっている二羽のこうのとりは、いかに断腸の思いをいだきながら、かれらを変形させた魔法使の息子が、新しいカリーフとして、群集の歓呼の声を浴びている光景をながめていたことであろう。驢馬になったルーキオスは、うつくしい女を乗せて走りながら、時々、後を振返るような顔をして、かの女の足に接吻したりする享楽的な性格だが、やはり驢馬であることに頗る嫌悪を感じている。テブリック氏は、狐になった妻と生活しながら、悶々としてヨブ記を読む。ザムサは、家族の無理解に絶望しながら、やがてかぶとむしのまま、カラカラにひからびて死んでしまう。のみならず――

のみならず私は、近ごろ、茫々たる焼跡のなかに残っている、弾痕のいろも生まなましい石の壁をみたりすると、壁になったきり、二度と人間の姿に復帰しなかった、オノレ・シュブラックの哀れな運命が連想され、佗びしい気持になるのである。まことにいまこそ、リストがいみじくも喝破したとおり、石すらも叫びだすべきときではないか。

しかしながら、いかに万有還人の熱望をいだくにせよ、科学的であるためには、私は徒らに昂奮せず、あくまで没価値的であるべきであった。認識論と価値論との混淆、今日より甚しい時代はないのである。しからば、私は、まず変形の実践方法を問題とする前に、変形の認識方法を、徹底的に究明すべきではあるまいか。おそらく今日の作家が、昔の作家よりも我々の変形の実践にたいし頗る寄与するところの少いのは、かれらがあまりにも深く、ダーウィンやド・フリーズの理論を信じすぎているためではないのか。我々は、あらゆる先入見を去り、新しい認識方法を確立し、あらためて変形の事実を、厳密に把握する必要があるのではなかろうか。たぶん、一種のゲシュタルト・テオリー――或いはまた、比較形態学の方法が、課題の解決にとって不可欠であろう。この点において、ゲーテの認識方法は、私に多大の示唆を与える。

もっとも、ゲーテは、ゲシュタルト（形体）という言葉のもつ固定的なひびきを嫌い、わざわざ、ビルドゥング（形成）およびウムビルドゥング（変成）という言葉を用い、この二つのものの生成過程として、植物の変形《メタモルフォーゼ》を把えている。ゲーテの変形論の意図が、正統派リンネの、種属的固定性の主張にたいする否定にあったことは、この用語法だけからでもうかがわれる。しかし、聡明なゲーテは、必ずしも変形の過程のみを強調せず、変形の運動は重大であるが、遠心力にすぎず、これにたいして、一度実現されたものにあくまで執着する能力が、絶えず求心力として加えられなければならない、と断っている。浪漫派のベルグソンのエラン・ヴィタールとともに、古典派のバビットのフラン・ヴィタールもまた、みとめざるを得ない、というわけである。したがって、一方の焦点に生々流転する変形の過程があり、他方の焦点に確乎不動の種属的固定性があり、これら二つの焦点を基点として描かれた楕円こそ、ゲーテの自然科学の象徴であるとするマイアーの説は、浪漫派的観点からは種々の批判もあるであろうが、極めて正確であるということができる。単に自然科学ばかりではない。いかにもゲーテは楕円である。つねに楕円であり、徹頭徹尾、楕円であった。

この楕円を妥協とみるか、折衷と解するか、慎重と感ずるかは各人の勝手だが、ゲーテは、自分自身を、内心、宇宙的であると考えていたかもしれない。かれの眼には、森羅万象が、ことごとく楕円を描くものとして映っていた。変形もまた、むろん、楕円運動の一種である。すなわち、植物の変形は、拡張と収縮の二つの作用を交互に繰返しつつ、葉の変化してゆく過程にすぎない。種子から始って茎葉の最高の発展にいたるまで、まず拡張がみとめられる。続いて収縮によって萼《がく》が生じ、次に拡張によって花弁が展開し、さらに再度の収縮によって性的部分がうまれる。やがて果実において最大の拡張があらわれ、最後に、種子における最大の収縮となって終るのである。しかもこれら六つの器官は、一見、それぞれ全くちがった外観を呈しており、なんらの連絡もなさそうにみえるが、実はすべて葉から導きだされたものだというのだ。ゲーテの周到な観察には、屢々心を打たれるものがあり、殊にあまり植物に頻繁に養分を与えると却って花が咲かず、殆んど養分をやらないと、却ってその器官は精妙となり、純粋無雑な液汁は益々純粋に、益々効果あるものとなって、変形を促し、開花を早めるという叙述の如きは、意外にも私の変形の近きを暗示し、思わず私は、最近の食糧事情に感謝したいような気持になった。無意識のうちに、私は変形の準備をしていたわけである。たしかに、ここには変形の実践方法にたいする手がかりがある。要するに、我々は飢えればいいのだ。

しかし、急ぐまい。いまはゲーテの認識の方法が問題であった。はたして、かれの適確な認識は、いかなる方法に基いて行われたのであろうか。おそらくゲーテは、ヘルマン・

バールのいうように、印象主義者の肉眼とともに、表現主義者の心眼をもっていたのにちがいない。かれの認識方法は簡単であり、収縮と拡張の両観念を、代数記号の如く駆使しつつ、対象に肉迫してゆけばいいのだが、その際、かれの眼は、植物をみると同時に、かれ自身をみたのである。かれは、一枚の葉となって、植物のなかに侵入してゆき、絶えず液汁を吸いあげて、収縮し、拡張し続けたが、植物もまた、かれの内部に根をはって、潑剌と変形し続けたのだ。この方法のからくりは至極単純だが、それの操作には異常な困難が伴う。何故というのに、収縮と拡張との間の微妙な力学的均衡を、つねにかれ自身のうちに感じている人物でない限り、この方法の対象への適用は、必ず惨澹たる結果を招くにいたるからである。ゲーテは、植物のみならず、動物や鉱物や光にまで変形し、再び易々として人間の姿に立ち戻ったが、これは、かれが、終始、力学的均衡を保ちながら、楕円を描いていたからにほかならない。

　さきに引用した現代の作家の三つの作品が、期せずして、全部、変形した主人公の死をもって終っている事実は、必ずしも理由のないことではないであろう。今日ほど、力学的均衡に無縁な時代はない。狐になったテブリック夫人は、次第に野性に帰ってゆく。ザムサは、かぶとむしの殻を、堪え難い桎梏《しっこく》と感ずる。オノレ・シュブラックが、石の壁からの脱出を、衷心から願うであろうことに疑問の余地はない。かれらは、すべてエラン・ヴィタールの信者であり、フラン・ヴィタールには見向きもしないのだ。しかるに、生が生であり得るのは、それが拘束され、固定され、組織されたものであるからであった。いかに微小な有機体であっても、有機物溶液に比較すると、力学的均衡を保つ、無限に複雑な組織をもっており、そうして、その組織は、各化学過程間の厳密な整合を基礎としているのだ。したがって、かれらの死は必然である。組織は解体せざるを得ない。

ゲーテの弟子をもって任ずるシュペングラーもまた、今日の文化の死を予言する。かれは、まず、魔杖をふるって、これまで世界に出現した九つの文化を、九つの木に変える。すでに枯れたものもあり、なお生き続けているものもあり、ようやく芽を吹いたばかりのものもあるが、かれの心眼に映ずる木々のむれは、すべて亭々として聳え立ち、さらさらと風に葉を鳴らしている。支那、バビロン、エジプト、印度、ギリシア・ローマ、アラビア、ヨーロッパ、アジアおよびロシア。かれは並木の間を散歩しながら、特に長く、ギリシア・ローマとヨーロッパとの前に立ちどまる。そうして、ゲーテの認識方法に基き、例の収縮と拡張の公式を使いながら、それぞれの変形過程を辿り、両者の形態を比較することによって、いまが、かつてのケーザル時代に対応することを発見する。そこで、かれは結論するのだ。木々の運命がひとしいものとすれば、ケーザル時代の凋落とともに、ギリシア・ローマ文化が滅亡したように、現在の文化もまた、当然、近く枯死するにちがいない、と。

いかにもこの魔法には、規模の壮大なところがあり、縦横にはたらくシュペングラーの心眼には、敬服すべき点がないではないが、遺憾ながら、かれがゲーテの不肖の弟子の名をまぬがれないのは、その心眼に肉眼の裏づけが不足しており、さらにまた、収縮と拡張との間の微妙な力学的均衡が、かれの内部に欠けていたからであった。それかあらぬか、かれのヨーロッパ人は肉眼を喪失しており、そうして、かれのヨーロッパ社会は、ジャックの豆の木さながらに徒らに、空にむかって遠心的に拡大するにとどまる。

しかるに、ヨーロッパの変形は、もしもゲーテが正しいなら、つねに求心力の加えられている、拡張と収縮の過程であるべきであった。ルソー以来、ユートピズムやアナーキズムの発展にいたるまで、まず拡張のみとめられることは事実だが、続いてマルキシズムとなって収縮し、次にサンジカリズムとなって拡張し、最後にボルシェヴィズムとして、再度の収縮を経験しているのが、近代におけるヨーロッパの変形過程なのではあるまいか。むろん、拡張と収縮とは、なんら前進と後退とを意味するものではない。ただ、拡張のばあいには、エラン・ヴィタールが支配的であるに反し、収縮のばあいには、フラン・ヴィタールが優位性をもつ、というにすぎない。一方は、本能、感情、欲望、衝動等を強調し、他方は、理知、計画、規律、訓練等に重点を置く。もっとも、初期のユートピズムのひとつであるオーウェニズムをとってみても、その動きが著しく空想的であり、本能的であったにも拘らず、また反面理知的であり、計画的であったことを否定し得ない。これはつねに変形に際し、求心力としてはたらきかけた、資本の合理的・組織的な機能の結果にほかならなかった。このことはオーウェンのニウ・ラナアックにおける労働者学校の教育方法が、ルソー以来の自然尊重によってつらぬかれてはいたが、ペスタロッチにみるような手工業的なものではなく、頗る機械工業的なものであったことにもうかがわれる。

次にマルキシズムの収縮についてであるが――しかし、これは、いささか大へんな仕事になってきたようである。はたして私はいま、ここで、ヨーロッパの社会運動を、ことごとく説明しなければならないであろうか。むしろ、そういう仕事は、マルクスやレーニンやソレルの労作に譲ったほうが、はるかに賢明であろう。とはいえ、説明を中止するにあたり、なお一言いいたいことがある。それは、我々が、これらの書物について研究をすすめてゆくばあい、つねに我々の眼底に、工場の内部の情景を、あざやかに思い浮べていなければならない、ということだ。そこでは、絶えずキラキラ光りながら切粉《きりこ》が飛び散り、琥珀いろの油が、泉のように湧きたち、バイトは単調な往復運動をいつまでも繰返し、電動機の鈍い唸り声が、あたり一面をみたしている。機械を操作する労働者の動作は、秒にいたるまで計量されており、製品は、ベルトにのせられて、次々に送られていく。これは、たしかに、力学的均衡を保つ、有機的な組織である。私には、このフラン・ヴィタールを身につけている人間でない限り、とうてい、社会の変形などできないような気がするのだ。私は、近ごろ、自由について考え、タキトゥスやスエトニウスを読み、ローマ皇帝の被解放民について調べてみたが、いずれもエラン・ヴィタールの信者であるにも拘らず、皇帝の寵臣となり、悪政を施しているものが多い。私がフラン・ヴィタールに執着するのは、我々の周囲にこういう解放奴隷の姿をみるからである。社会を変形させるものは労働者であり、かれらは、そうすることによって、かれら自身をも変形させてゆく。この力は労働からくる。まことに、エンゲルスのいったように、猿の人間化にあたり、最もあずかって力のあったものは、労働であった。思えば、悲劇的運命におちいった、我々の変形譚の主人公たちは――テブリック夫人も、ザムサも、オノレ・シュブラックも、すべて有閑階級にほかならなかった。人間が、人間以外のものに変化したばあい、それから脱出する道は労働以外にないのだ。ここに、変形の実践方法がある。紆余曲折の末、ついに我々のみいだしたものは、自明の事実にすぎなかった。しかし、私はなお若干心配である。はたして、狐や、かぶとむしや、石に、労働することができるであろうか。

笑う男──アリストファネス

リヨネエ倶楽部のサラヴァンの友人が、自然科学《フイジック》の問題は、結局、解決可能であり、これに反して、形而上学《メタフイジック》の問題は、要するに、解決不可能であり、そのいずれにも飽足らず、中間の道をたどることによって、ついに私はマルクス主義者になったと告白するとき、アリストテレスの所謂黄金の中庸が、つねに必ずしも不徹底の産物ではなく、屢々《しばしば》、引裂かれた魂のやみがたい要求からうまれ、革命の原動力となることを我々は知るのだ。異常な困難を経て、一定の解決がもたらされる。ここに、この知性の冒険家の心をそそるものがあるのであり、すぐに解ける謎も、まったく解けない謎も、ともにかれには魅力がないのだ。それはいい。しかし、このひねくれたマルクス主義者は、党のなかの革命の職人《アルチザン》達から孤立しており、やがて動乱の際、ルーヴルをまもり、同志の手によって倒されるであろう自己の姿を予感しているのだ。何故の敗北感であろうか。私は悲劇的な革命家のタイプを好かない。現にサラヴァンの友人と同じような知性的彷徨の結果、ついにマルクス主義者となったルナチャルスキーは、十月革命のとき、エルミタージュをまもり、飢餓行進に対抗しつつ、パンにかえられようとするレンブラントを見事に救い出したではないか。革命の職人達の知性は、つねにイージイゴーイングに解決可能な問題にばかり飛びついていく。しかるにマルクスの知性は、絶えず解決可能な問題と共に、解決不可能な問題に直面することを恐れなかった。敗北感は謂れのないものであり、せいぜいサラヴァンの友人の知性の脆弱さを物語るにすぎまい。

同様のことが、感情の領域についてもいえる。一種凄惨なアンビヴァレンスの状態、愛と憎しみのような互いに矛盾し合う感情が、同一の対象にむかって共に作用する状態は、いうまでもなくドストエフスキーなどの好んで取扱う主題であり、これまで感情の解体を示すものとして、すこぶる悲劇的なもののように考えられてきたが、見方を変えれば、これは、むしろ、極めて喜劇的な主題に転化するのではあるまいか。すくなくとも我々の笑は、こういう心の状態に、密接な関係があり、双面のヤヌスのように、愛と憎しみの二つの顔をもつ。したがって、アンビヴァレンスは、これを笑として把えるならば、何も没落するものの不安と動揺ばかりを表現するものとはかぎらず、却って、これから台頭しようとするものに特有の、ありあまるエネルギーの状態を表現する場合も亦、多いのだ。愛と憎しみのいりまじった心理的エネルギーが前途に横たわる障害排除のために動員される。障害が取去られる。蓄積されていたエネルギーが、吐け口を求めて、笑となってほとばしり出る。フランス革命の幕は、フィガロの笑と共に切って落されたが、あの笑の構造について考えるたびごとに、いつも私は、時計の逃がし止めの構造を思い浮べる。ボーマルシエは、喜劇作家になる前には、時計屋であり、新しい形式の逃がし止めを発明した。こういう分裂した理知や相克する感情のうごきは、屢々、戦争によって拍車をかけられ、戦後には、サラヴァンのような普通人《オム・モワイヤン》の魂までも支配するようになり、はげしい階級分化の過程にうまれる病的な社会心理のあらわれとして、つねに人々の注目するところとなってきたが、いま、ここで私が、それらのものに、案外、健康な一面があり、その在り方次第で、革命の原動力となるというのには、むろん、そういう怪しげな理知や感情の持主としての自分自身を擁護したいためでもあるが——実をいえば、現在、私がJ・A・シモンズの所謂今日難解なるものの典型、アプトン・シンクレアの所謂奇妙な反動屋、アリストファネスについて考えているからであり、それ相当の理由があるのだ。夥しい註釈《スコリア》の助を借りたところで、とうてい古典学者にアリストファネスが理解できず、単純なデモクラットの眼に、どうしてもこの喜劇作家が反動的にうつるのは、帰するところ、かれらが、分裂した理知、相克する感情の紆余曲折を自ら親しくたどったことがなく、革命というものを、あまりにも公式的に把えている結果ではないかと私には思われる。ソクラテスの親しい友人でありながら、最も辛辣な嘲笑をかれに浴びせかけ、エウリピデスの詩句を非常に愛していながら、徹底的にこれを弥次り倒し、クレオンの政治的手腕をみとめないわけではないのに、終始一貫、かれを攻撃して、ついに不倶戴天の敵となり、無神論者でもない癖に、ディオニュソスやヘラクレスやゼウスまで、十把ひとからげに弾劾するにいたっては、シモンズ先生が辟易するのも無理はなく、アリストファネスという人間は、相当難解な代物だ。のみならず、ソクラテスにしろ、エウリピデスにしろ、クレオンにしろ、いずれも当時における革命家ばかりであり、シンクレアのような進歩派が、かれを反動的と断ずるのは当然であろう。

こういうアリストファネスの謎めいた性格をあきらかにするために、何も頭をひねることはない。それは、かれが、庶民の立場を代表し、無告の代弁者であったからだ。庶民の立場を代表するものの知性は、必ず庶民の知性とは比較にならない大きな振幅をもっていなければならず、ソクラテスの知性と共にゴルギアスの知性をも自らのうちに含み、自然科学《フイジツク》の問題と共に形而上学《メタフイジツク》の問題に——解決可能な問題と共に、解決不可能な問題に通暁している必要がある。それ故にこそ、かれは庶民的であるのであり、あらゆる偏向と戦い、熱に浮されたような小児病患者を、一撃の下に粉砕し、厚顔無恥な、老獪なデマゴーグを堂々と笑殺することができるのだ。例のサラヴァンの友人は、誰よりもサラヴァンの庶民の魂を理解していたにも拘らず、何故か敗北的であり、悲劇的であったが、これは、むしろ、かれの生みの親であるデュアメルの古さを証明するにすぎまい。庶民の生活を生活し、しかもその生活のなかに埋没することなく、その上、庶民の指導者をもって任じているかれの敵手達よりも、はるかに尖鋭な理知の所有者であったアリストファネスのような人物には、思うに絶対不敗の信念があるだけであり、綽々《しゃくしゃく》たる余裕をもって行われるかれの攻撃が、つねに喜劇的表現をとったことに不思議はないのだ。笑は、必ずしもベルグソンのいうように、機械的になったものを流動の状態に置こうとする――たとえば、老廃し、マンネリズムにおちいった社会組織を徹底的に破壊することによって、庶民の自由を守ろうとする、花々しいうごきからだけうまれるのではない。笑を愛するものは、また自由を愛するものでもあるが、はたして自由は、ベルグソンの所謂エラン・ヴィタールのなかにだけあるであろうか。私には、自由が、反対に、機械的になったもの、組織されたもの、バビットの所謂フラン・ヴィタールのほうにあるような気がしてならないのだ。我々の日常の機械的な動作が、もしも機械的であることを止めたなら、我々は、箸の上げ下しにも、恐ろしく不自由を感じないであろうか。革命とは、老廃した組織を破壊することではなく、そういう解体しかかった組織を、整然たる組織に再組織する、きわめて地味なうごきなのだ。したがって、笑は、フラン・ヴィタールの破壊者として、保守派にたいしてと同様、進歩派にたいしても向けられる。アリストファネスが、破壊を事とする革命家のむれを笑ったというので、シンクレアのように、かれを反動呼ばわりする昔からの習慣は、それ自体、反動的というほかはない。フラン・ヴィタールこそ、庶民の生活を支えているものではないか。黙々として、前途に横わる障害を突破し、なお余力を残して、時に笑の飛沫をあげるもの——それが、この洋々たる大河のような、庶民のもつフラン・ヴィタールの姿である。フランは、障害ではなく、障害を克服するためのブレーキを意味する。すなわち、知性を指す。

さて、右に述べたような意味における庶民の自由にたいする最大の障害は、いうまでもなく戦争であり、ペロポンネソス戦争が、ギリシア全土を荒れ狂っている間中、アリストファネスが、徹頭徹尾、これにたいして反対しつづけたことは当然であった。かれの目的は戦争にブレーキをかけることにあり、かれの知性を、暴力に対決させることにあった。そこでかれの攻撃の的となったのが、ペリクレスの後をうけて戦争の指導者となったクレオンであるが、この男は、はなはだ没価値的な態度で叙述をすすめることの好きなツキジデスからも、すこぶる侮蔑的な口調で物語られ、況んやアリストファネスによって、完膚なきまでに揶揄嘲笑され、後世の人々からまったく馬鹿扱いにされているが、実はペリクレスに優るとも劣らない、相当の人物であったようだ。ここで私は、ペロポンネソス戦争の話をするつもりはないが、ただの革商人にすぎないのに、戦術家デモステネスをつかって、難攻不落を誇るスパルタのピュロスの要塞を、約束どおり二十日間で陥落させ、全戦争を通じて、いちばん素晴らしい戦果をあげているところなど、決してただ者ではない。ペリクレスが守勢をとり、消耗戦術に出たのに反して、かれはあくまで積極的に攻勢に出たのだ。戦争犯罪人になったなら、一日も早く平和になるように、そうしたのだという口だ。ツキジデスは、かれのため海将の地位を追われ、内心含むところがあったらしい。貴族であり、元帥であったニキアスのごときも、屢々、かれのために鼻をあかされ、鼎《かなえ》の軽重を問われていた。アリストファネスが相手にとったのは、こういう恐るべきブルジョアであり、デモクラットであった。

私には、アリストファネスの作家生活にはいった動機が、いまは消滅してしまった『バビロニア人』という作品で、クレオン攻撃の火蓋をきり、たちまちその反撃をうけて、告発され、かなり手荒な取扱いをうけたことにあるような気がする。一見、知性は、まったく暴力の前に無力であった。しかし、はたしてそうか。かれは、この事件によって、肉体の無力を痛感したかもしれないが、逆に知性というものの力づよさを、はっきり見てとったにちがいない。作家の強味は書くことにあり、いかに圧迫され、侮蔑をうけ、満身創痍になろうとも、それを材料にして書くことができるということにある。いかにも片隅の仕事であり、見映えのしないこと夥しいが、殺されるまで書きつづけようという、この一念に徹するとき、暴力の脅威のごときは物の数ではなくなってしまい、しかも、ひとたび、かれの作品が、同じような苦痛を味わっている庶民の眼に触れるならば、かれの暴力にたいする終始一貫した受身の態度は、あながち受身とのみいい切れないものがうまれてくる。クレオンが、知性にたいして知性ではなく暴力を対決させてくることは、かれ自身の知性の貧困さを示すものにほかならなかった。クレオンのものにしろ、その反対派のニキアスのものにしろ、知性の点にかけては、脆弱なものだ。すなわち、庶民にたいして、フランとしての組織力を大してもっていないのである。もしもアリストファネスのような強靱な知性が、庶民にたいして、多少ともつながりをもつようになれば、かれの欲し、庶民の望む自由は、組織された自由として、次第にアテナイ中にひろがりはじめるであろう。『バビロニア人』事件後、かれは、相次いで『アカルナイ人』を書き、『騎士』を書き、いささかもクレオン追及の手を緩めなかった。しかし、好んでかれは、危険に身をさらそうとしたわけではない。むしろ、そういう英雄主義こそ、かれの努めて排撃しようとしたものであった。

古代喜劇は、プロパガンダを試みるのに絶好の機会を提供しており、ディオニュソスの名において、人身攻撃はむろんのこと、ヘラクレスや、当のディオニュソス自身を誹謗することさえ許されていたことは周知の通りだが、『バビロニア人』事件においても明らかなように、必ずしもこの原則が、つねに忠実に守られていたわけではなかった。アリストファネスの喜劇の利用の仕方は、慎重を極めていた。たとえば、『アカルナイ人』においては、当時人気のあったラマコスという軍人が、本名のままで縦横にからかわれているが、次作の『騎士』においては、クレオンも、ニキアスも、デモステネスも、すべて匿名のままであり、アリストファネスの人身攻撃は、対話の部分においてではなく、すべてコーラスの部分において行われた。コーラスの起源は古く、昔から神聖なものとされており、殆んど手を触れることができなかったが、対話のほうは、コーラスの単調を救うために黙劇の場面からみちびきいれられたものであり、かくべつ宗教的な意味がなく、国家の検閲にまかせられていたからだ。しかしそれでもなお絶対に安全というわけにはいかなかった。後難を恐れて、クレオン役の俳優のかぶる仮面をつくるものがなく、作家自身が、昔風に、仮面の代りに酒糟を顔に塗り、クレオンに扮して舞台に出たという伝説があるくらいである。舞台の上だけではない。アリストファネスは、私生活においても、生身のままで、人々から笑われることを、敢えて意に介しなかった筈だ。

勇気だとか、信義だとか、節操だとか、質素だとか――支配階級が、さまざまな美徳を賞揚することによって、植民地搾取のための戦争への支持を、庶民にむかって強要しているとき、そうしてまた、世の所謂革命家達が、たとえかれらの目的が、支配階級のそれと相反するものであったにせよ、同様にこれらの美徳を美徳として受け入れ、なんらの疑問をもいだいていないとき、アリストファネスが、悪徳の宣伝に専心したことは見やすい道理だ。かれの作品の主人公は、つねに卑怯者であり、変節漢であり、贅沢を愛し、女色をあさることに憂身をやつしており、しかも必ず運命は、かれに幸いするのである。エラン・ヴィタールの信奉者は、ここに拘束するものにたいする単なる本能の反抗をみるであろうが、アリストファネスの意図が、道徳の破壊にではなく、道徳の再組織にあったことはいうまでもない。かれがフラン・ヴィタールの使徒であったことは、かれの作品の内容からばかりではなく、その形式からも、はっきり見てとることができよう。アリストファネスの笑は、ラブレーの笑と異なり、それが猛烈な哄笑にまで高まったときにおいても、悲劇の場合と同様に、つねに厳密に詩学の法則にしたがって表現されている。かれは、芸術家としては、あくまで古典主義者であり、浪漫主義者ではなかった。

しからば、我々は、絶えずかれの心を支配し、仕事への情熱を掻きたて、かれをして、大胆不敵な価値の顚倒を企てさせたものを、貪欲な戦争指導者や、狭隘な視野しかもたない革命の職人達にたいする、かれの憎悪に求むべきであろうか。おそらくアリストテレスならば、こういう見方に賛成するでもあろう。ニコマコス倫理学においても明らかなように、かれは、笑の秘密を、悪意や憎悪のなかに探ぐった、最初の著者達のひとりに属していた。しかし、アリストファネスの笑は複雑であり、はたして我々は、たとえば『雲』や『鳥』のなかの、あの抒情と幻想とのいりまじった、素晴らしいコーラスの部分を、憎悪に燃えながら、かれが書いたと想像することができるであろうか。その資質の点で、アリストファネスと著しい類似性をもつハインリッヒ・ハイネが、かつていみじくも喝破したように、アリストファネス喜劇の幻想的な樹木には、攀《よ》じのぼる猿と、歌う鶯とがいるのだ。人々は、あまりにも猿の動作のほうにばかり眼をうばわれ、ともすれば、鶯の歌にきいることを忘れがちなのではあるまいか。私は、この鶯の歌を、アリストファネスの人間にたいしていだいていた、愛情の表現であると考える。

憎悪は、愛情からうまれる。そうして、その反対ではない。愛情は根本的なものであり、積極的なものであるが、憎悪は第二義的なものであり、消極的なものだ。すくなくとも笑においては、そういうことができるのではなかろうか。いささかもアンビヴァレンスの痕跡をとどめない、憎悪の影すらみとめがたい、愛情にみちた笑というものはあるが、逆の場合は成立しない。嘲笑のなかに含まれている憎悪は、つねにそれと対立する愛情によって、和らげられ、制限をうけ、軽減されており、もしも愛情が消え失せ、純粋の憎悪のみになってしまうならば、その嘲笑もまた、消え失せる。単に笑ばかりではない。元来、人間の心のなかでは、愛情のほうが、憎悪よりもはるかに支配的であり、いっそう強力なのではあるまいか。こういうことをいうと、いささか私も殊勝らしいヒューマニストのようにみえるであろうが、なにも形而上学的な観点に立って愛情の優位性を主張しているわけではなく——自然科学的な、むしろ、生物学的な事実に注目することによって、或いはそうではないかという気がしているだけである。すなわち、男女の間の、いつ果てるともしれない愛と憎しみの戦において、憎しみの側の旗いろが、つねにいくらか悪いのではないかと思われるのだ。何故というのに、いまのところ、人間は、依然として、殖えつづけているらしいからである。アリストファネスは、この事実を、よく知っていた。かれは、いつもギリシアの女達の欠点を嘲りつづけていたが、その欠点の故に、男達の女達への欲望が、増しこそすれ、減るものではないということも、むろん、承知しており、『リュシストラテー』においては、ペロポンネソス戦争を中止しないかぎり、一緒に寝てやらないと宣言し、全ギリシアの女達が、アテナイ側のものも、スパルタ側のものも、仲良く合流してアクロポリスの山頂に立籠るところを描いている。禁欲の苦痛に堪えかね、男達は、戦争どころではなくなり、たちまち平和条約が締結される。戦争のブレーキには、そうしてまた、革命のブレーキにも、知性のみならず、愛情もまた、大いに役にたつ。ブレーキとは、摩擦を利用して、障害を克服するための道具だ。太平洋戦争も終りに近づいた頃、資材不足のため、我々の戦争指導者達は、ブレーキなしの自動車の製造を命令した。

【参考資料——1】

初版跋

戦争中、私は少々しゃれた仕事をしてみたいと思った。そこで率直な良心派のなかにまじって、たくみにレトリックを使いながら、この一連のエッセイを書いた。良心派は捕縛されたが、私は完全に無視された。いまとなっては、殉教者面ができないのが残念でたまらない。思うに、いささかたくみにレトリックを使いすぎたのである。一度、ソフォクレスについて訊問されたことがあったが、日本の警察官は、ギリシア悲劇については、たいして興味がないらしかった。

スピノザを読み、ブリダンの驢馬の矛盾を発見したとき、私は狂喜したが、最近、ショペンハウエルの『倫理の二つの根本問題』のなかに、ちゃんとそのことが指摘してあるのを知って悲観した。どのエッセイも、すべて手製なので、相当のオリジナリティーがあるような気がしていたが、若干、懐疑的になった。もっとも、各エッセイは、それぞれ、一応、独立してはいるが、互いにもつれあい、からみあって、ひとつの主題の展開に役立っているにすぎない。あんまりこだわらないことにしよう。

その主題というのは、ひと口にいえば、転形期にいかに生きるか、ということだ。したがって、ここではルネッサンスについて語られてはいるが、私の眼は、つねに二十世紀の現実に――そうして、今日の日本の現実にそそがれていた。そのような生まなましい現実の姿が、いくらかでもこのエッセイのなかに捉えられていれば、うれしい次第だ。個人のオリジナリティーなど知れたものである。時代のオリジナリティーこそ大切だ。『変形譚』は戦後に書いた。

一九四六年七月

著者

【参考資料――2】

一九五九年版跋

ソフォクレスに関する一章だけがあって、アリストファネスに関する一章がないのは、なんとなく片手落ちのような気がしないでもないので、重版を機会に、戦後、『変形譚』につづいて書いた『笑う男』を加えてみた。あるいは蛇足かもしれない。なぜなら、この書物のなかで、わたしは、つねに「笑う男」として登場しているらしいから。

現在、わたしは、ともすれば永遠について考えがちである。ルネッサンス以来の近代は、近代以前にながれさった——そして、近代以後にながれさるであろう歳月にくらべると、まるで物の数ではないような気がしないこともないのだ。といって、いまもなお、わたしの課題は、この書物を書いたときと同様、近代をこえるということであるが——しかし、いまのわたしは、そのためには、近代以前と近代以後の対応について、もっとおもいをひそめてみなければならないと考えるようになった。そして、そのキッカケを、わたしにあたえてくれたものに、たとえば柳田民俗学がある。わたしは、いま、その課題を、活字文化と視聴覚文化との対立、といったような観点から解いてみたいとおもっている。

しかし、わたしは、戦争中、なんとかしてこの書物だけは、ちゃんと完成しておきたかった。そこで、いささかやけのやんぱちといった調子で、近代のなかへのめりこんでいった。否定するものは、否定されるものによって規定される。いまとなっては、ここには必要以上に活字文化臭がただよっているような気がするが、もはや手のつけようがない。もっとも、この世の中には、あんまりざっくばらんな話しかたをすると、気をわるくするようなひともいる。たとえばロクサーヌのように。

一九五九年六月

著　者

【参考資料——3】

新版あとがき

『女の論理』から『楕円幻想』にいたるエッセイの大部分は、第二次世界大戦中、文化再出発の会の機関誌『文化組織』に発表された。ヨリ正確にいえば、昭和十六年（一九四一）三月から昭和十八年（一九四三）十月におよぶ期間である。他誌に発表されたものは、『終末観』（『蠟人形』）と『「ドン・キホーテ」註釈』（『現代文学』）の二篇だけだ。発表の時期はハッキリしないが、冒頭の文章から察すると、前者は、ソ連のドイツにたいする反撃のはじまったころであろう。その雑誌の編集者だった大島博光が、検閲を気にして、「大丈夫だとはおもうけれども」といささか閉口していたのをおもいだす。後者は、その雑誌の発行者だった大井広介の依頼でかいた。たぶん、昭和十七年（一九四二）のころであろう。こちらの雑誌には、戦後、『近代文学』の同人になった連中がかいていた。誰とも会ったことはなかったけれども、その当時のわたしが、かれらの仕事に好意をもっていたことは事実である。そこで昭和二十一年（一九四六）一月、『変形譚』を同誌の創刊号に寄稿した。そして、その惰性で、翌年の三月、『文藝』に『笑う男』をかいた。余計なことだったかもしれない。

おもうに、『楕円幻想』をかきおわったあたりで死んでいたなら、わたしもまた、いまほど不幸ではなかったであろう。そのころまで、わたしは、わたしのエッセイが、正当に受けとられようと、不当に受けとられようと、てんで問題にはしていなかったのである。しかし、昭和二十二年（一九四七）五月、それらのエッセイが、『復興期の精神』と題して我観社から単行本として出版され、毀誉褒貶にさらされると同時に、わたしは失望した。それは、戦争中、わたしの期待していたような戦後ではなかった。わたしには、『レオナルド・ダ・ヴィンチの方法序説』の発表後、四半世紀たってから、それに関する「註釈および雑説」をかく気になったポール・ヴァレリーが、ひどく幸福な男だったような感じがしてならないのだ。

要するに、これは、第二次世界大戦中のシジフォスの労働の形見である。——いや、シジフォスなどというと、またしても誤解をまねくおそれがある。いまだに芸術は、芸術運動のなかからうまれると信じきっている馬鹿が、馬鹿の生涯で、いちばん、馬鹿にてっしていたさいの記念である。

一九六六年八月　　　　　　　　　　著者

大クラヴェリナ

解説

池内　紀

『復興期の精神』は昭和二十一年（一九四六）十月に出た。敗戦後一年あまり。当時のひどい状況のなかで、紙は「仙花紙」とよばれたお粗末なもの、印刷もところどころかすれぎみ。本文三四四頁、末尾に二頁の跋がついていた。発行我観社、定価――サテ、どうだったか。

あるとき、古書店で見つけて抱いて帰った。ながらくそれは、わが書棚の宝物だった。ところがうっかり人に話したばかりに貸すハメになり、そのとき予感がしたのだが、二度ともどってこなかった。

だから私の手元には、翌二十二年六月発行の三版があるばかりだ。奥付によると、二月に再版、四ヵ月後に三版。発行は眞善美社、定価壹百圓。おりからの大インフレに対して新円切替えがあり、「五百円生活」がいわれていた。これ一冊で家計の五分の一が消えて

花田清輝（昭和41年）

しまう。ずいぶん高価な本だったことがうかがえる。
それにしても、どうして発行元がちがうのだろう？　ほかにもヘンなことがあって、奥付からして奇妙である。
昭和21年5月30日　初版印刷
昭和21年6月5日　初版発行
とすると同年十月の我観社に先立ち、こちらがひと足早く世に出ていたのだろうか？　しかし、末尾の跋は「一九四六年七月　著者」となっていて「6月5日　初版発行」はありえない。紙型をそのままにして発行所をうつすか改称するにあたり、何かの必要から、数字上の措置をこうじたのだろうか。
この三版は書棚の宝物が消え失せたあと、泣くなくさがして見つけたものだが、扉にペンで「松島重二様　花田清輝」とある。しっかりした太字のサインで、字くばりもよくとのっている。みずから本を開いてサインまでしたからには、著者自身がヘンテコな奥付のことも承知していたにちがいない。
つまりがそんな時代だった。物心ともに騒然として、見渡すかぎり飢えとともに混乱があった。地上の価値規準がガラリと変わった。現人神《あらひとがみ》が人間天皇となり、軍国主義が民主主義に衣更えをして、軍歌と号令に代わりカム・カム・エヴリボディがやってきた。同じ本がちがうところからあいついで出ていたとしても、とりたてておどろくことではないのである。

とはいえ、やはりフシギな本ではあっただろう。ダンテに始まってゲーテで終わる（元本にはアリストファネスは入っていなかった）。レオナルド、マキャヴェリ、コペルニクス、ジョット、コロンブス、ポー、ルター……詩人、画家、政治家、船乗り、宗教家。ほかにも数学者ガロアがいれば、古典ギリシアの劇作家ソフォクレスもいる。アンデルセン、モーア、カルヴィン、スピノザ、セルバンテス、ルイ十一世、ヴィヨン。

いったい、どういう選び方だろう？　いかなるつながりのもとに宗教改革者と童話作家が並ぶのか。なぜまたポーが二度、場をかえて出なくてはならないのか。「朕は国家である」のルイ十四世ならともかくも、その三代前のルイがどうして出てくる？　それぞれにタイトルがついているからには、テーマを意図して人物が選ばれたのだろうが、これほど雑多な勢揃いを必要とするテーマとは何であるか。

「戦争中、私は少々しゃれた仕事をしてみたいと思った。そこで率直な良心派のなかにまじって、たくみにレトリックを使いながら、この一連のエッセイを書いた」

著者みずからが跋に述べている。自著自註にあたるものだが、アイロニカルな書き方からして、そのまま受けとっていいものか。

「良心派は捕縛されたが、私は完全に無視された。いまとなっては、殉教者面ができないのが残念でたまらない。思うに、いささかたくみにレトリックを使いすぎたのである」

どのエッセイも「手製」だと断っている。一応それぞれが独立していても、「互いにもつれあい、からみあって、ひとつの主題の展開に役立っている」はずだという。

「その主題というのは、ひと口にいえば、転形期にいかに生きるか、ということだ」

なるほど、そういわれればそのようにも思えるが、しかし、ここでもやはり、そのまま受けとってもいいものなのか。つづいて「ここではルネッサンスについて語られてはいる」が、自分の眼は、つねに二十世紀の現実、ひいては今日の日本の現実にそそがれていたというのだ。だが、人選リストの大半はあきらかに、ふつういうところのルネッサンスとかかわりがない。とするとこのルネッサンスは転形期における再生《ルネサンス》とかかわっていて、その点でも「いささかたくみにレトリックを使いすぎた」きらいがあるのだろうか――。


まるで読者をとまどわせるために書かれたかのようである。また実際に同時代の読者はとまどったにちがいない。優れた書物の誕生にいつも見られるところだが、それは人をよろこばせるよりも、とまどわせ、往き迷わせる。さながら答えのない謎かけをしているぐあいだ。

『復興期の精神』は飢えと混乱のなかに現われた。毎日が食うや食わずの状態、しばしば食いっぱぐれがつづくなか、おそろしくペダンチックな、まるきり腹のたしにならない知識のてんこ盛りとして登場した。

これも名著の条件だが、およそ反時代的で、徹底して無用の書のごとくでありながら、それでもやはり買う人がいた。奥付の検印には二つ頭の首、双面神ヤヌスと思われる像の小札が貼りつけてあって、「花田」の三文判が捺《お》してある。著者は一札ずつ検印のハンコを捺しながら、逆方向を向いた二つの顔を念入りにたしかめていったぐあいである。

批評家花田清輝は『復興期の精神』から出発した。ときに三十七歳だった。ふつうデビュー作は「若気のあやまち」といった要素をたぶんに含むものだが、花田清輝の場合は、およそそういう未成年性とは縁がなかった。もし問う人がいれば、彼は肩をすくめて言うこともできただろう。

「……すでに魂は関係それ自身になり、肉体は物それ自身になり、心臓は犬にくれてやった私ではないか。(否、もはや「私」という「人間」はいないのである。)」

どのエッセイも、おシャレで、味があって、多少とも皮肉で、終わりがピタリと決まっている。

おシャレなのは書く技術がすぐれているからだし、味わい深いのは人間の見方と関係している。皮肉っぽいのは歴史そのものが――とりわけ大きな変動期には――ことのほか皮肉にみちているからであって、終わり方があざやかなのは、作者に確固とした文体美学があるからだ。

連作エッセイはもともと「ルネッサンス的人間の探究」というタイトルで発表された。始まりは昭和十六年（一九四一）のこと。二年に及んで集中して書かれ、発表誌がなくって中断。戦後に二篇を書き加えて一冊にまとめた。つまりこの連作の作者は戦中・戦後と、少しも変わらず自分の流儀で書いてきた。人みなが慌しく衣裳替えをしたなかで、それは稀有な例外だった。

当人の跋からもうかがえるが、とりわけ生きにくい時代だった。自分の意思や考えをうかつに示すと、すぐに抹殺されかねない。旗幟《きし》は鮮明にせず、時の風向きを正確に見きわめる。他人の意見や権威を借りず、自分の考えをはっきりとは示さないで、その上で明快に、優雅に、たのしく語る方法はないものか。

一見のところ旗幟は不鮮明でも、ある角度から一定のへだたりをとってながめると、くっきりと色と模様が浮き出てくる。とはいえ不都合な風向きにはクルリと向きをかえ、色も模様もいっさいさとらせないだろう。とびきり技巧的な語りなのに、それが自然な語法と感じられる、そんな語り方。

『復興期の精神』に先立ち花田清輝は三十代の初めに『自明の理』を出している。本来の出発点だが、これはウォーミングアップというものだ。「復興期」につづいて『錯乱の論理』『二つの世界』。以後、旺盛な批評家活動が始まった。

そのせいか、つねに「復興期」に立ちもどって語られる。レトリックに埋もれ、わずかに骨格の一部がのぞいたのを指し示すかのようだ。花田批評学の戦略的副教材であって、何かのときに開いて参照してみればいい——。

世に出て六十年あまりになる。もうそろそろ一個の作品として、つまりは言語芸術のとびきりの一例としてながめるときではあるまいか。言葉の特権にちがいない。こんなにも巧みに、こんなにも意味深く、「同時代の肖像」を語ることができるのだ。語り口、また文体の力であって、人を替えるたびに万華鏡のように一変しながら、しかしながらくっきりと、つねに一定の法則にかなった転形期の図形を描いていく。

花田清輝にとって飢えと混乱は、もとより戦後に始まったわけではない。二十代のはじめ、授業料未納につき京大文学部選科を除籍になったころ、まず飢えが襲来した。以来十年あまり、さまざまな手段で食いつなぎながら、とてつもなく厳しくみずからを鍛えた。「政談」のなかに革命詩人ハイネのエピソードが語られている。パリへ着いた最初の日に何をしたかと革命家ビョルネに問われ、「すぐ王室図書館へ行って、本の番人にマネッセの宮廷恋愛詩人の写本を出させた」と正直に答えた。つづけて花田清輝は書いている。「ほんとうの政治家に、私の絶対になくてはならぬものだとする、芸術家魂とはこういうものだ」

それとなく自分の流儀を述べたわけだ。

ここに集められた連作エッセイは、多少とも往来の似顔絵画家の手法を思わせるかもしれない。モデルよりクロッキィをとりながら、この描き手の鋭敏な眼は、モデルのちょっとしたクセを見逃さない。それは肖像に利用されたエピソードの使い方をみてもわかるのだ。レオナルドをめぐり、この天才の製作した自動人形の獅子にふれるくだり。

「……まず最もあやしげな挿話のひとつをとりあげ、これをめぐって、悠々と道草をくいながら、漸次、レオナルドの『核心』に近寄ろう」

つづいてくわしく入っていく。

「玩具という、その一見ささやかな外貌の故にそれのもつ重大な意味……」

さらにべつの挿話にうつり、こちらは紙細工の劇場だった。幕があがると役者が登場して身振りをする。桟敷には見物客が坐っている。奏楽隊《オーケストラ》は機械仕掛けで、ヴァイオリンを弓で擦るし、楽長は指揮棒を振り回した。土間では伊達男や将校連が拍手喝采する。

「これがすべて紙でできていたのだ」

論の展開には、さらにべつのエピソードが使われる。

「挿話の語るところによれば、第一のばあいは……」

フロイトを援用して、そこに見る挿話の利用法をひとくさり。

「いかにフロイトが私と同様に愚にもつかない挿話を愛するかを――そうしてまた、いかに火のないところからでも、天日ために暗くなるほど、濛々と煙をたてる術を心得ているかを学ぶであろう」

意外なエピソードは、与えられた瞬間、がぜん精神的な深みのある背景をつくり出す。その秘密めいた雰囲気のなかで、どのエッセイもこころなしか、ルネッサンスが愛用した楕円形のメダルとして仕上げられていないだろうか。

花田清輝は何よりもまず批評家だった。二十世紀に生きた、もっとも聡明な批評家だった。ただし愚鈍な批評家が無意味なのと同様に、「聡明な批評家」も何を言ったことにもあたらない。

かりに知的小宇宙になぞらえてみよう。批評家はその中の太陽のようなもの。周りを人工の翼をつけた少年イカロスたちが飛びまわる。自分の軌道をそれて近寄りすぎるイカロスを、太陽は容赦なく焼くだろう。この太陽の熱をあびつつ地上に落下しないためには、強い翼もさることながら、太陽に対して終始、適度のへだたりを保っている必要がある。『さちゅりこん』『政治的動物について』『乱世をいかに生きるか』『近代の超克』……。花田清輝はたえず論争した。求められれば応じ、またみずからも挑発した。「進歩派の漫罵も、保守派の讃辞も、コペルニクスにとっては、無意味であった。ほんとうのことがわかれば、かれらのすべてが、たちまち共同戦線をはり、顔いろをかえ、猛然と歯をむきだしてかれに飛びかかってくることはあきらかだ。しかし、そんなことは大して気にする必要はない。何故というのに、かれにはかれ一流の闘争の仕方があるからだ」「天体図」と題して天文学者コペルニクスを語ったくだり。闘争しているともみえなかった人間が、実はもっとも大きな闘争をしているのであって、その筋金いりのおとなしさがクセモノだ。たとえ四面楚歌のなかにあっても「敵の陣営内における対立と矛盾の激化」をじっと待ち、さまざまな敵を好むがままに闘わせ、その間を利用して着々とみずからの力をたくわえる。「同時代人の夢想だにしなかった転向」をそうやって実現すること。転形期の理想的肖像が語られていく。

そのことにもまして、各エッセイにみてとれるおびただしい知識、その途方もない知性のひろがりこそまさしく驚嘆に値する。花田清輝はコペルニクスが同時に数学者であり、医者、政治家、経済学者、詩人、であったことをきちんと書いていく。西欧の辺境の多民族地帯にあって、町の財務官としては通貨改良を進言し、市の行政官に任じられると、市民の生存権を強力に庇護した。ルネッサンス期に輩出した「普遍人」の一人であったからこそ、独創的な生き方を首尾一貫させることができた。この警抜なエッセイの書き手はコペルニクスの天体の回転についての論文とともに、誠実な行政官のしたためた穀物取引に関する文書に小躍りしたにちがいない。

だからこそ想像できるのだ。はじめはささやかな小景だったものが、しだいに大きな風景にひろがり、あわせて球体や極大・極小や楕円や変形のテーマに染まっていった。染め

『復興期の精神』カバー
（昭21・10　我観社）

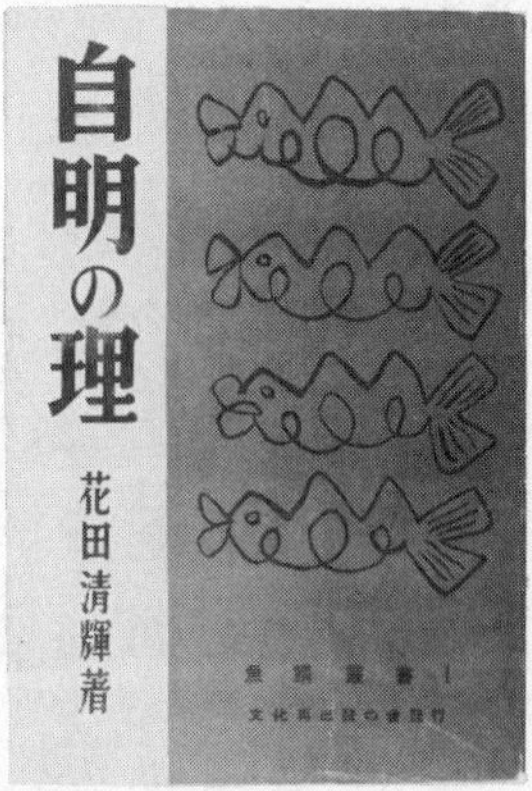

『自明の理』表紙
（昭16・7　文化再出発の会）

『錯乱の論理』カバー
（昭22・9　真善美社）

『日本のルネッサンス人』函
（昭49・5　朝日新聞社）

の色を強めるために、ときにはそしらぬふりをして、あるかどうかはともかくも、ありえた文書を登場させた。それというのも「歌」に詳しく述べたとおりである。「底深く沈むにつれ、はじめてかれは、かれらのひとりとして感ずるであろう、すべてが暗く、そうして静かだが、いかにかれらのもつ底流のはげしいかを」。『復興期の精神』は作者が生きた風変わりな同時代史であって、ここには二十世紀の政治状況が精神状況と合わせ、これ以上ないほどいきいきと描かれている。

語られた人物たちは、すべて書き手と、なんらかの個人的なかかわりをもった者たちだ。そのおおかたは花田清輝の飢えの時代の小説「七」の冒頭に語られている、すさまじい書物の堆積から引き出されてきた。ついぞ一人の読者を持つこともなく、ページも切られずに、「それぞれの秘密」を抱いたまま眠っていた。読み手しだいで、ホコリの堆積から、なんとハツラツとした人間がとび出してくることだろう。

ポーをとりあげて「球面三角」を語ったなかに、クラヴェリナという小さな動物が出てくる。海鞘《ほや》の一種だが、世にも奇妙な生態を保持している。というのは、これを水盤にいれ、数日水をかえないで放っておくと、不思議なことに「それは次第次第にちぢかみはじめる。そうして、やがてそれのもつすべての複雑な器官は段々簡単なものになり、ついに完全な胚子的状態に達してしまう」。

残っているのは、小さな、白い、不透明な球状のものだけ。あらゆる生の徴候が消え去り、心臓の鼓動すらとまっている。クラヴェリナは死んだ。少なくとも死んでしまったようにみえる。

ところが水をかえると、奇妙なことに白い球状をした残骸がゆっくりと展開しはじめ、透明になり、構造が複雑化し、最後には、ふたたび以前の健康なクラヴェリナの状態に戻っていく。再生は、死とともにはじまり、結末から発端にむかって帰ることによっておわる。このプロセスでとりわけ注目すべき点は、「死が——小さな、白い、不透明な球状をした死が、自らのうちに、生を展開するに足る組織的な力を、黙々とひそめていたということだ」。

『復興期の精神』は別名「クラヴェリナ物語」である。自己韜晦や、軌道修正や冷静な判断の必要な荒ぶれた時代の只中で、このクラヴェリナは、あるべき連作エッセイのお手本を完成させた。作者自身がレトリックを強調したせいで誤解されているが、『復興期の精神』は論じる対象への深い愛情と、確固とした姿勢につらぬかれており、華麗なレトリックというよりも、その独特の透明な語り口が、私にはむしろ、「つましさ」の文体のように思える。

それに気づき、魅了されたのは、同時代人よりもむしろ、本が出たころまだ悪ガキ程度だった次の世代ではあるまいか。澁澤龍彥や種村季弘といった小クラヴェリナが、あれほどのびのびと歴史と伝説の接点上を徘徊できたのも、大クラヴェリナの水盤からたらふく飲んだせいではなかったろうか。

花田清輝が自分の手で死の直前にまとめたのは『日本のルネッサンス人』だった。遠い昔の「ルネッサンス的人間の探究」のしめくくり。そういえば「群論」のなかに述べていた。

「問題は、苦労によって人間ができあがるのではなく、関係そのもの、物そのものになることによって、人間でなくなることにあるのだ」。

みずから両極のあいだの足跡をきれいに消し去って、汚れのないペンをあの世へともち去った。

年譜

花田清輝

一九〇九年（明治四二年）
三月二九日、福岡県福岡市東公園三に、父安輝、母夕子《たね》の長男として生れる。兄弟はなく、一人っ子として育つ。

一九二一年（大正一〇年）一二歳
四月、福岡県立福岡中学校（現、福岡高校）に入学。柔道に熱中し、また短歌を新聞に投稿などする。

一九二六年（大正一五年）一七歳
三月、福岡中学校を卒業。四月、第七高等学校（鹿児島）文科甲類に入学、造士館南寮に入寮。寮の新入生歓迎コンパで、イタリアのフィレンツェ出身と自己紹介し、イタリア・ルネッサンスについて三〇分も語ったという（小島信之「若き日の花田清輝」）。また同寮の羽田竜馬からすすめられて西田哲学に没入する。

一九二七年（昭和二年）一八歳
三月、寮の総務委員として、『七高校歌集』を作成。四月、欠席多数のため進級できず落第。七月、寮誌『白光』を創刊、長篇詩「樹下石上」と短詩「あいろにい」を発表。

一九二八年（昭和三年）一九歳
一月、『白光』二号に「アプリオリズムスと宗教の本質に就いて」を発表。三月、ふたたび落第し、第七高等学校を退学。四月、福岡市に帰り、九州大学の哲学科に聴講生として通う。一二月、『白光』三号に哲学風な小説「ひとつの習作とそのはかないひとりごとの話」を発表。

一九二九年（昭和四年）　二〇歳

四月、京都大学文学部英文科の選科に合格。西田幾多郎、田辺元の講義を聴くほかは、映画を見て過ごしたという。一〇月、戯曲「窓」を『白光』四号に発表。

一九三〇年（昭和五年）　二一歳

春ごろ、父親の経営する会社が倒産し、家からの送金がとだえる。六月、『白光』五号に「無構成の哲学——エドガア・ポオ瞥見」を発表。

一九三一年（昭和六年）　二二歳

五月、『サンデー毎日』の「大衆文芸賞」に応募した小説「七」（筆名・小杉雄二）が入選し、同誌二四日号に掲載される。一一月、授業料不納のため、京都大学文学部英文科を除籍される。

一九三二年（昭和七年）　二三歳

この年のはじめごろ京都をひきはらい、福岡市に帰り、父親の経営する食堂ではたらく。店の広告文などをつくったりしたという。

一九三三年（昭和八年）　二四歳

春ごろ上京。新聞広告をみて、朝鮮の独立運動の一員であった李東華の秘書となり、その自伝の口述筆記に従事。秋ごろ、母タ子も上京。

一九三四年（昭和九年）　二五歳

李東華の自伝を完成、その後、職をもとめて職業紹介所に行くが、紹介所のベンチの上でヴァレリーの『テスト氏』を読み、自分でも書けると思い、就職を断念したという（「私の読書遍歴」）。

一九三五年（昭和一〇年）　二六歳

夏ごろ、朝鮮人ジャーナリストの依頼を受けて満州にわたり、朝鮮人のコロニーに行く

（「ものぐさ太郎」）。帰国後、福岡中学の先輩で、その当時中野正剛の秘書をしていた我観社の進藤一馬の知遇を得る。『我観』一一月、一二月号に「朝鮮民族の史的変遷」を連載。この年、松島トキと結婚し、目黒の中根町に住む。

一九三六年（昭和一一年）二七歳
二・二六事件の時、雪のふりつもった赤坂見附あたりをうろつき（「雪たたき」）、五月、品川区大井水神町の昭和アパートに移る。病院を改造した「ウナギの寝床のような部屋」に「ルンペン」としての自分を見いだした（「他生の縁」）という。八月、長男、黎門生れる。レイモン・ラディゲにちなんで名づけられたという。『東大陸』一〇月号に、「銀価の動きと支那の諸階級」を発表。

一九三七年（昭和一二年）二八歳
『東大陸』九月号に、「非常時局と中産階級の行方」を発表、以後この雑誌には、糊口の資に窮すると、インフレ論やリンク制論などの経済論をでっちあげて売りにいったという（「思い出」）。一二月、長谷川四郎らの雑誌『世代』九号に「心理と論理」（のちの「錯乱の論理」の初稿）を発表。

一九三八年（昭和一三年）二九歳
『東大陸』一月号に、「支那事変と中産階級の苦悩」を発表、以後同誌には編集長関山茂太郎の依頼で時局の分析や東亜共同体論などをつづける。一方、同誌二月号に、筆名・小杉雄二で「日本的人間」（のちの「欠乏の美学」初稿）を発表し、以後その筆名によって、「イプセンの『幽霊』」、「サンチョー・パンザ論」（のちの「現代のアポロ」初稿）、「ぱとろぎい・です・めるへん」（のちの「童話考」初稿）などを発表していく。秋ごろ、大井伊藤町の借家に移る。

一九三九年（昭和一四年）三〇歳
五月、東大陸社に入社し、関山編集長の徴兵後をうけて『東大陸』六月号より、同誌の実質的編集責任者になる。また中野正剛の末弟であった中野秀人を知り、六月に新しい芸術運動を計画、「文化再出発の会」として発足。一〇月、「聖アウガスチンの感傷——伝記作者・小林秀雄」を『旗』一四号に発表。
一九四〇年（昭和一五年）三一歳
一月、「文化再出発の会」の機関誌『文化組織』を創刊。創刊号に「赤ずきん——杉山平助の肖像画」を書く。以後、中野秀人・岡本潤らと編集作業をつづけながら、同誌にのち『自明の理』にまとめられるエッセイを発表する。一〇月、東大陸社を退社。秋山清の紹介で、深川の林業新聞社に就職、机上には春陽堂版のポオ全集を積み上げたなかで、論説や記事を執筆。
一九四一年（昭和一六年）三二歳
「女の論理」を『文化組織』四月号に発表、このダンテ論を皮切りに、のち『復興期の精神』にまとめられる連作エッセイ「ルネッサンス的人間の探究」を開始する。七月、「魚鱗叢書I」として、処女評論集『自明の理』を文化再出発の会から刊行。
一九四二年（昭和一七年）三三歳
林業新聞社を退社、サラリーマン社（現、自由国民社）に就職、『時局月報』を編集。ロシア・アヴァンギャルド芸術の研究をすすめ、また『三国志』などを読む。
一九四三年（昭和一八年）三四歳
文芸時評「バルトロオの歌」を『現代文学』二月号に発表。「晩年の思想」を『文化組織』六月号に発表、これには中野重治『斎藤茂吉ノオト』を青春へのノスタルジアとする批判が暗示されていた。文壇時評「虚実いりみだれて」を『現代文学』九月号に書き、大東塾生に襲撃され神楽坂署に留置される。一〇月、戦時下の雑誌統合により『文化組織』終刊を余儀なくされ、終刊号に「楕円幻想」

を発表、その末尾に「ルネッサンス的人間の探究」の完結を記す。大東塾生による襲撃の経緯を〈断わり書き〉として『現代文学』一二月号に発表。

一九四四年（昭和一九年）　三五歳

『現代文学』一月号に「小林秀雄」発表。関根弘の世話で軍事工業新聞（現、日刊工業新聞）に就職、関根とともに京浜工業地帯を取材して歩き、鉄や工作機械の生産現場についてよく学んだという（関根弘『花田清輝』）。

一九四五年（昭和二〇年）　三六歳

七月、軍事工業新聞を退社。八月、鎌倉の材木座で敗戦を迎える。一〇月、中野秀人・岡本潤と戦後の芸術運動について構想。

一九四六年（昭和二一年）　三七歳

鎌倉から北多摩郡狛江の旧中野正剛邸へ移転。『近代文学』一月号、創刊号に「変形譚」を発表。三月、『真善美』の編集に参加。一〇月、『復興期の精神』を我観社から刊行。「新日本文学会」に入会。

一九四七年（昭和二二年）　三八歳

我観社が真善美社と社名を変更、編集顧問として出版の企画、執筆者の組織化を推進する。商業誌からはじめて注文を受け、エッセイ「笑う男――革命と知識階級人」を『文芸』三月号に発表。「芸術家の宿命について――太宰治論」を『新小説』六月号に発表。野間宏・中村真一郎・佐々木基一・加藤周一らと「綜合文化協会」を設立、定期研究会を持つ。七月、『真善美』を改題して「綜合文化協会」の機関誌『綜合文化』を創刊。『近代文学』の第一次同人拡大によって、同誌の同人となる。「砂の悪魔」を『近代文学』九月号に、「砂漠について」を『思索』秋季号に発表。九月、旧著『自明の理』を収録した『錯乱の論理』（真善美社）刊行。

一九四八年（昭和二三年）　三九歳

〝私〟の不在を説くエッセイ「わたし」を

『近代文学』一月号に発表。野間宏・椎名麟三・埴谷雄高・梅崎春生・小野十三郎・中野秀人らと「夜の会」を結成(のちに佐々木基一・関根弘・安部公房が参加)、そのマニフェスト的文章「革命的芸術の道」を『読売新聞』一月二六日号に発表。『綜合文化』の座談会に二月号より七月号まで出席、生涯の関心事となる共同制作などの問題を提起。「二つの世界」を『近代文学』七月号に発表。一〇月、共著『二十世紀の世界』(真善美社)を刊行。「新日本文学会」第四回大会で中央委員に選出される。一一月、寺田透・丸山真男らの「未来の会」に参加、年末に脱会。

一九四九年(昭和二四年) 四〇歳

一月、『綜合文化』廃刊。「動物・植物・鉱物——坂口安吾論」を『人間』一月号に発表。三月、『二つの世界』(月曜書房)刊行。五月、共著『新しい芸術の探求』(月曜書房)刊行。一二月、月曜書房の「戦後文学賞」詮衡委員となり、安部公房「デンドロカカリヤ」を推す。この年、日本共産党に入党。

一九五〇年(昭和二五年) 四一歳

一月、田中英光の遺書に従い、『田中英光選集』全三巻(月曜書房)を刊行。三月、今村太平らの『映画文化』の執筆同人に参加。一〇月、カフカの翻訳短編集『カフカ小品集』を世紀の会から刊行。一二月、岡本太郎と「アヴァンギャルド芸術研究会」をつくる。

一九五一年(昭和二六年) 四二歳

一月、「機械美」を『日本文学講座Ⅶ』(河出書房)に、「海燕の歌」を『人間』二月号に発表。五月、林達夫の『共産主義的人間』を月曜書房から企画・出版。

一九五二年(昭和二七年) 四三歳

『共産主義者』ホセとの対話」なる林達夫論を『新日本文学』三月号に発表。四月、『新日本文学』の編集部責任者に選任され、同誌七月号より編集長の任に当たる。「チャップリンの殺人狂時代」を『映画評論』一〇月号に発表、以後の編集長時代は、もっぱら美術・映画評論に力をそそぐ。

一九五三年（昭和二八年）　四四歳

四月、『河北新報』などの地方紙にコラムを執筆（昭和三〇年まで、のち『乱世をいかに生きるか』にまとめられる）。七月、平野謙『島崎藤村』（河出市民文庫）の「解説」発表。

一九五四年（昭和二九年）　四五歳

一月、「戯作の系譜」を岩波講座『文学４』に発表。七月、『新日本文学』の編集長を罷免される。一〇月、『アヴァンギャルド芸術』（未来社）刊行。

一九五五年（昭和三〇年）　四六歳

一月、『アヴァンギャルド芸術』の出版記念会が、岡本太郎『今日の芸術』と合同で開かれる。「ゴロツキの弁」を『群像』四月号に、「反俗的俗物――高見順氏に」を『文学界』に発表、高見順と論争。自伝的なエッセイ「物ぐさ太郎」を『群像』一〇月号に発表。一一月、佐々木基一・杉浦明平と編集の『日本抵抗文学選』を三一書房から刊行。

一九五六年（昭和三一年）　四七歳

『新日本文学』一月号で佐々木基一・吉本隆明らと「映画合評」を開始。三月、『さちゅりこん』（未来社）刊行。「モラリスト批判」を『群像』三月号に発表、荒正人・埴谷雄高らとのあいだに「モラリスト論争」おこる。七月、『政治的動物について――現代モラリスト批判』（青木書店）刊行。岡本潤・吉本隆明との鼎談「芸術運動の今日的課題」を『現代詩』八月号に発表、のちの花田・吉本論争の発端となる。「故事新編」を『文学』一〇月号に発表。一〇月、『新編錯乱の論理』（青木書店）刊行。

一九五七年（昭和三二年）　四八歳

未来の視聴覚文化をにらんで「大衆のエネル

ギー」を『群像』一月号から連載(一二月号まで)。五月、安部公房・佐々木基一らとともに「記録芸術の会」に参加、運営委員となる。一〇月、『乱世をいかに生きるか』(山内書店)、一二月、『大衆のエネルギー』(講談社)刊行。

一九五八年(昭和三三年) 四九歳

「マス・コミュニケイションにおける相互交通の問題」を『思想』一月号に発表。四月、『映画的思考』(未来社)刊行。『群像』六月号の「創作合評」で、深沢七郎の「笛吹川」の評価をめぐって平野謙と対立、「笛吹川」論争に発展する。一〇月、「記録芸術の会」の機関誌『季刊・現代芸術』が発刊され、その座談会「組織と道徳」で埴谷雄高と対立。劇団「舞芸座」によって戯曲「泥棒論語——『土佐日記』によるファンタジー」(のち『新劇』一一月号)が俳優座で上演される。一二月、同戯曲で第一回「週刊読売新劇賞」を受賞(同時受賞は三島由紀夫「薔薇と海賊」)。

一九五九年(昭和三四年) 五〇歳

「戦後文学大批判」を『群像』一月号に、「プロレタリア文学批判をめぐって」を『文学』一月号にそれぞれ発表。これらについての吉本の批判「不許芸人入山門——花田清輝老への買いコトバ」(『日本読書新聞』一月一二日号)に対して、「反論——吉本隆明に」を同紙二六日号に書き、以後、二人のあいだに応酬がつづく。二月、『泥棒論語』(未来社)を刊行。四月、ラジオ・ドラマ「私は貝になった」(『テアトロ』六月号)がラジオ東京で放送される。劇団「俳優座」と戦後文学作家たちの集まり「三三会」に参加。『宝石』七、九月号に「S・Fの文体」「S・Fの思想」をそれぞれ発表。文学的な自伝「赤坂区溜池三〇番地」を『群像』九月号に発表。武井昭夫との連載対談「劇評」を『テアトロ』一一月号から開始。一二月、『近代の超克』(未来社）刊行。
一九六〇年（昭和三五年）五一歳
「『慷慨談』の流行」を『中央公論』四月号に発表。武田信虎を独自なルネッサンス史観でとらえた長編小説『鳥獣戯話』の第一作「群猿図」を『群像』六月号に、「真山青果の大衆性」を『文学』六月号に発表。七月、テレビ・ドラマ「佐倉明君伝」（『現代芸術』一一月号）がＮＨＫで放送される。八月、「『為朝図』について」を筑摩書房『古典日本文学全集27』に発表、以後これに古典評論をたびたび執筆。一〇月、「記録芸術の会」の第二次機関誌『現代芸術』が勁草書房より発刊、それに詩を三回連載。第一回「新日本文学賞」短編小説・評論部門の選考委員となる。
一九六一年（昭和三六年）五二歳
五月、「きよてるイロハかるた」を『毎日グラフ』に連載しはじめる。小説「狐草紙」を『群像』六月号に発表。七月、日本共産党の党指導部を批判した「意見書」を安部公房・大西巨人ら数名とともにだす。武井昭夫との共著『新劇評判記』を勁草書房から刊行。一〇月、『もう一つの修羅』（筑摩書房）刊行。「記録芸術の会」解散。一二月、日本共産党から除名処分となる。
一九六二年（昭和三七年）五三歳
小説「みみずく大名」を『群像』一月号に発表。二月、『鳥獣戯話』（講談社）刊行。「『当世書生気質』の系譜」を『文学』二月号に、三月、党員文学者の除名について「除名と文学者」を『朝日新聞』一日号に発表。七月、『新編映画的思考』（未来社）、九月、『いろはにほへと』（未来社）刊行。一一月、『鳥獣戯話』で第一六回「毎日出版文化賞」を受賞。戯曲「爆裂弾記（喜劇四幕）」を『群像』一二月号に発表。
一九六三年（昭和三八年）五四歳
一月、「爆裂弾記」が俳優座劇場で上演される。「メロドラマの問題」を『文学』二月号に発表。六月、『シラノの晩餐』(未来社)刊行。歌舞伎役者の「実と虚との皮膜のあいだ」を見据えた小説「俳優修業」を『現代の眼』七月号より連載(一〇月号まで)。七月、『爆裂弾記』(未来社)刊行。一一月、「ものみな歌でおわる(二幕一二景)」(のち『新日本文学』昭和三九年一月号)が日生劇場で上演される。一二月、『花田清輝著作集』全七巻(第一回配本『大衆のエネルギー・二つの世界』)が未来社から刊行開始。

一九六四年(昭和三九年)五五歳

「古典と現代」を『朝日放送』一月号から連載。二月、『ものみな歌でおわる』(晶文社)刊行。七月、井上光晴・広末保・宮本研らと劇作家集団「鴉の会」を結成。「佐多稲子」を『群像』一〇月号に発表、「映画随想」を『世界』一〇月号から連載開始。一〇月、『俳優修業』(講談社)刊行。

一九六五年(昭和四〇年)五六歳

六月、中島健蔵・平野謙・豊島清史と編集した『豊島与志雄著作集』(未来社)の刊行がはじまる。八月、『恥部の思想』(講談社)刊行。長編『小説平家』の第一作「冠者伝」を『展望』一二月号に発表。

一九六六年(昭和四一年)五七歳

小説「霊異記」を『群像』二月号に発表。三月、『花田清輝著作集Ⅶ 鳥獣戯話・俳優修業・冠者伝』を刊行、これによって著作集全七巻が完結。六月、『日本現代文学全集104 唐木順三・臼井吉見・花田清輝・寺田透・加藤周一集』が講談社より刊行。小説「大秘事」を『世界』一〇月号に発表。

一九六七年(昭和四二年)五八歳

小説「御舎利」を『群像』一月号に発表。大岡昇平・平野謙・佐々木基一・埴谷雄高と編集した『全集・現代文学の発見』全一六巻・別巻一(学芸書林)の刊行開始。四月、小説

「聖人絵」を『季刊芸術』創刊号に発表。五月、『小説平家』（講談社）刊行。九月、『古典と現代』（未来社）刊行。「シベリア出兵の意味」を『新日本文学』一一月号に発表。

一九六八年（昭和四三年）五九歳

小説「クバニ王国考」を『群像』六月号に、同「かげろう紀行」を『新日本文学』八月号に発表。「『三国志』をめぐって」（のち『随筆三国志』と改題）を『展望』九月号より連載開始。

一九六九年（昭和四四年）六〇歳

「演劇における東洋的なもの」を『演劇界』九月号に発表。一一月、『随筆三国志』（筑摩書房）刊行。一二月、『日本短篇文学全集48　野間宏・花田清輝・堀田善衛・安部公房』が筑摩書房より刊行。

一九七〇年（昭和四五年）六一歳

連作小説『室町小説集』の第一作「『吉野葛』注」を『季刊芸術』冬季号に発表。『読売新聞』夕刊一月八日号より、コラム「東風西風」欄を週一回担当。五月、『乱世今昔談』（講談社）刊行。七月、『週刊読売』三日号より月一回の連載「ずばり物申す」を開始。

一九七一年（昭和四六年）六二歳

小説「室町画人伝」を『群像』一月号に発表。二月、久野収と編集した『林達夫著作集』全六巻を平凡社より刊行開始。七月、人と思想シリーズの一冊『東洋的回帰』を文芸春秋より刊行。八月、『東京新聞』夕刊三一日号より、匿名批評欄「大波小波」を週一回担当（のち『箱の話』に「こんにゃく閻魔」のタイトルで収録）。一二月、『冒険と日和見』（創樹社）刊行。

一九七二年（昭和四七年）六三歳

小説「伊勢氏家訓」を『群像』一月号に発表。「日本のルネッサンス人」を『潮』二月号から連載開始。四月、『現代日本文学大系84　花田清輝・杉浦明平・開高健・小田実集』が筑摩書房から刊行。

一九七三年（昭和四八年）六四歳

二月、小説「開かずの箱」を『群像』二月号に、同「室町力婦伝」を『群像』八月号に発表。一一月、「木六会」の再演要請を受け、「ものみな歌でおわる」が俳優座劇場でプレミア・ショウ上演。『室町小説集』（講談社）刊行。

一九七四年（昭和四九年）六五歳

「鳥瞰図」を『文芸』一月号から連載開始。二月、「ものみな歌でおわる」の本公演おこなわれる。三月、『洛中洛外図』（平凡社）刊行。長谷川四郎・小沢信男・佐々木基一との合作による戯曲『故事新編』の一章「首が飛んでも——眉間尺」を『文芸』五月号に発表。五月、『現代の文学4　花田清輝』（講談社）、『日本のルネッサンス人』（朝日新聞社）刊行。この月、慶応病院に入院、七月に退院。八月、再び病状が悪化し、慶応病院に入院、九月二三日、脳出血のため死去。一一月、『箱の話』（潮出版社）刊行。一二月、東京・神楽坂の日本出版クラブで「花田清輝を追悼する会」が開かれる。久保覚・佐々木基一・長谷川四郎編による『さまざまな戦後——花田清輝芸術論集』（読売新聞社）刊行。

一九七七年（昭和五二年）

九月、『花田清輝全集』全一五巻別巻二（講談社、編集委員／岡本太郎・佐々木基一・野間宏・長谷川四郎・林達夫・広末保）の刊行が開始される（昭和五五年三月、完結）。

※付記　本稿は、講談社版『花田清輝全集』別巻Ⅱの久保覚氏による「年譜」および「著作年譜」等を参照して編まれたものである。

（日高昭二編）

著書目録

花田清輝

【単行本】

自明の理	昭16・7	文化再出発の会
復興期の精神	昭21・10	我観社
錯乱の論理	昭22・9	真善美社
二つの世界	昭24・3	月曜書房
カフカ小品集*	昭25・10	世紀の会
アヴァンギャルド芸術	昭29・10	未来社
さちゅりこん	昭31・3	未来社
政治的動物について	昭31・7	青木書店
新編錯乱の論理	昭31・10	青木書店
乱世をいかに生きるか	昭32・10	山内書店
大衆のエネルギー	昭32・12	講談社
映画的思考	昭33・4	未来社
泥棒論語	昭34・2	未来社
近代の超克	昭34・12	未来社
もう一つの修羅	昭36・10	筑摩書房
鳥獣戯話	昭37・2	講談社
新編映画的思考	昭37・7	未来社
いろはにほへと	昭37・9	未来社
シラノの晩餐	昭38・6	未来社
爆裂弾記	昭38・7	未来社
ものみな歌でおわる	昭39・2	晶文社
俳優修業	昭39・10	講談社
恥部の思想	昭40・8	講談社

小説平家　昭42・5　講談社
古典と現代　昭42・9　未来社
随筆三国志　昭44・11　筑摩書房
乱世今昔談　昭45・5　講談社
東洋的回帰　昭46・7　文芸春秋
冒険と日和見　昭46・12　創樹社
室町小説集　昭48・11　講談社
洛中洛外図　昭49・3　平凡社
日本のルネッサンス人　昭49・5　朝日新聞社
箱の話　昭49・11　潮出版社
さまざまな戦後　昭49・12　読売新聞社
戯曲故事新編＊　昭50・9　河出書房新社

【全集】

花田清輝著作集　全7巻　昭38・12～41・3　未来社
花田清輝全集　全15巻別巻2　昭52・9～55・3　講談社

日本プロレタリア文学大系8　昭30　三一書房
現代日本文学全集95　昭33　筑摩書房
日本現代文学全集104　昭41　講談社
現代文学の発見2、8、11　昭43　学芸書林
現代文学の発見6　昭44　学芸書林
日本短篇文学全集48　昭44　筑摩書房
現代日本文学大系84　昭47　筑摩書房
現代の文学4　昭49　講談社
土とふるさとの文学全集12　昭51　家の光協会
筑摩現代文学大系71　昭53　筑摩書房
現代推理小説大系別巻2　昭56　講談社
ちくま日本文学全集60　平5　筑摩書房
日本幻想文学集成29　平6　国書刊行会
戦後文学エッセイ選1　平17　影書房

【文庫】

アヴァンギャルド芸術　平6　文芸文庫
（解=沼野充義　案=日高昭二　著）
随筆三国志　平19　文芸文庫
（解=井波律子　年=日高昭二　著）

「著書目録」は編集部で作成した。／原則として編著・再刊本等は入れなかった。／＊は共著等を示す。／【文庫】は本書初刷刊行日現在の各社最新版「解説目録」に記載されているものに限った。（　）内の略号は、解=解説、案=作家案内、年=年譜、著=著書目録を示す。

（作成・編集部）

本書は、『花田清輝全集』二巻（昭和五二年九月、講談社刊）を底本とし、振りがなを適宜増減しました。明らかな誤記、誤植と思われる箇所は正しましたが、原則として底本に従いました。また、底本にある表現で、今日からみれば不適切と思われる言葉がありますが、作品が書かれた時代背景と作品的価値、および著者が故人であることなどを考慮し、底本のままとしました。よろしくご理解のほどお願いいたします。

復興期《ふっこうき》の精神《せいしん》
花田《はなだ》清輝《きよてる》
二〇〇八年五月一〇日第一刷発行
二〇二五年七月二二日第九刷発行
発行者――篠木和久
発行所――株式会社 講談社
東京都文京区音羽2・12・21 〒112-8001
電話 編集（03）5395・3513
販売（03）5395・5817
業務（03）5395・3615
講談社文芸文庫
デザイン―菊地信義
印刷――株式会社KPSプロダクツ
製本――株式会社国宝社
本文データ制作―講談社デジタル製作

定価はカバーに表示してあります。

ISBN978-4-06-290013-3

講談社文芸文庫

青木淳選	建築文学傑作選	青木 淳――解
青山二郎	眼の哲学｜利休伝ノート	森 孝――人／森 孝――年
阿川弘之	舷燈	岡田 睦――解／進藤純孝――案
阿川弘之	鮎の宿	岡田 睦――年
阿川弘之	論語知らずの論語読み	高島俊男――解／岡田 睦――年
阿川弘之	亡き母や	小山鉄郎――解／岡田 睦――年
秋山駿	小林秀雄と中原中也	井口時男――解／著者他――年
秋山駿	簡単な生活者の意見	佐藤洋二郎-解／著者他――年
芥川龍之介	上海游記｜江南游記	伊藤桂一――解／藤本寿彦――年
芥川龍之介・谷崎潤一郎	文芸的な、余りに文芸的な｜饒舌録ほか 芥川vs.谷崎論争 千葉俊二編	千葉俊二――解
安部公房	砂漠の思想	沼野充義――人／谷 真介――年
安部公房	終りし道の標べに	リービ英雄-解／谷 真介――案
安部ヨリミ	スフィンクスは笑う	三浦雅士――解
有吉佐和子	地唄｜三婆 有吉佐和子作品集	宮内淳子――解／宮内淳子――年
有吉佐和子	有田川	半田美永――解／宮内淳子――年
安藤礼二	光の曼陀羅 日本文学論	大江健三郎賞選評-解／著者――年
安藤礼二	神々の闘争 折口信夫論	斎藤英喜――解／著者――年
李良枝	由熙｜ナビ・タリョン	渡部直己――解／編集部――年
李良枝	石の聲 完全版	李 栄――解／編集部――年
石川桂郎	妻の温泉	富岡幸一郎-解
石川淳	紫苑物語	立石 伯――解／鈴木貞美――案
石川淳	黄金伝説｜雪のイヴ	立石 伯――解／日高昭二――案
石川淳	普賢｜佳人	立石 伯――解／石和 鷹――案
石川淳	焼跡のイエス｜善財	立石 伯――解／立石 伯――年
石川啄木	雲は天才である	関川夏央――解／佐藤清文――年
石坂洋次郎	乳母車｜最後の女 石坂洋次郎傑作短編選	三浦雅士――解／森 英一――年
石原吉郎	石原吉郎詩文集	佐々木幹郎-解／小柳玲子――年
石牟礼道子	妣たちの国 石牟礼道子詩歌文集	伊藤比呂美-解／渡辺京二――年
石牟礼道子	西南役伝説	赤坂憲雄――解／渡辺京二――年
磯﨑憲一郎	鳥獣戯画｜我が人生最悪の時	乗代雄介――解／著者――年
伊藤桂一	静かなノモンハン	勝又 浩――解／久米 勲――年
伊藤痴遊	隠れたる事実 明治裏面史	木村 洋――解
伊藤痴遊	続 隠れたる事実 明治裏面史	奈良岡聰智-解

▶解=解説 案=作家案内 人=人と作品 年=年譜を示す。 2025年7月現在